SHERLOCK HOLMES

新編 福爾摩斯經典探案集

柯南・道爾 Arthur Conan Doyle 著
趙婷婷 / 史麗芳 譯

譯本序

偵探、推理小說的世界級經典

百餘年來，全世界的推理小說迷不知有多少。雖然沒有經過正式統計，但是說到被《福爾摩斯探案集》啟蒙的讀者占了絕大多數，應該不會有人懷疑。曾幾何時，「福爾摩斯」已經成為神探的代名詞，人們為他著魔，為他瘋狂。

福爾摩斯誕生至今已有一百多年的歷史，被譽為「英國偵探小說之父」的著名作家——亞瑟・柯南・道爾在一八八七年為世界塑造了這個冷靜、智慧、勇敢，甚至可以說是完美的神探形象。從此，大偵探福爾摩斯成了家喻戶曉、令人難以忘懷的經典小說人物。

《福爾摩斯探案集》的作者亞瑟・柯南・道爾（Arthur Conan Doyle，一八五九至一九三〇），出生在蘇格蘭愛丁堡的皮卡地普拉斯，他最初選擇的職業是醫生，一八八五年獲愛丁堡醫學博士學位，後來開過一家私人診所。不過，柯南・道爾本身對文學有著濃厚的興趣，又具有寫作天賦。他受艾倫・坡、威爾奇・科林斯和法國加波瑞歐等人的作品影響很深。一八八六年四月，他完成了出世之作《血字的研究》，這部作品幾經周折最終於一八八七年被沃德・洛克公司發表在《一八八七年比頓聖誕年刊》上，世界經典的偵探人物——福爾摩斯從此登台亮相。之後，福爾摩斯的一系列探案故事相繼被創作並發表，其故事情節及人物形象都獲得了空前的成功，同時柯南・道爾也成為探案小說的一代名家。

柯南・道爾一共寫了六十個關於福爾摩斯的故事，其中含五十六個短篇小說和四個中篇小說。這些故事在四十年間陸陸續續發表在《海濱雜誌》上，這是當時的習慣做法（查理斯・狄更斯也是用類似的形式發表小說）。故事主要發生在一八七八年到一九〇七年間，最晚的一個故事是以一九一四年為背景。這些故事中有兩個是以福爾摩斯第一口吻寫成，還有兩個以第三人稱寫成，其餘都是華生的敘述。

世界上的經典作品都是沉甸甸的，它們經過了歲月的磨礪和考驗最終沉澱了下來，「福爾摩斯探案系列」當之無愧是這些作品中的佼佼者之一。而在世界其他各國也都風靡一時，直到現在，還會出現在各國暢銷書的行列。

柯南・道爾筆下的福爾摩斯是一個高個子中年男人，身材瘦削，極具穿透力的雙眼下是獨具特點的鷹鉤鼻子。福爾摩斯身披風衣，頭戴獵帽，經常帶著雨傘急匆匆地走在倫敦的霧雨天氣中。福爾摩斯不僅具有偵破疑難案件所需要的知識和才智，還能用小提琴拉出優美的曲子，他冷靜理性的外表透出迷人的浪漫氣息。同時，福爾摩斯還擁有騎士般的風度、廣博的學識，他思想深邃而愛恨分明，他淡泊名利又寬容博愛。當然，人無完人，福爾摩斯也有瑕疵，他很孤傲，說話有時冷嘲熱諷，無聊時會抑鬱，還會注射令人興奮的藥品，等等。作者寫作中最成功的就是給這個人物形象注入了許多人性的東西，無論善、惡，這樣的塑造使福爾摩斯這個人物形象變得更加真實、生動和飽滿。尤其是對於全世界無數的福爾摩斯迷來說，他們因此更加不懷疑福爾摩斯存在的真實性，而且這個鮮活的人物形象會永遠活在他們心中。

福爾摩斯的每個探案故事都是常人和普通讀者難以解開的犯罪之謎，其情節驚險曲折，往往在最後關頭才真相大白，讓讀者在恍然大悟之時感歎作者構思的精巧，同時，小說結構嚴謹，伏筆、懸念隨處可見。作者筆下的福爾摩斯可以通過細節進行精確觀察，從一個人的外貌和穿著就可以判斷出一個人的職業習慣和嗜好。同時，福爾摩斯還能運用嚴密的推理方法，即使是隱藏在身邊的、偽裝得再逼真的狡猾罪犯都難以逃脫他鷹樣的目光，這些推理方法讓讀者甚至是專業偵探都獲益匪淺。

另外，小說設置了華生醫生這個誠實、勇敢而又好學的助手形象，更好地襯托了福爾摩斯的智慧和過人之處。破案過程中，福爾摩斯面對任何狀況時的沉著冷靜和他一直保持著的紳士風度都給讀者留下了深刻的印象，小說因此增色不少。此外，故事情節的跌宕起伏是這部作品引人入勝的另一個關鍵因素，紛繁複雜的案情、曲折的人物命運、驚險的場景都讓讀者身臨其境。總之，柯南・道爾以及他的小說對偵探小說及世界文學的貢獻巨大，這部作品的故事結構、推理手法和奇巧構思都為偵探小說樹立了典範。

英國著名小說家毛姆評論該書的藝術成就時說：「和柯南・道爾所寫的《福爾摩斯探案集》相比，沒有任何偵探小說曾享有那麼大的聲譽。」

其實，歐美讀者對以推理為主要表現手法的偵探小說的喜愛就像華人對武俠小說的癡迷，偵探小說產生的基礎與武俠小說類似，都是人們無法從正常途徑去實現理想的社會和人生時，就把希望寄予這樣一些具有俠義心腸的人身上，希望他們來懲惡揚善，主持正義。人們喜愛福爾摩斯，也正因為他就是正義、智慧和勇敢的化身，能幫助人們戰勝罪犯，弘揚正義，因此人們沒有理由地熱愛著這部作品和福爾摩斯。福爾摩斯也已從單純的小說人物蛻變成為正義、公平以及崇高精神的象徵。希望本書的出版能讓人們在享受故事、汲取藝術營養的同時獲得精神慰藉。

「福爾摩斯探案系列」結構嚴謹，環環緊扣，故事情節驚險離奇，引人入勝，被推理迷們稱為推理小說中的《聖經》，是每一個推理迷必備的案頭書籍。時至今日，這套作品依舊受到歡迎，其歷久彌新的特色，也正是該作品不愧為經典作品的最佳證明。

為了滿足讀者的需要，也為了領略大師的魅力，本書精選了其中六篇結集出版，不足之處，敬請批評指正。

SHERLOCK HOLMES

contents

・目錄・

血字的研究
A Study In Scarlet

第一部　前陸軍軍醫約翰・華生回憶錄

第一章　夏洛克・福爾摩斯先生

一八七八年，我拿到倫敦大學的醫學博士學位後，又到內特黎接受了專為軍隊外科醫生舉辦的課程培訓。學成後，我就立即被派往諾桑伯蘭第五火槍軍團做助理軍醫。當時，該團駐紮在印度。我正要到部隊去報到時，第二次阿富汗戰役就爆發了。剛在孟買登岸，我就得知諾桑伯蘭第五火槍軍團已經開拔，深入敵國腹地。還有不少軍官也面臨著和我一樣的困境，於是我和他們一起追趕這支隊伍。終於，我們順利地在阿富汗境內的坎大哈[1]趕上了，隨

1 阿富汗第二大城市，位於阿富汗南部，地理位置重要，北通首都喀布爾，往西可達阿富汗第三大城市赫拉特，而東距巴基斯坦邊境只有一百公里。

即走馬上任，投入戰鬥。

那次戰役給許多人帶來了榮耀和升遷機會，但給我帶來的卻是災難和不幸。我赴任後不久就被調到伯克郡旅，隨後參加了該旅在邁旺德打響的一場生死戰。激戰中，一顆流彈擊中了我的肩膀，肩骨被打碎了，傷到了鎖骨下的動脈。忠勇的勤務兵摩瑞把我扔在馬背上，救回英國陣地。要不是這樣，我恐怕就落入那幫凶殘的嘎吉人手裡了。

傷痛讓我元氣大傷，長途轉送更把我折磨得虛弱不堪，但我總算是和一大批傷病員一起，轉移到了位於白沙瓦[2]的後方醫院。在醫院裡，我得以很好地休養，漸漸能下床在病房裡走動，有時甚至可以走到迴廊上去曬太陽。可就在這時，殖民地印度的惡疾——傷寒又一次把我擊倒在病榻上。一連好幾個月，我都在死亡線上掙扎。最後總算醒過來了，逐漸開始好轉。因為我的身體極其虛弱，形容枯槁，醫療委員會決定將我即刻遣送回國。於是，我搭乘「奧龍特斯」號運輸艦回國，一個月後在樸資茅斯碼頭上岸。見我身體已是難以復原，當局大發慈悲，恩准了我九個月的假期，讓我恢復一下。

在英格蘭，我沒有親友牽掛，自由得像空氣一樣。或者說，就像那些每天有十一先令六便士固定收入的人一樣，活得逍遙自在。在這種狀況下，我自然就陷進了倫敦這個大染缸，

2巴基斯坦西北邊境城市。

因為大英帝國所有無所事事、遊手好閒之徒都飛蛾撲火般地集聚於此。我待在斯特蘭德大街的一個私人旅館裡，過著百無聊賴的生活，錢一到手就沒了，大大超出了我的承受能力。我的經濟狀況終於亮起了紅燈，很快我就意識到：如果不離開這個大城市，搬到鄉下去住，就只有徹底改變我的生活方式。我選擇了後者，決定搬離這個旅館，另找個普通些、便宜些的住處。

就在我下定決心的那天，我站在克萊蒂利安酒吧門口時，忽然有人拍了拍我的肩膀。回頭一看，原來是我在巴茨時的一個助手——小斯坦弗。在人海茫茫的倫敦城見到一張熟悉的面孔，對一個孤獨寂寞的人來說，是件非常令人高興的事。原本，斯坦弗與我並不很熟，但那天我還是熱情地跟他寒暄起來，他見到我似乎也很高興。興奮之餘，我邀請他和我一起乘馬車去霍爾本共進午餐。

「華生，你最近在做什麼？」馬車緩慢駛過倫敦喧囂的街道時，他滿臉詫異地問，「怎麼臉色蠟黃，瘦得像根蘆柴棒。」

我簡單地向他敘述了我遇險的事。

聽完我的遭遇後，他同情道：「真可憐！你現在怎麼打算啊？」

「先找個住處，」我回答說，「我想租間價格公道但還算舒適的房子，就是不知道好不好找。」

「真是怪了，」他說，「今天你是第二個對我說這話的人了。」

「第一個是誰？」我問。

「是一個在醫院化驗室上班的人。今天早上他還在唉聲歎氣，找了幾間不錯的房，可惜腰包不厚實，卻又找不到人合租。」

「天哪，」我大聲說，「如果他真要找人合租的話，我不是正好嗎？我一直想有個伴，一個人住太孤單了。」

小斯坦弗舉著酒杯，驚訝地望著我：「你還沒聽說過夏洛克・福爾摩斯這個人吧？不然，你也許不會願和他做伴的。」

「怎麼，他有什麼讓人討厭的？」

「哦，我倒不是說他有什麼讓人討厭的地方。只是他的想法有點古怪，癡迷於某些科學研究。但據我所知，他還是個非常正派的人。」

「我猜，他是學醫的吧？」我問。

「不——我也不知道他打算要幹什麼。他精通解剖學，還是個一流的藥劑師。但據我所知，他從來沒有系統地學過醫學，他鑽研的東西很雜、很偏門。不過，他倒是積累了很多不尋常的知識，就連他的教授都感到吃驚。」

我又問：「你從來沒問過他，到底在幹些什麼？」

「沒有，他不是那種能輕易套出話的人，儘管高興時，也愛講話。」

「我倒是很想會會他，」我說，「如果要找個人合住，我倒是想找個好學而又喜靜的人。我身體不太好，受不了喧鬧和刺激。我在阿富汗受夠了，這一輩子都不想再受那個罪了。我怎樣才能見到你的那位朋友呢？」

「他一定在化驗室。」小斯坦弗回答說，「他有時幾個禮拜都不去那裡一次，有時候卻從早到晚都在那兒。如果你願意，我們吃完飯，就一起坐車去找他。」

「好的！」我說，接著就聊到別的話題上去了。

在離開霍爾本去化驗室的路上，小斯坦弗又講了講那位我心儀的合租人的詳細情況。

「如果你們相處不好，可別怪我，」他說，「我只是在化驗室裡偶然見過他，對他的情況略知一二，僅此而已。是你提議安排見面，有事我可不負責任。」

「相處不好就散夥，這又不是什麼難事。」我回答說。「在我看來，斯坦弗，」我補充說，眼睛盯著我的同伴看，「你急於撇清與此事的關係，一定是有原因的。是不是這個人的脾氣很不好，還是別的什麼原因？別遮遮掩掩的！」

「這事真不知道怎麼說好，」他笑了笑說，「從我個人來看，福爾摩斯有點科學過了頭，近乎冷血。我記得有一次，他拿一小撮植物鹼給他的朋友嘗。你懂的，這並非出於惡意，只不過是出於一種鑽研精神，他想要確切瞭解它的藥效。說句公道話，我認為他自己也隨時準備這樣做。他狂熱地追求知識的準確性和可靠性。」

「這沒有錯啊！」

「是的，不過可能有些過分。他甚至在解剖室裡用棍子抽打屍體，這肯定就有些顯得怪異了。」

「抽打屍體？」

「是啊，為了證實人死以後還能造成什麼樣的傷痕。這是我親眼所見。」

「您不是說他不是學醫的嗎？」

「對啊，天曉得他在研究些什麼。我們到了，他到底是怎樣的一個人，您自己看吧。」

他說這些時，我們走進一條狹窄的胡同，穿過一個小小的邊門，來到一所大醫院的側樓。我對這種地方很熟悉，不用人領我們就踏上了陰冷的石階，穿過一條長長的走廊。走廊兩壁刷成了白色，上面開了幾扇暗褐色的小門。走廊的盡頭有一條低矮的拱形過道通往化驗室。在這間高大的屋子裡到處都雜亂地丟放著瓶子，橫七豎八地擺著幾張大的矮桌子，上邊放著些蒸餾瓶、試管和閃耀著藍色火焰的小煤氣燈。

屋子裡只有一個人，在靠裡邊的一張桌子邊埋頭工作。聽到我們的腳步聲，他回過頭來瞧了一眼，就跳了起來歡呼道：「我找到了！我找到了！」他對著小斯坦弗大聲說，拿著一個試管向我們跑來，「我找到了一種試劑，只能用血紅蛋白來沉澱析出，別的都不行。」他臉上的神情，比發現了金礦還快活。

「這位是華生醫生，這位是福爾摩斯先生。」斯坦弗給我們做了介紹。

「您好。」福爾摩斯使勁地拽著我的手，熱情地說。真不敢相信他手勁會有那麼大。「看得出來，您去過阿富汗！」

「您怎麼知道的？」我驚訝地問。

「這沒啥大不了的，」他說著，咯咯地笑了起來，「還是談談血紅蛋白吧。您一定能夠看出我這個發現的重要意義吧？」

「從化學研究上看，這是很有意思的事，毫無疑問，」我回答說，「但從實用性看……」

「哎，先生，這可是近年來法醫學上最實用的發現了。您沒發現這種試劑可以用來準確無誤地鑒別血跡嗎？到這邊來！」他急忙拉住我的袖口，把我拽到他原來工作的那張桌子邊。「我們先弄點鮮血，」說著，他把一根長針插入自己的手指，接著用一根吸管吸了一滴血，「現在把這一點點血放進一公升水裡去。您看，這種混合液看起來就像清水一樣，其中血液所占的比例還不到百萬分之一。但我確信，這還是能夠讓它發生某種化學反應。」說著，他就把幾粒白色晶體扔進這個容器，然後又加入了幾滴透明的液體。不一會兒，裡面的溶液變成了暗紅色，一些棕色混濁物析出後沉澱到瓶底。

「哈哈！」他拍著手，就像拿到新玩具的孩子一樣興高采烈地說，「您看怎麼樣？」

「看來這是一種非常精密的實驗。」我說。

「妙極了！妙極了！過去的樹脂測試法操作起來很煩瑣，而且還不可靠。用顯微鏡檢測紅細胞的方法也同樣如此。如果血跡是幾小時前留下的，顯微鏡檢測法根本就沒用。但現在，不論新的血跡還是舊的血跡，這種方法都有效。要是這種檢驗法能早點發現，數以百計逍遙法外的罪犯早就受到法律的制裁了。」

「確實如此！」我喃喃地說。

「刑事案件的偵破大都取決於這一點。通常案發後，要幾個月才能發現疑犯。也許在檢查疑犯的衣物時，發現了褐色斑痕。但這些斑痕是血跡、泥跡、鏽跡、果汁殘跡，還是其他什麼呢？這個問題讓許多專家都感到麻煩。為什麼呢？因為沒有可靠的檢測方法。現在有了夏洛克・福爾摩斯的檢測法，就不會有什麼困難了。」

他說這話的時候，眼裡閃爍著興奮的光芒。他一手按在胸前，向我們鞠躬，彷彿在向想像中鼓著掌的觀眾致謝。

「恭喜您！」我說，他狂喜的樣子，使我非常訝異。

「去年發生在法蘭克福的馮・彼少夫一案，如果有這種檢測法，那他肯定會被送上絞刑架。還有布萊德弗的梅森、臭名昭著的摩勒、茂姆培利耶的勒夫威爾和新奧爾良的賽姆森……我能列舉出二十幾個這樣的案子。這種檢測法在其中都能起到決定性的作用。」

「你可真是歷年罪案的活字典，」斯坦弗笑著說，「你可以去辦份報紙了，名字就叫《警務舊聞》。」

「這樣的報紙讀起來一定非常有意思。」福爾摩斯說著，把一小塊藥膏貼在手指的傷口上。接著，他又轉過臉笑著對我說：「總是和有毒的東西打交道，我得小心點。」說著，他伸出手給我看。只見上面貼滿了大小差不多的藥膏，因為受到強酸的腐蝕都已經褪了色。

「我們來這兒有點事，」斯坦弗說著，一屁股坐在了一只三腳高凳上，用腳把另一只推給我，「這位朋友要找個住處。聽你抱怨沒人與你合租房子，所以我覺得應該把他介紹給你認識。」

聽說我願與他合租房子，福爾摩斯顯得非常高興。「我看中了貝克大街的一套公寓，」他說，「非常非常適合我們兩個住。我想，您對濃烈的煙草味不是很反感吧？」

「我一直抽『船』牌煙。」我回答說。

「那太好了！我常擺弄些化學藥品，偶爾也做些實驗，您介意嗎？」

「絕對不會。」

「那讓我想想，我還有些什麼毛病呢？有時心情不好，我會連著好些天不說話。如果遇到這種情況，您可別以為我故意不搭理人。不用管我，我很快就會好的。您有什麼毛病要說嗎？兩人合住前，最好先瞭解一下彼此身上最惡劣的臭毛病。」

這樣的相互審察簡直讓我忍俊不禁。「我養了一隻小虎頭狗，」我說，「我的神經受過刺激，怕吵。還有就是，每天啥時起床都不一定，而且我這個人非常懶。身體好的時候，我還有其他一些壞毛病，但目前主要就這些了。」

「您把拉提琴也算作吵鬧嗎？」他急忙問。

「這就要看拉琴的人了，」我回答說，「若拉得好，那就是神仙一般的享樂，可要是拉得不好的話……」

「啊，那就行了，」福爾摩斯高興地笑著說，「我認為我們可以算是敲定了。當然了，前提是你對房子感覺滿意。」

「那我們什麼時候去看房子？」

「明天中午來這兒碰頭，我們一起去，把事情搞定。」他回答。

「好的，中午準時見。」我一邊說著，一邊與他握手告別。他留下來繼續擺弄那些化學藥品，我和斯坦弗一起向住的旅館走去。

「哎，」我突然停下腳步，轉臉問斯坦弗，「他怎麼知道我去過阿富汗的啊？」

斯坦弗神秘兮兮地笑了起來。「這就是他的古怪之處了，」他說，「許多人都想知道他為啥能料事如神。」

「噢！這裡面有古怪？」我搓著手大聲說，「太有意思了。非常感謝您牽的線。有道是，『研究人就應從特定的人開始』。」

「那你是要研究他啦，」跟我分手時，斯坦弗說，「不過，你會發現他是塊難啃的骨頭。我敢說，他從你身上瞭解到的，絕對會比你從他身上所瞭解的要多。再見！」

「再見。」我回答說，信步往旅館走去，對新結識的這位朋友，我內心充滿了好奇。

第二章　演繹推理

按照福爾摩斯的安排，我們第二天見面後，去看了看上次見面時他提及的貝克大街二百二十一號B座的房子。房子有兩間舒適的臥室和一間敞亮透氣的起居室。室內佈置得很溫馨，兩扇大窗，採光很好。我們對這房子各個方面都感到滿意，租金兩人分攤後，也還可以接受。於是，我們當場就敲定，馬上租下了房子。

當晚，我就把自己的行李從原來住的旅館搬了過來。緊跟著，福爾摩斯第二天早上就把他的幾個箱子和旅行包搬了進來。接下去的一兩天，我們都忙著拆開箱包，把各自的東西一樣樣擺放得齊齊整整。做完這些後，我們漸漸安下心來，開始熟悉周圍的新環境。

福爾摩斯確實不難相處。他不好動，生活有規律。一般晚上十點不到就睡下了。早上我還沒起床，他就吃完早餐出門了。他有時一整天都待在化驗室中，有時在解剖室，偶爾也會走很遠的路，去倫敦城的貧民區。若做得起勁，他會精力旺盛得無與倫比。但他也會不時地出現截然相反的狀況，一連幾天躺在起居室的沙發上，從早到晚一句話不說，一動不動。在這種時候，我注意到他眼裡流露出茫然若失的神情。若不是知道他平日生活嚴謹又愛乾淨，我真會懷疑他沾染上了毒癮。

幾個禮拜後，我對他的興趣與日俱增，我對他人生目標的好奇心越來越強。即使隨意掃上一眼，都會被他的樣子和外表所吸引。六英尺多高的身材，卻消瘦不堪，因此身體顯得格外頎長，目光銳利，除了我所說的懶散間歇期，細長的鷹鉤鼻讓他整個人都顯得機敏、果敢，方正的下巴向外突出，表明他不是個拖泥帶水的人。雙手總是沾滿了墨蹟和化學藥品，但動起來卻異常靈巧。這些是他在操作那些易碎的化驗儀器時，我在一旁觀察到的。

我承認，福爾摩斯激起了我強烈的好奇心。我也承認，我常常努力去撬他的嘴，讓他談談自己的情況。讀者或許會覺得我是太過於多事了。但是，在下此結論前，請記住：我的生活有多空虛。我能有興趣去關注的事物有多麼少。除非天氣特別暖和，否則我的身體狀況根本不允許我到外面去，而且也沒有好友來探望我，每天的生活都過得單調沉悶。這種狀況下，我對同屋夥伴身上的小秘密當然會極度好奇，把大部分時間都用在設法揭秘上。

他不是學醫的。有次在回答我的一個問題時，證實了斯坦弗的說法。他堅持不懈地學習，好像也不是為了獲得學位或其他被認可的機會，以躋身學界。但是，他對某些研究所表現出的熱情令人驚奇。在一些生僻的領域中，他的學識顯得異常深厚淵博，常常語出驚人。

可以肯定地說，如果不是為了某一特定的目的，沒人會如此努力用功，沒人會如此追求知識的準確性。一個人倘若只是隨意看看書，他就不大會特別重視所學知識的精確性。除非是有十分合理的原因，否則，絕不會有人願意在細枝末節上費腦子。

他對某些東西的無知，與他知識的淵博一樣，讓人瞠目結舌。對於現代文學、哲學和政治等，他幾乎一無所知。當我引述湯瑪斯・卡萊爾[3]的文章時，他竟十分天真地問我卡萊爾是誰，做過些什麼。然而，最讓我感到驚訝的是：我無意中發現他對於哥白尼學說以及太陽系的構成，竟然也一無所知。十九世紀，一個有教養的人竟然不知道地球繞著太陽轉。這在我看來實在是異乎尋常，我真想不到會有這種事。

「您似乎很驚訝，」看到我驚訝的表情，他笑著說，「就算我知道這些，我也會盡力把它忘掉。」

「忘掉？」

「要知道，」他解釋說，「我認為，人的大腦原本就像一間空的小閣樓，只能裝入自己看中的傢俱。傻瓜才會見到什麼都往裡裝，也不管是些什麼雜七雜八的。如果這樣，那些有

3 卡萊爾（Thomas Carlyle，一七九五至一八八一），蘇格蘭散文作家、歷史學家，著有《法國革命》、《論英雄、英雄崇拜和歷史上的英雄事蹟》等。

用的知識反而被擠得容不下，或者和其他東西攪成一團，用起來就麻煩了。因此，一個熟練的技工在選擇東西，裝進小閣樓般的大腦時，會非常謹慎。除了對工作有用的東西外，什麼都不會裝進去。這些東西不但要樣樣俱全，而且須擺放得井井有條。如果您認為這間小閣樓的牆壁富有彈性，可以無止境地往外撐開的話，那就大錯特錯了。由此可知，遲早有一天，您的知識每增加一點，以前的知識就會忘掉一點。因此，最要緊的就是不能讓那些無用的東西把有用的知識擠出去。」

「但我們說的可是太陽系啊！」我爭辯說。

「這跟我又有什麼關係？」他有些不耐煩地打斷我說，「你說我們是圍繞著太陽轉的。可即使我們繞著月亮轉，也絲毫影響不到我和我的工作啊。」

我幾乎脫口想問他究竟是做什麼工作的，但他當時那神情清楚地告訴我，這個問題會讓他不快。於是，我便思考起剛才兩人間簡短的交談，想盡力從裡邊推導出一些東西來。他說他不想去學習那些與其目標無關的知識。那麼，他所掌握的所有知識，對他都是有用的了。我心中暗暗列舉出自己所觀察到的情況，他在這些領域裡的知識掌握情況我都非常清楚。我找了支鉛筆隨手寫了下來。寫完後一看，我忍不住笑了。原來是這樣：

夏洛克·福爾摩斯——其學識範圍

一、文學知識——無。

二、哲學知識——無。

三、天文學知識——無。

四、政治學知識——粗淺。

五、植物學知識——因對象而異，在顛茄、鴉片及毒品方面知識豐富，但在園藝方面一無所知。

六、地質學知識——掌握實用性知識，但很有限。一眼就能分辨不同土質。有次散步回來，讓我看他褲腿上的泥漬，並根據這些泥漬的顏色和黏稠度，指出它們是在倫敦的哪個地方濺上的。

七、化學知識——淵博。

八、解剖學知識——精確，但不成系統。

九、凶案文獻知識——極豐富。他好像熟悉本世紀發生的每樁恐怖案件的所有細節。

十、小提琴拉得不錯。

十一、善於棍棒術，精於拳擊和劍術。

十二、掌握了豐富的英國法律實用知識。

一條條寫完後，我失望地把這張紙扔進了火裡。「我把它們拼湊到一起，看看到底啥行當需要這些知識。如果還是弄不明白這位老兄究竟是幹什麼的，」我自言自語說，「那還不如乾脆放棄這個念頭算了。」

前面我提到他拉小提琴的水準。雖然可以說是出類拔萃，但也像他的其他才能一樣，有些怪異。他能拉很多曲子，包括一些高難度的曲子。這一點我很清楚，因為他曾應我之請，演奏過幾首孟德爾頌的《民謠曲》，以及其他一些我喜歡的曲子。然而，他一個人拉琴的時候，拉出的聲音根本不成調，根本聽不出他拉的是什麼玩意兒。黃昏時分，他會靠在椅背上，緊閉雙眼，把小提琴放在腿上，手隨意地撥弄琴弦。有時撥出的弦聲高亢卻又悲涼，有時撥出的弦聲怪異卻又歡快。顯然，琴音傳遞出他當時的心境。但是，究竟是琴聲將他引入這樣的心境呢？還是某種念頭或情愫驅使他奏出這樣的曲子呢？這我就不知道了。若不是他往往會緊接著演奏好幾首我喜歡的曲子，彌補一下對我耐性的折磨，可能我早就對這種讓人大為光火的獨奏提出抗議了。

剛搬過來的頭一兩個禮拜，沒人上門拜訪。於是，我認為這位夥伴和我一樣，沒什麼朋友。可是沒多久，我就發現他熟人很多，他們來自完全不同的社會階層。其中有個人個子較小，臉色微黃，有些獐頭鼠目，長著黑色的眼睛。福爾摩斯介紹說，他叫萊斯特雷德。此人一個禮拜要來三四次。有天早上，來了個衣著時尚的年輕女子，待了半個多鐘頭才走。就在這天下午又來了一個頭髮灰白、衣著破舊的客人，看上去像個猶太小販。他的神情似乎異常激動，緊跟其後的是個老婦人，一副漫不經心的樣子。還有一回，一個白髮老人來見我的這位夥伴，而另外一回是一個身穿棉絨制服的火車搬運工。

每次這些形形色色的客人來訪時，夏洛克・福爾摩斯總是請我讓他在起居室接待，我就只好退到臥室裡待著。因為給我添了麻煩，他常常向我致歉。「沒辦法，我只能在這裡辦公，」他說，「因為這些人都是我的客戶。」於是，我又有了一個直接問他的機會，但我瞻前顧後，覺得強迫別人吐露實情不好，因此又是沒有問出口。我當時想，他不肯透露自己的職業，一定有很重要的原因。然而不久後，他主動談起了這個問題，打消了我的這種看法。

我記得，那天是三月四日，我比平時早起了點，福爾摩斯還沒有吃完早餐。房東太太知道我習慣晚起，所以餐具也沒有給我擺上，咖啡也沒煮好。我有些莫名地惱火，按了按鈴，沒好氣地告訴房東太太，我要吃早餐。然後，拿起桌上的一本雜誌翻看，消磨等早餐的時間，這時我的夥伴正一聲不吭地嚼著麵包。雜誌上有篇文章，標題下面有鉛筆畫過的痕跡，我自然而然地就先看了這一篇。文章的標題是《生活之書》，好像有點大言不慚。這篇文章說的是：一個人如果能對所接觸的事物做精確、全面的觀察，他將會有非常大的收穫。我注意到，文章既有精細縝密之處，也有荒謬不經之處。論證嚴絲合縫，但論斷卻顯得過於牽強和誇大。作者聲稱，從一個人瞬間的表情、肌肉的顫抖或眼睛的眨動，都可洞悉他內心深處的想法。按照作者的說法，一個人如果受過觀察和分析的訓練的話，是不可能會受欺騙的。他所做出的結論就像歐幾里得的定理一樣，完全站得住腳。在一些外行看來，他的結論的確令人驚歎。如果沒弄明白他推導出結論的步驟，他們真的會把他當作一個巫師。

「從一滴水珠，」作者說，「一個懂邏輯的人就能推測出他從未見過或聽過的大西洋或尼加拉大瀑布可能存在。所以，一個人所有的生活構成了巨大的鏈條，只要能夠看見其中一環，整條鏈條的情況就完全可以推想出來。科學推理和分析正如其他技能一樣，只有經過長期的耐心鑽研才能夠掌握。但人的生命是有限的，無論如何都難以把這種技能提高到登峰造極的地步。案件調查者應把道德和心理等非常棘手的問題先擺在一邊，從最基本的問題入手。先學會一眼看出所遇之人的經歷和職業。雖然這種練習看起來好像非常幼稚，卻能使一個人的觀察力逐漸變得敏銳，教會我們應觀察哪兒、觀察些什麼。一個人的指甲、衣袖、靴子和褲子膝蓋處，大拇指和食指的繭子、表情、襯衣袖口等，任一細節都能明白地透露出他的職業資訊。如果把這些細節聯繫起來，還不能讓調查者開竅，那簡直令人無法想像。」

「廢話連篇！」我把雜誌往桌上一丟，大聲說，「我一輩子沒看過這麼垃圾的文章。」

「什麼文章？」福爾摩斯問。

「喏，就是這篇，」我一邊坐下來吃早餐，一邊用蛋匙指著那篇文章說，「我想您肯定看過了，上面還有你用鉛筆留下的記號。我承認這篇文章寫得不錯。然而，看過後，還是讓我生氣。顯然，這是個遊手好閒的傢伙，坐在書齋裡憑空杜撰出來的，完全是些似是而非的東西，一點都不切合實際。我真想把他關進地鐵的三等車廂裡，叫他把所有乘客的職業一一說出來。我願押一賠一千跟他賭。」

「那你輸定了，」福爾摩斯神情自在地說，「因為那篇文章是我寫的。」

「你寫的！」

「沒錯，我無論是觀察還是推理都有一手。我在文章裡談到的那些理論，在你看來是荒謬離奇的，卻真正是實實在在的東西，非常有用，我就是靠它們來謀生的。」

「靠它們怎樣謀生？」我不禁問了一聲。

「啊，我有自己的職業。我想，全世界我是唯一一個幹這個行當的。我是個『諮詢偵探』，不知你是否明白這是個怎樣的行當。在倫敦，有許多官方偵探和私家偵探。案件一旦陷入困境，他們就會來找我。我設法為他們找出線索，指明偵破方向。他們把所有的證據都擺給我看。一般情況下，憑藉我對歷史上各種犯罪案件的瞭解，都能幫他們回到正確的思路上來。因為各種犯罪行為都有相似性，如果你對一千件案子的所有細節都瞭若指掌，卻破不了第一千零一件案子，那就真是怪了！萊斯特雷德是位有名的偵探，最近他陷在一樁偽造案的迷霧中，只好來這兒找我。」

「那其他人呢？」

「他們多半是私家偵探社介紹來的，都是碰到麻煩，需要我指點迷津的人。我聽他們陳述事實經過，他們則聽我給出的意見。這樣，酬金就進我口袋了。」

「你的意思是不是說，」我說，「別人即使親眼目睹了一切，卻也無法揭開謎團，而你足不出戶，就能解開這個死結？」

「正是如此。因為我在那方面有某種敏銳的直覺。偶爾也會遇到一兩件稍複雜的案件。這樣的話，我就有得忙了，要到現場親眼看看。你知道，我掌握了很多不尋常的知識，把這些知識用到案件上去，問題就能迎刃而解了。雖然你對那篇文章裡提及的推論規則嗤之以鼻，但在實際工作中，對我卻具有非常寶貴的價值。我的觀察力就是我的第二天性。記得我們初次見面時，我說，你來自阿富汗，你好像非常驚訝。」

「一定是有人告訴你了。」

「沒有的事。我是自己看出你是從阿富汗來的。出於習慣，自然而然地一連串的思考在我的腦海中掠過，並得出這樣的結論。我甚至沒有清楚地意識到中間的過程。但是，這中間不是沒有步驟的。我的推理過程是這樣的：『這位先生像是個醫務工作者，但有著一副軍人氣質。那麼，顯然是個軍醫。他剛從熱帶回來，因為他臉色黝黑。但這並不是他原來的膚色，因為他手腕處露出的皮膚很白。他歷經生死，患過重症，這明顯地寫在枯槁的面容上。他左臂受過傷，動起來有些僵硬不自然。能讓一個英國軍醫歷經生死且手臂負傷的熱帶地方在哪裡呢？自然就是阿富汗了。』這一連串的思維過程還不到一秒，因此我說你是從阿富汗來的，你感到很奇怪。」

「聽你一解釋，這件事的確很簡單，」我微笑著說，「你讓我想起愛德格・愛倫・坡[4]作品中的偵探杜班來了。我真沒想到現實生活中真會有這樣的人。」

夏洛克・福爾摩斯站起身來，點燃他的煙斗。「你一定認為，把我比作杜班是對我的讚賞。」他說，「但是，在我看來，杜班差得太遠了。他慣用一種伎倆：先沉默一刻鐘，然後才突然道破他朋友的心事。這也太做作了，太沒內涵了。不錯，他有分析問題的天賦，但絕不是愛倫・坡想像中的那樣不同凡響。」

「你看過加博里約[5]的作品嗎？」我問，「勒考科在你心目中算得上是個偵探嗎？」

夏洛克・福爾摩斯不屑地哼了一聲。「勒考科是個可憐的笨蛋。」他說這話時語氣中透

4愛德格・愛倫・坡（Edgar Allan Poe，一八〇九至一八四九），美國詩人、小說家、文藝評論家，現代偵探小說的創始人，主要作品有詩歌《烏鴉》、驚悚小說《莉蓋亞》、偵探小說《莫格街兇殺案》等。

5加博里約（Gaboriau mile，一八三二至一八七三），法國作家，被稱為法國偵探小說之父，主要作品有《勒考科先生》、《勒魯日之案》等。

出幾分不快，「他只有一件事還值得一提，就是精力旺盛。那本書讓我膩味透了。他在書中所遇到的難題只是如何找出隱藏的罪犯。我不用二十四小時就能辦到。可勒考科卻費了六個多月的工夫。這都夠做反面教材，寫給偵探看，教教他們避免犯同樣的錯誤。」

他這樣藐視我所崇拜的兩個小說人物，讓我心裡相當惱火。我走到窗口，望著熱鬧的街道。「這傢伙也許非常聰明，」我暗自思量，「但也真是太自負了。」

「要是沒案件要偵查，沒罪犯要緝拿，」他抱怨著說，「幹我們這行，有顆聰明的腦子又有啥用呢？我十分清楚，我的腦子足以使我揚名。從古到今，從來沒有人像我這樣研究過大量的案子，也沒有人像我這樣有破案的天賦。可結果又如何呢？竟沒有案子可以辦，頂多不過是些拙劣的作案手法，淺顯易見的犯罪動機，就連蘇格蘭場的人[6]也能看穿。」

我對他這種自以為是的腔調還是感到不舒服。我想，最好是換個話題。

「那個人在找啥？」我指著街對面一個身體健壯、衣著簡樸的人問。那人一邊慢慢地走著，一邊焦急地看著一個個門牌號碼，手裡拿著個藍色大信封，顯然是個信差。

「你是說那個退役了的海軍陸戰隊中士吧？」夏洛克・福爾摩斯說。

「吹牛吧！」我心想，「他知道我沒法去驗證他的猜測。」

6 指倫敦警察廳。

我腦子裡剛轉過這個念頭，只見我們一直盯著的那個男人看見了我們的門牌號碼，快速跑過馬路。下面傳來一陣響亮的敲門聲、一個低沉的嗓音和上樓梯的沉重腳步聲。

「給夏洛克・福爾摩斯先生的信。」他說著，邁步進了房間，把信交給了我的夥伴。

這可是打擊這個自負的傢伙的好機會。他信口開河的時候，根本就想不到會這樣。「勞駕，朋友，」我盡可能平淡地說，「您是幹什麼的？」

「信差，先生，」他硬梆梆地回答說，「制服送去補了。」

「那以前呢？」我問，幸災樂禍地瞟了一眼福爾摩斯。

「中士，先生，皇家海軍陸戰隊輕步兵團的。先生，沒有回信嗎？好的，先生。」

他兩腿一併，舉手敬了個禮，轉身走了。

第三章　勞里斯頓花園謎案

不得不承認，我非常震驚。剛才發生的事證明福爾摩斯的理論的確有用。漸漸地，我崇拜起他的推理分析能力來了。然而，我心裡依然隱隱約約地懷疑，整件事也許是事先安排好來捉弄我的。但是，他捉弄我到底有什麼目的呢？似乎有些說不通啊。我見他看完了信，眼神茫然、黯淡，顯然是走神了。

「你究竟是怎麼推斷出來的？」我問。

「推斷出來什麼？」他沒好氣地說。

「就那個，他是退役的海軍陸戰隊中士啊。」

「我沒時間說這些雞毛蒜皮的事，」他粗魯地回答說，隨即笑了笑，「請見諒啊。你打斷了我的思路。不過沒事，你當真看不出那人是個海軍陸戰隊中士？」

「真沒看出。」

「知道這個並不難，可是解釋起來就有點困難了。如果有人要你證明二加二等於四，你想必會覺得挺難的，可你還是堅信這是事實。即便隔著一條街，我都能看清那人手背上挺大一塊的藍錨刺青。這自然讓人聯想到大海。然而，他舉手投足間體現出軍人的儀態，兩頰留著符合部隊規定的鬍鬚。這樣我們就推斷出海軍陸戰隊了。這個人有些自視頗高、高高在上的樣子。你一定注意到他那副昂著頭揮動手杖的模樣。從他的臉上，也可以看出他是個沉穩、體面的中年人。所有這些事實使我斷定，他曾經是個中士。」

「太妙了！」我脫口而出。

「小事一樁，」福爾摩斯說，不過從他的表情可以看出，我所流露出的訝異和崇敬之情使他非常自得，「我剛才還在說沒案子辦。看來我錯了，瞧瞧這個！」他把那個信差捎來的信扔給了我。

「啊，」我大聲說，一邊掃了一眼，「這太可怕了！」

「這事看上去是有點不尋常，」他平靜地說，「勞駕給我念一遍好嗎？」

下面就是我念給他聽的那封信：

尊敬的福爾摩斯先生：

昨夜，在布里克斯頓街的勞里斯頓花園三號發生一起命案。今天凌晨兩點鐘左右，巡邏員警發現屋內有光亮，因知此屋一直空置，故疑有不測。巡警發現房門大開，前室空無一物，僅有男屍一具。男屍衣著齊整，衣袋中的名片上寫有「伊諾克・J・德雷伯，美國俄亥俄州，克利夫蘭城」。現場無搶劫跡象，也無任何證據說明死者的死因。屋內有血跡，但屍體上並無傷痕。對於死者如何進入空屋，我們百思不得其解，深感此案詭異。請您十二點前親臨現場勘察，我將在場恭候。在您回覆前，鄙人當保持現場原狀。若您不能親臨現場，請務必詳告，如蒙指教，不勝感激。

您忠實的

托比亞斯・葛列格森

「葛列格森是蘇格蘭場中最有頭腦的人，」我的同伴評價說，「他和萊斯特雷德算是那群矬子中的高個。他們兩人腦子反應快、精力充沛，但都過於因循守舊。兩人相互間下絆子，相互猜忌，就像一對職場上的美女一樣。如果他倆一起偵查這件案子，那就有樂子瞧了。」

看到福爾摩斯還能慢條斯理地侃侃而談，我非常驚訝。「真是刻不容緩的事情，」我大聲說，「我幫您雇輛馬車來吧？」

「去不去我還沒定呢。我這人可是懶得無可救藥。不過，那也只是犯懶的時候才這樣。有時我也是挺勤快的。」

「什麼？這不正是你一直盼望的機會嗎？」我問。

「親愛的朋友，這跟我有什麼關係？即使我把整個案子的來龍去脈都弄清楚了，葛列格森和萊斯特雷德等人無疑會把所有的功勞都攬到自己頭上。因為我沒有官方身分。」

「但他在求你幫忙啊。」

「是的。他知道我比他強，他在我面前也承認這一點，但是，他寧願割下自己的舌頭，也絕不願讓第三者知道。算了，我們還是去瞧瞧。我可以獨自一人破案。即使什麼都得不到，也可以藉機嘲笑他們，走吧！」

他迅速套上外衣，舉止匆忙。剛才還是無動於衷的他，現在卻有了躍躍欲試的衝動。

「戴好帽子。」他說。

「你要我也去嗎？」

「是的，要是沒其他事的話。」

一分鐘後，我們上了馬車，往布里克斯頓街狂奔而去。

這天早晨起了霧，天空陰沉沉的。所有的屋頂都罩上了暗褐色的霧紗，看上去像是土黃色街道的倒影。我的夥伴興致非常高，竟閒扯起了克雷莫納小提琴[7]與斯特拉迪瓦里[8]小提琴和阿馬蒂小提琴[9]的不同。但我卻一聲沒吭，陰鬱的天氣和即將面對的慘案讓我心情壓抑。

「你好像不把這樁案子放在心上啊。」我最後說，打斷了他有關音樂的長篇大論。

「目前還不瞭解情況，」他回答說，「在掌握所有的證據前就開始推理，是會犯大錯的，會讓我們的判斷產生偏差。」

「情況你很快就可以掌握，」我手指前方說，「如果沒看錯的話，這就是布里克斯頓街，那幢房子就是案發現場。」

「就到這裡下，停車，車夫，停車！」離房子還有一百碼左右的時候，他堅決要下車，於是我們步行走完了剩下的這段路。

勞里斯頓花園三號看上去非常陰森可怖。離街邊不遠的地方座落著四幢房子，兩幢住著人，另外兩幢空著沒人住，三號樓就是其中一幢空的。空屋臨街的一邊有上下三排窗戶，陰沉沉、空蕩蕩的。滿是灰塵的玻璃上到處貼滿了「出租」的字條，像是生了白內障似的。每幢房子前面都有一座小花園，把房子和街道隔開。花園零星地長著些歪歪扭扭的花草。有條

7 義大利北部城市克雷莫納製造的名牌優質小提琴。
8 義大利提琴製造家斯特拉迪瓦里製造的小提琴。
9 十六至十七世紀義大利小提琴製造商阿馬蒂家族製造的小提琴。

細長的黃色小徑從花園穿過，一看便知是用沙礫和黏土攪拌後鋪成的。昨晚下了一夜的雨，到處泥濘不堪。花園四周用三英尺高的磚牆圍起，牆頭上豎著木柵欄。倚牆站著一個身材高大魁梧的員警，旁邊圍著幾個閑著沒事看熱鬧的人，他們使勁伸長脖子拚命往裡面張望，想看看裡面的狀況，但什麼也沒看到。

我還以為夏洛克・福爾摩斯會馬上進屋，著手研究案情。但是，他看上去似乎並不打算立刻動手，一副漫不經心的樣子。在當時那種情況下，我覺得這只不過是在故作姿態罷了。他在人行道上慢悠悠地走過來走過去，面無表情地瞅瞅地面，瞅瞅天空，瞅瞅對面的屋子和那排圍欄。看了一通後，他慢慢走上花園裡的小徑。準確地說，是沿著小徑靠近草地的那一邊往前走，眼睛一直盯著地面。有兩次，他停下了腳步；有一次，我看見他笑了，還聽見他會意的感歎聲。潮濕的泥地上有許多腳印。但是，員警在上面來回走過多次了，我真看不出福爾摩斯還能從中發現點什麼。不過，我很清楚，他有敏銳的洞察力，因此堅信他一定能發現許多我所不能發現的東西。

到了房門口，一個臉色白淨、頭髮淡黃的高個男人迎了出來。他手裡拿著一個記事本，急忙上前熱情地握住我的夥伴的手。「您能來真是太好了，」他說，「我吩咐過他們不得動任何東西。」

「除了那兒！」我的夥伴指著那條小徑回答說，「就算是一群野牛踩過，也會比那好點。不過，葛列格森，想必您心裡有譜了，否則不會讓他們這麼做的。」

「我在屋子裡忙不過來了，」偵探顧左右而言他，「我的同事萊斯特雷德先生在這兒。外面的事他負責。」

福爾摩斯看了我一眼，不無譏諷之意地皺了皺眉。「有您和萊斯特雷德這樣的高人在，旁人也沒插手的必要了。」他說。

葛列格森有些自我感覺良好。「我想，能做的都已經做了，」他搓著雙手說，「不過，案情還是比較離奇，我知道，您對這類案子很感興趣。」

「您不是坐馬車來的吧？」夏洛克・福爾摩斯問。

「沒坐，先生。」

「萊斯特雷德也沒坐嗎？」

「沒有，先生。」

「那我們去看看那個房間吧。」他話鋒一轉，隨即邁步進屋。葛列格森跟在後面，一臉的詫異。

一條並不長的過道，通往廚房和下房，上面沒鋪地毯，滿是灰塵。過道左右兩側各有一扇門。其中一扇明顯關了很久沒開了。從另一扇門進去是餐廳，這起神秘的案子就發生在裡面。福爾摩斯走了進去，我跟在他後面，目睹兇殺現場，我心裡感到非常壓抑。

這是間正方形的大房間，裡面任何傢俱都沒有，顯得更加寬敞。牆壁上糊著俗豔的牆紙，有些地方生了大塊的黴斑。許多地方的牆紙已經大片地剝落，露出了裡面發黃的灰泥。正對著房門的是一個奢華的壁爐，壁爐框是白色仿大理石做成的，爐台一端立著一截紅蠟。僅有的一扇窗子骯髒不堪，室內光線昏暗，給屋裡的一切都抹上了一層晦暗陰鬱的色彩，而四處厚厚的灰塵則更加重了這一色彩。

還沒來得及關注這些細節，我的注意力就全都集中在那具令人毛骨悚然的男屍上。屍體僵直地躺在地板上，一雙空洞無神的眼睛凝視著褪色的天花板。死者四十三四歲，中等身材，肩膀很寬，一頭黑色鬈髮，留著鬍渣。上身穿厚粗絨大衣，裡面是件馬甲，領子和袖口乾乾淨淨，下著淺色的褲子。屍體旁的地板上有一頂整潔的禮帽。

死者生前似乎有過一番痛苦的掙扎：他雙手緊攥著、雙臂向外伸著、雙腿交織著，僵硬的臉上露出驚恐的神情。我想，這應該是一種憤恨的神情。這種神情似乎從未在人臉上見過。凶惡可怕的面容極度扭曲，加上低額、塌鼻和突下巴，使死者看起來非常像隻猿猴。他那極不自然的痛苦扭曲的肢體，讓他看起來更怪異。我見過很多不同的死狀。然而，在這棟面朝倫敦郊區主幹道的、陰暗骯髒的屋內，這位死者的死狀是最為恐怖的了。

一向精瘦、狡猾的萊斯特雷德站在了門口，向我和我的夥伴打招呼。

「這案子會轟動全城，先生。」他說，「我也不是個菜鳥了，但還真沒見過比這更離奇的案子。」

「有線索嗎？」葛列格森問。

「一絲線索都沒有。」萊斯特雷德隨即回答說。

福爾摩斯走近屍體旁，跪下來專心致志地查看。「你們肯定屍體上沒有傷痕嗎？」他指著周圍點點斑斑的血跡問。

「肯定沒有。」兩位偵探同聲回答說。

「那麼，可以肯定，這些血跡是另一個人留下的。如果這是一起兇殺案的話，那人有可能就是兇手。這案子讓我想起了一八三四年發生在烏德勒支市[10]的一個案子，當時范楊森死時的狀況與此相似。葛列格森，您還記得那個案子嗎？」

「記不得了，先生。」

「您真得去看看那個案子的卷宗。這個世界不存在從沒發生過的事，都是以前發生過的。」

他說著這些話的時候，靈巧的手指在屍體上四處遊走，這裡摸摸，那裡按按，解開屍體的衣扣檢查了一番，眼裡又出現了我前面說到的那種游離若失的神情。他檢查得很快，卻是

10 荷蘭中部烏德勒支省省府。

旁人根本想不到的細緻。最後，他嗅了嗅死者的嘴唇，又看了看死者的皮靴底部。

「屍體沒搬動過吧？」他問。

「只是做了些必要的檢查。」

「現在，可以把屍體送去太平間了，」他說，「該查的都查了。」

葛列格森早已安排了一副擔架和四個抬擔架的人。一聲招呼，他們就進來把死者抬出去了。他們抬起屍體時，一枚戒指叮噹一聲滾落在地板上。萊斯特雷德一把從地上抓起戒指，迷惑不解地盯著看。

「有個女人到過現場，」他大聲說，「這是一枚女式婚戒。」

說著，他把戒指放在手掌上遞給在場的人看。我們都圍上去看。毫無疑問，這枚足金戒指曾經套在一位新娘的手指上。

「這讓案情更複雜了，」葛列格森說，「天哪，本來就夠複雜的了。」

「您肯定這枚戒指不會讓案子更清晰嗎？」福爾摩斯分析著說，「就這樣盯著它看是沒用的。在死者衣袋裡有啥發現？」

「全在這，」葛列格森指著散亂堆放在樓梯下方一台階上的東西說，「一塊倫敦巴羅德公司產的金錶，編號為九七一六三。一條粗重結實的愛爾伯特金鏈；一枚金戒指，上面刻有共濟會標誌。一個金別針，呈虎頭狗頭部形狀，狗眼睛由兩顆紅寶石鑲成。一個俄製名片夾，名片上印有克利夫蘭的伊諾克・J・德雷伯字樣，與死者衣袖上繡著的E・J・D三個縮寫字母吻合。沒有錢包，只有些零錢，共七英鎊十三先令。一本薄伽丘的袖珍版小說《十日談》，扉頁上寫有約瑟夫・斯坦格森的名字。還發現兩封信，一封寫給德雷伯，另一封是寫給約瑟夫・斯坦格森的。」

「寄到什麼地方？」

「斯特蘭德大街的美國交易所，信是留交收信人自取。兩封信都是從蓋恩輪船公司寄來的，信中提及他們的輪船已從利物浦起航。可見，這個不幸的傢伙正準備回紐約。」

「你們調查了斯坦格森這個人嗎？」

「我當即就調查了，先生。我已派人到各報社刊登尋人啟事了，我的一個手下已經去美國交易所調查情況，現在還沒回來呢。」

「克利夫蘭市派人去了嗎？」

「今天早晨我們發了一份電報過去。」

「電報上是怎麼說的？」

「只是詳述了這裡的狀況，然後說希望他們能提供給我們有用的資訊。」

「您難道沒有具體問些您認為重要的情況嗎？」

「我問過斯坦格森。」

「沒別的了？整個案子就沒個值得調查的關鍵點嗎？您就只發了那份電報嗎？」

「我要說的在第一封電報上都說了。」葛列格森惱火地說。

福爾摩斯輕聲一笑，正打算開口說些什麼，萊斯特雷德又走了過來，搓著雙手，一副揚揚自得的樣子。我們跟葛列格森在大廳談話時，他在前屋。

「葛列格森先生，」他說，「我剛剛有個非常重大的發現。如果不是我仔細地檢查了牆壁，就有可能遺漏了。」

小個子偵探說話的時候，眼裡閃爍著興奮，顯然因略勝同僚一籌而壓抑不住內心的狂喜。

「請到這邊來！」他一邊說著，一邊忙走回前屋。那具可怕的屍體被抬走了，屋裡空氣似乎清新了些。「好，請站在那兒！」

他拿根火柴在皮靴上劃了一下，火柴照亮了牆壁。

「瞧這個！」他得意地說。

前面我曾說過，牆紙一塊塊地脫落了。就在屋內這個牆角上，有一大塊牆紙剝落，露出一塊粗糙泛黃的灰泥。在這塊光禿禿的方形空白牆面上有個用鮮血塗抹而成的詞：RACHE。

「你們怎麼看？」偵探大聲說，像在做秀一樣，「這個詞之所以被大家遺漏，是因為寫在房內最暗的角落裡，誰都沒有想到過來看看這裡。這是兇手用他或她自己的血寫成的。

瞧，血跡沿著牆壁往下滴呢！這就排除了自殺的可能。但為什麼兇手選擇寫在這個角落呢？我可以告訴您。看到壁爐上的那段蠟燭了嗎？案發時是點著的。如果這根蠟燭亮著，那這個牆角應該就是屋子裡最亮而不是最暗的地方了。」

「的確是你發現的，但這字跡又能說明什麼呢？」葛列格森不屑地說。

「說明什麼？這說明寫字的人當時想寫一個女人的名字『蕾切爾』（Rachel），但沒來得及寫完就被某事打斷了。記住我說過的話！等到整樁案件水落石出時，您一定會發現有個叫『蕾切爾』的女人與本案有關。您現在笑我沒關係，福爾摩斯先生，您也許非常精明能幹，但到最後，獵狗還是老的頂用。」

「真的很抱歉！」我的夥伴說，他忍不住放聲大笑起來，這下小個子被激怒了，「確確實實是您第一個發現的，功勞歸您。正如您所說，所有跡象表明，這是昨晚秘案中另一個在場的人留下的。可是，我還沒來得及勘查這間屋子呢。如果您允許的話，現在我就要勘查了。」

他說話的當兒，從衣袋裡掏出一把卷尺和一個大的圓形放大鏡。拿著這兩樣工具，他在屋裡輕手輕腳地走來走去，時而停下，時而跪下，甚至一度趴到了地上。他聚精會神地工作著，好像忘掉了我們的存在，不停地在喃喃自語，始終充滿火一樣的熱情。他一會兒驚歎，一會兒歎息，一會兒吹口哨，一會兒輕叫幾聲給自己打打氣。我看著他，不由自主地想到了一條訓練有素的純種獵犬，在樹叢中來回奔跑，急切地發出叫聲，不找到獵物的氣味絕不甘休。他勘查了二十多分鐘，仔仔細細地測量著一些印記間的距離，而我卻壓根兒什麼也沒看見，有時還莫名其妙地拿卷尺在牆上來回比劃。他還非常小心翼翼地從地板上某處撚起一小撮灰色的粉末，裝進一個信封。最後，他用放大鏡仔細檢查牆上的血字，小心翼翼地看著每個字母。做完這些後，他似乎覺得足夠了，把卷尺和放大鏡收入口袋裡。

「人們都說，天才要吃得苦中苦，」他笑著說，「這種說法的確不很恰當，不過用在偵探這個行當倒是挺合適的。」

葛列格森和萊斯特雷德見這位業餘同行在忙乎時，臉上神情既十分好奇，又有些輕視。我已經開始意識到，夏洛克・福爾摩斯所做的哪怕最細微的舉動都有著明確而實際的指向，而兩個偵探顯然沒意識到這一點。

「您怎麼想的，先生？」他倆同聲問。

「如果我貿然相助，豈不搶了二位的功勞？」福爾摩斯說，「你們幹得很好，如果有人插手的話，那就有點多此一舉了。」這些話從他嘴裡說出，滿是嘲諷的味道。「不過，如果你們能及時告知案情偵破的進展，」他接著說，「我還是會盡力相助的。另外，我想跟那個發現屍體的巡警談談。你們能告訴我他的姓名和住址嗎？」

萊斯特雷德看了看手中的記事本。「約翰・蘭斯，」他說，「他現在下班了。您可以去肯寧頓園門，奧德利大院四十六號找他。」

福爾摩斯拿筆記下了地址。

「走吧，醫生，」他招呼我說，「我們去找他。」他又轉身，對兩位偵探說，「告訴你們二位一件事情，可能破案時會有用。這的確是樁謀殺案，兇手為男性，身高六英尺以上，正值壯年，從他的身材比例看，兇手的腳偏小些，穿著做工粗糙的方頭皮靴，抽特里其雪茄煙[11]。他與被害人同乘一輛四輪馬車來現場，拉車的馬腳掌上有三塊舊蹄鐵，右前掌的蹄鐵是新換的。兇手很有可能面色赤紅，右手留有非常長的指甲。雖然這僅僅是些猜想，但也許對你們破案有用。」

萊斯特雷德和葛列格森交換了一下眼神，臉上露出懷疑的笑容。

「如果死者是被謀殺的，那他是如何被害的呢？」前者問。

「毒死的。」夏洛克・福爾摩斯隨意地說，大步往外走去。「還有，萊斯特雷德，」他走到門口時又回頭加了一句，「『Rache』是德語詞，意為『復仇』，您別浪費時間去找什麼蕾切爾小姐了。」

回頭說完這話，他便揚長而去，只剩那兩個競爭對手瞠目結舌地站在原地發呆。

11 一種兩頭都開口的雪茄，命名源自產地印度。

第四章　員警約翰·蘭斯的敘述

午後一點，我們離開勞里斯頓花園三號。福爾摩斯領著我來到附近的電報局，發了一封很長的電報。隨後，他雇了輛馬車，讓車夫按萊斯特雷德給的地址送我們過去。

「第一手的證據最重要了。其實，這個案子我已心中有數了，但我們還是把該查的情況查清楚的好。」

「你真是讓我搞不懂，福爾摩斯，」我說，「雖然你裝著十分有把握的樣子，但我確信你對自己所說的那些細節，並不像是很有把握的樣子。」

「不會有問題的，」他回答說，「我一到那兒，就注意到有輛馬車在靠近人行道處留下的兩道車轍。一直到昨晚，有整整一個禮拜沒下過雨，所以昨晚一定有馬車經過那裡，才會留下那麼深的車轍。另外，還有馬蹄的印痕，其中一隻蹄印比其他三隻清晰得多，說明這塊蹄鐵是新換的。下雨之後，那裡有輛馬車，而整個早上那裡都沒有見到一輛馬車——這一點是葛列格森告訴我的，可見，這輛馬車是晚上到那兒的，因此，就是它把那兩個人載來這幢屋子的。」

「這好像比較簡單，」我說，「那麼另一個男人的身高呢？」

「啊，十之八九，一個人的身高可以根據他的步長推算出來。雖然算起來並不複雜，但還是別用數字來煩你吧。從屋外的泥地和室內的塵土上，我都測到了那傢伙的步長。另外，我還有個辦法驗證計算結果。一個人在牆上寫字的時候，會本能地寫在水準視線之上。而他把字寫在離地六英尺多的地方。這不過是小孩子的把戲。」

「那他的年紀呢？」我問。

「嗯，如果一個人可以毫不費勁地跨過四英尺半，就肯定不會是個面色蠟黃的乾瘦老頭。花園小路上的一潭水就有這麼寬，而他顯然是邁步跨過去的。穿漆皮靴的人是繞過去的，而穿方頭靴的人卻是能跳過去的。這裡面沒什麼玄奧，我只不過是把我那篇文章裡談及的觀察和推理，用於日常生活罷了。你還有什麼不解的嗎？」

「那手指甲和印度雪茄煙呢？」我又問他。

「牆上的字是兇手用食指蘸血寫的。我用放大鏡觀察到，他在寫字時把一些牆灰刮了下來。如果這個人剪過指甲的話，就絕不會這樣。從地板上我還收集到一些散落的煙灰，顏色很深且呈片狀，只有特里其雪茄的煙灰才會這樣。我專門研究過雪茄煙灰的特點。事實上，我還就此寫過一篇論文呢！毫不謙虛地說，不管什麼名牌的雪茄或捲煙煙灰，我一眼就能馬上識別。也恰恰是這些細枝末節顯示出幹練的偵探與葛列格森、萊斯特雷德之流的不同。」

「那紅臉呢？」我接著問。

「啊，那是個更大膽的推測了，不過我自信不會錯。但就這個案件目前的情況看，你還是暫時別問我這個吧。」

我拍了拍額頭。「我的頭都暈了，」我說，「越想越覺得詭異。如果現場真有兩個人的話，他們是怎樣進去那幢空屋子的呢？送他們去那兒的車夫怎樣了呢？其中一個人如何能迫使另一個人服毒呢？血是哪來的？既然兇手不是圖財害命，那他的殺人動機是什麼？女式結婚戒指是哪來的？最重要的是，兇手逃離現場前為什麼用德文寫下『復仇』呢？說真的，我真的沒辦法從中理出頭緒來。」

我同伴會心地笑了笑。

「你非常簡明扼要地總結了該案的疑點，」他說，「雖然對案情的主要情況，我已有了定論，但仍有許多地方不是非常清楚。萊斯特雷德發現的血字，只不過是個轉移警方視線的迷霧，有意暗示這是社會黨或秘密團體所為。血字並不是德國人所寫。稍加留意就可發現，字母A有點像是仿照德文的樣子寫的。然而，真正的德國人無一例外地用拉丁字體寫。因此，我們可以有把握地說，這字母不是德國人所寫，而是有人拙劣地模仿出來的，實在是多此一舉。這只不過是將偵查工作引入歧途的詭計而已。醫生，這個案子我就說到此為止。你知道，一個魔術師如果把自己的戲法說穿了，就得不到觀眾的掌聲了。如果我把偵查方法全都講給你聽，那你一定會說我這個人其實也沒什麼大不了的。」

「我不可能會這樣做，」我回答說，「你使得破案幾乎成為一門精確的科學，我相信它早晚會成為一門科學的。」

見我說這話時一臉的誠懇，我的夥伴臉上露出高興的紅暈。我已注意到，如果有人讚揚他的破案本領時，他會敏感得像聽到別人稱讚自己美貌的少女。

「我再告訴你一件事。」他說，「穿皮靴的人和穿方頭靴的人同乘一輛馬車來，一起走到花園小路上，很可能是手挽著手，關係非常好。進屋之後，他們在屋內走來走去，確切地說，穿皮靴的人站著沒動，而穿方頭靴的人在屋裡不停走動。這些都是從地板上的塵土判斷出來的。而且，我還看出，穿方頭靴的人越走越激動，他的步子越邁越大。他一直不停地說著，最後無疑爆發了，接著慘劇發生了。現在我所知道的情況都告訴你了，其他的僅僅是些猜測。不過，我們一開始就有個好基礎，抓緊時間，下午我還要去哈勒音樂會聽諾爾曼・聶魯達[12]演奏。」

12聶魯達（Norman Neruda，一八三八至一九一一），英國著名女小提琴演奏家，出生於捷克的摩拉維亞。

我們說話間，馬車接連穿過一條條骯髒、陰鬱的街道和小巷。在一條最骯髒、最陰鬱的岔路上，馬車停了下來。「那就是奧德利大院了，」車夫指著顏色深暗的磚牆上開出的一個窄窄的入口，「回去的時候，到這裡找我。」

奧德利大院是個毫不起眼的地方。我們穿過那條狹窄的過道，來到了這個四方大院，院子鋪上了石板，四周是些鄙陋的住房。我們從一群髒兮兮的孩子中間擠過，又鑽過一排排掛著的褪色的衣服，找到了四十六號，門上釘著一個小銅牌，上面刻著蘭斯的名字。一打聽，才知道這位員警在床上睡覺呢。於是，我們被領進一間小接待室等他。

沒過多久，員警就出來了，看上去一臉不高興，因為好夢被攪了。

「我已經向局裡都報告過了。」他說。

福爾摩斯從口袋裡掏出一個半鎊金幣，若有所思地把弄著。「我們很想聽聽您親口告訴我們事情的全部經過。」他說。

「非常樂意把我所知道的一切告訴您。」員警回答說，兩眼緊盯著那枚圓形的金幣。

「那我們就來聽聽整個事情的經過吧！」福爾摩斯說。

蘭斯在馬毛沙發上坐了下來，緊皺著眉頭，像在努力確保所說的話中沒有遺漏什麼。

「那我從頭說起，」他說，「我當班的時間是從晚上十點到早上六點。昨夜十一點的時候，有人在懷特哈特街打架。除此之外，我的巡邏區內一片寧靜。一點，開始下雨了。這時，我遇見了哈里•默切爾，他在荷蘭樹林區一帶巡邏。接著，我們兩人就站在亨麗埃塔街的拐角處聊天。沒一會兒，大約是兩點或兩點過一會兒的時候，我想該轉轉了，去看看布里克斯頓街是否一切正常。那條街特別骯髒，特別偏僻。一路上連個鬼影都沒見到，只有一兩輛馬車從我身邊駛過。我邊蹓躂，邊琢磨，如果能來杯溫熱的杜松子酒該多爽啊。就在那時，忽見發案的那棟房子窗口透出了燈光。哎，我知道勞里斯頓花園的那兩幢房子一直空著，因為房東一直沒請人把下水道修好。即使其中一棟房子的上一任房客得傷寒病死了，他也不願意修。所以，看到窗戶裡有燈光，我嚇了一大跳，懷疑情況不對勁。等我走到屋門口……」

「您停住了腳步，接著轉身走回到花園門口，」我的夥伴插嘴問了一聲，「您為什麼要這麼做？」

蘭斯猛地跳了起來，目瞪口呆地望著福爾摩斯。

「天哪！確實是那樣，先生！」他說，「可是您是怎麼知道的呢？這是只有老天爺才知道的事啊！是的，我走到門口，周圍靜得嚇人，我想還是找個人跟我一起進去比較好。這個世上的東西我沒什麼可怕的。但我那時想，也許是那個死於傷寒病的房客回來看那個害他送命的下水道吧。心裡閃過這個念頭，我趕緊轉身，回到大門口看默切爾的提燈還在不在，但是一個人影都沒見到。」

「街上一個人也沒有嗎？」

「別說人了，先生，連條狗都沒有。於是，我鼓足勇氣走回去，推開房門。裡面沒有一點聲音，於是我走進那間有亮光的屋子。壁爐台上有支紅燭，燭光閃爍，透過燭光我看見……」

「好了，您當時看到的情景我都知道。您在屋裡來回走了幾圈，接著在屍體旁邊跪了下來，然後穿過房間去推了推廚房的門，接著……」

約翰・蘭斯猛地站了起來，一臉的恐懼，眼中滿是疑惑。

「您當時躲在哪兒看到的？」他大聲說，「我想，很多事情您是不可能知道的。」

福爾摩斯笑了，掏出了自己的名片，扔給桌子對面的員警。「我不會把您當成兇手抓起來，」他說，「我也是獵犬中的一條，不是那條狼。葛列格森和萊斯特雷德先生都可以證明這一點。那麼，請繼續講，接著您做了什麼？」

蘭斯回到座位上，但依然是一臉的狐疑。「我走到花園門口，吹響了警笛。默切爾和另外兩個員警應聲趕到事發現場。」

「當時街上空無一人嗎？」

「嗯，是的，好人肯定不會有的。」

「這是什麼意思？」

員警咧開嘴笑了。「我巡邏的時候見過的醉漢多了，可從沒見過像他那樣醉得大喊大叫的傢伙。我從屋裡出來的時候，他正倚著欄杆站在門口，扯開嗓門，聲嘶力竭地唱著克倫巴茵[13]唱過的小調或者其他的曲子。他已經沒法站住了，扶都扶不起來。」

「那是個怎樣的人？」夏洛克・福爾摩斯問。

約翰・蘭斯對他這樣打岔，有點不快。「他與一般的醉鬼不大一樣，」他說，「要不是沒空搭理他，肯定會把他帶回警局。」

「他的臉啊，他的穿著啊，您沒注意嗎？」福爾摩斯不耐煩地插嘴說。

「我想，我的確注意到了。因為我得把他架起來，我和默切爾一邊一個。那傢伙個子挺高，紅色的臉龐，再往下就都捂在衣領……」

「夠了，」福爾摩斯大聲說，「他後來怎樣了？」

「我們太多事了，沒工夫管他。」這巡警有點委屈地說，「我打賭，他肯定自己安全回家了。」

「他穿什麼樣的衣服？」

「一件咖啡色的外套。」

13 意指活潑伶俐的少年女僕人，也是義大利傳統戲劇中的程式化角色。

「手上有沒有拿馬鞭？」

「馬鞭？沒有。」

「他一定是把它放在馬車裡了。」我的夥伴低聲說，「那以後，您沒看見或聽見馬車經過嗎？」

「沒有。」

「這半鎊金幣是您的了，」我的夥伴說著，起身拿好帽子，「蘭斯，恐怕您這輩子在員警這個行當裡別想升官了。您這腦袋瓜子不是長著好看的，得用用才行。昨晚您本來有機會升個小隊長的。您昨晚手裡扶著的那個人，是這個謎案的重要線索，我們正在找他。現在說這些已經沒用了，我只是把這事跟您說說而已。走吧，醫生。」

我們倆一起回來找馬車，那員警一臉懷疑地留在屋裡，不過看得出他心裡很不舒服。

「傻瓜蛋！」我們乘馬車回寓所的路上，福爾摩斯狠狠地說，「想想看，一個這樣千載難逢的好機會，他居然沒抓住。」

「我還是一頭霧水。的確，蘭斯對此人的描述完全與你想的一樣。他就是這樁案子裡的另一個人。但是，他離開後，為何還要回那個屋子去呢？罪犯通常不會這麼做的。」

「戒指，夥計，戒指！這就是他回去的原因。如果我們沒辦法逮住他，就可以用這個戒指放長線釣大魚。我一定會逮住他的，醫生。我敢押一賠二跟你賭一把，他跑不掉的。這事我還真得謝謝你。要不是你，我可能不會去的，這樣就會錯過這次人生中最精彩的研究：研究血字，呃？為什麼不能用個藝術點的說法呢？有一條謀殺的紅線，穿過了灰暗的生活霧團，我們的職責就是要解開它，剝離它，把它一點一滴地展示給人們。好了，現在去吃午飯，然後去聽諾爾曼・聶魯達的演奏。她在起音和運弓上都有高超的技巧。蕭邦的小夜曲在她的演奏下美妙極了：得啦——啦——啦——哩啦——哩啦——來。」

這位業餘偵探，倚靠在馬車上，像隻雲雀一樣一路哼唱，而我卻在暗自忖量，人類大腦中的想法可真是多啊！

第五章　啟事招來的訪客

忙了一個上午，我虛弱的身子骨有點撐不住了，下午就感到渾身乏力。福爾摩斯同我分別後便聽音樂會去了，我則蜷縮在沙發裡，想儘量睡上兩小時，但腦子太興奮了，怎麼都睡不著。滿腦子都是上午所發生的一切，以及各種各樣稀奇古怪的想像和猜測。我一閉上眼睛，被害人扭曲得像狒狒一樣的面容就會立即浮現在眼前。那張臉給我留下了刻骨銘心的印象，實在是太可怕了。終於有人把這張臉的主人從這個世界抹去了，我不由自主地對這個人懷有了感激之情。如果依據人的面容來判斷一個人是不是十惡不赦，那無疑就是克利夫蘭市的伊諾克·德雷伯的那張臉了。但我知道，正義必須得到伸張。從法律上說，被害人再壞也並不能成為寬恕兇手的理由。

福爾摩斯推測，受害人是被毒死的。我越想越覺得這個推測非同尋常。我記得，福爾摩斯曾嗅過死者的嘴唇，一定是發現了什麼，才會有這樣的推斷。再者，如果被害人不是被毒死的，那麼他的死因是什麼呢？屍體上既沒有什麼受傷的痕跡，也沒有被勒死的痕跡。但是，另一方面，地板上那一大灘血又是誰留下的呢？屋裡沒有廝打的痕跡，也沒找到受害人傷害另一方的武器。如果所有這些問題得不到解答，我想不管是福爾摩斯還是我都睡不安穩。然而，福爾摩斯平靜、自信的神態使我確信，對所有這一切他都已經有了自己的想法，只是我現在還猜不出究竟是什麼樣的想法。

福爾摩斯很晚才回來。我知道，他不可能是聽音樂會聽到這麼晚才回來。他回來時，晚飯已經上桌了。

「音樂會太棒了，」福爾摩斯說著便坐了下來，「你還記得達爾文是怎樣說音樂的嗎？他說，人類在使用語言之前，早就擁有創造和欣賞音樂的能力了。也許，這就是音樂能對我們產生微妙影響的原因。在我們靈魂的深處，對於原初世界的朦朧歲月，依然還有模糊記憶。」

「這種看法太不著邊際了吧。」我說。

「如果人們想要理解大自然，那他們的思想就必須和大自然一樣開闊，」他回答說，「怎麼了？你看起來不大對勁。布里克斯頓街的案子叫你心煩意亂吧。」

「說實話，真是這樣，」我說，「有過去阿富汗的經歷，面對各種狀況，本該更加堅毅。在邁旺德戰役中，我親眼目睹自己的戰友們血肉橫飛，都沒有神經崩潰。」

「我能理解。這件案子確實像個謎，能激發人們的想像。如果沒有想像，也就不會有恐懼。你看了今天的晚報嗎？」

「還沒有。」

「上面詳細報導了這個案子。但屍體抬起時落下一枚女式婚戒的事卻隻字未提。這樣做倒是更好。」

「為什麼？」

「看看這則啟事，」他回答說，「今天上午，離開現場後，我立刻讓各家報紙登了一則啟事。」

他將報紙從桌子對面遞了過來，我看了一眼他所指的地方。是在「失物招領」欄裡，第一則啟事上寫著：「今晨，在布里克斯頓街，懷特哈特酒館至荷蘭樹林間的路段上，拾到純金婚戒一枚。失者請於今晚八時至九時到貝克大街二百二十一號B座華生先生處認領。」

「請見諒，用了你的名字登啟事，」他說，「如果用我自己的，那些傻蛋中有人可能認出我的名字來，會插手此事。」

「沒有關係，」我回答說，「不過，要是有人來認領，我可沒有戒指給呀。」

「噢，有的，」說著，他交給了我一枚戒指，「這足以應付了。幾乎就是原來那枚的翻版。」

「你覺得誰會來認領呢？」

「呃，那位穿咖啡色外套的男子，也就是我們那位紅臉龐、穿方頭靴的朋友。如果他不親自來，也會打發一個同黨來的。」

「他不會覺得這樣太危險嗎？」

「絕對不會。如果我對這樁案子的看法是對的，況且我也有太多的理由相信它是對的，那麼這個人哪怕冒再大的風險，也要拿回這枚戒指。據我判斷，他彎腰看德雷伯的屍體時，戒指掉在了地上，但當時他還不知道。離開那幢房子後，發現丟了戒指，急忙趕回來，卻發現員警已經到了。都是由於他自己愚蠢，沒有熄滅屋裡的蠟燭。不得已，他假裝喝醉了酒，以免自己在門口出現引起員警懷疑。現在，你設身處地想一想。把事情前前後後想過以後，他一定會想，戒指可能是在離開屋子後的路上遺失的。然後他會怎麼做呢？他會急忙到晚報上去查，希望在失物招領欄裡找到它。他一定會喜出望外的。他高興都來不及，怎麼會怕是圈套呢？在他看來，根本沒道理把找戒指跟謀殺聯繫起來。他會來，他肯定會來。不出一小時你就能見到他了。」

「然後呢？」我問。

「噢，然後就讓我來對付他。你有武器嗎？」

「我有把老式軍用左輪手槍，還有幾發子彈。」

「你最好把它擦擦，裝好子彈。他是個亡命徒，雖然我能趁他不注意的時候制伏他，但還是有備無患的好。」

我走進臥室，照他說的做了。我拿著手槍回到餐廳，餐桌已經收拾乾淨，福爾摩斯正撩撥著小提琴上的弦，這是他最喜歡的消遣方式。

「案情複雜起來了，」我進來時，他說，「我剛收到美國的回電。我對這樁案子的看法是對的。」

「你認為……」我急切地問。

「我這把小提琴該換弦了。」他說，「把你的手槍放進口袋裡。那傢伙來的時候，用平時的語氣跟他說話。其餘的事情交給我。別死板地盯著他看，會驚動他的。」

「現在已經八點了。」我看了看手錶說。

「是啊，他可能過幾分鐘就到了。把房門虛掩著，這樣就行。把鑰匙插在裡面的鎖孔上。謝謝！我昨天在地攤上淘到一本奇怪的舊書，名為《論國際法》，是本拉丁文的，一六四二年出版於低地國家[14]的列日。在這本棕色書皮的小冊子印刷出版時，查理一世[15]的腦袋

14 指荷蘭、比利時、盧森堡等國家，此處的列日為比利時的一座城市。

15 查理一世（Charles I，一六〇〇至一六四九），英國斯圖亞特王朝國王（一六二五至一六四九），詹姆斯一世之子，對抗國會，壓迫清教徒，引起內戰，戰後作為「暴君、叛徒、殺人犯和國家的公敵」被國會判處死刑。

還安穩地長在脖子上。」

「印刷商是誰？」

「菲利奇・德・克羅伊，天曉得是個怎樣的人。扉頁上的字跡早已褪了色，寫著『古利奧米・懷特藏書』。不知道古利奧米・懷特是什麼人。我猜是十七世紀的一個實務律師吧，因為他的字都透出幾分律師的架勢。我想，我們等的人來了。」

就在他說這話時，門鈴聲響起了。福爾摩斯緩緩站起，朝門口挪了挪椅子。我們聽到女僕穿過走廊，咔嗒一聲打開了門閂。

「華生醫生住這兒嗎？」一個清晰卻有幾分刺耳的聲音問。我們沒聽清女僕是如何回答的，只聽見大門關上了，接著有人上樓來。腳步慢慢吞吞地移動。聽見這腳步聲，我的夥伴臉上露出驚奇的表情。腳步緩慢地走過過道，接著聽見有氣無力的敲門聲。

「請進。」我大聲說。

話音剛落，一位滿面皺紋的老太婆步履蹣跚地走了進來，而非預想中的那個凶狠的男子。驟然面對屋裡強烈的燈光，她似乎有些頭暈目眩。她行了個禮後站穩身子，昏花的眼睛瞥了我們一下，神情異常緊張，手指顫巍巍在衣袋裡摸索著。我看了我的夥伴一眼，他一臉的鬱悶，我只好不動聲色。

這位乾癟的老太婆掏出一張晚報，手指著我們登的那則啟事說：「先生們，我是為它來的。」她又低下身子行了個禮，說：「招領布里克斯頓街遺失的金婚戒。是我女兒薩莉的戒指。她去年這個時候結的婚，丈夫是『聯邦號』船上的服務員。要是他回家發現她的戒指不見了，我真不敢想像他會說什麼。他本來就是暴脾氣，喝了酒就更瘋了。求您了，她昨晚去看馬戲時帶著……」

「這枚戒指嗎？」我問。

「感謝上帝！」老太婆大聲說，「今晚薩莉會開心了。就是這枚戒指。」

「您住哪兒？」我拿起一支鉛筆問。

「亨茲蒂奇，鄧肯街十三號。離這兒遠著呢。」

「從亨茲蒂奇到馬戲團不用路過布里克斯頓街呀。」夏洛克・福爾摩斯突然開口說。

老太婆轉過頭狠狠地盯著他，眼眶中露出紅光。「這位先生問的是我的住址，」她說，「薩莉住在佩卡姆的梅菲爾德公寓三號。」

「您姓……？」

「我姓索耶，我的女兒姓鄧尼斯，她嫁給了湯姆・鄧尼斯。在海上，小夥子又帥氣又正派，全公司沒有比得過他的，可一上岸就又玩女人，又酗酒……」

「給您戒指，索耶太太，」我照福爾摩斯的暗示打斷了她的話，「顯然，這就是您女兒的戒指。很高興將它物歸原主。」

老太婆口裡含混不清地千恩萬謝，把戒指收入口袋裡，接著慢吞吞地走下樓去。她一出房門，福爾摩斯就立刻站起，跑進自己的房間裡。過了幾秒，他穿著大衣，繫著圍脖出來了。「我去跟蹤她。」他急匆匆地說，「她一定是兇手的同夥，跟著她就能找到兇犯。等著我。」

訪客出去大門剛關上，福爾摩斯就跑到了樓下。透過窗子，我看見那老太婆有氣無力地走在街道邊上，跟蹤者尾隨在後面不遠的地方。「如果他的看法全是對的，」我心想，「那他馬上就要接近謎案的真相了。」他其實用不著吩咐我等他，在知道他此次冒險的結果前，我不可能睡得著。

他出門時快九點了。我不知道他要多久才能回來，百無聊賴地坐在屋裡邊抽煙，邊翻看著亨利・米爾熱[16]寫的《放浪形骸》。

十點過去了，我聽到女傭啪嗒啪嗒回房睡覺的腳步聲。十一點以後，房東太太邁著沉穩的步伐從我的門口經過，也要回房睡覺了。快到十二點的時候，我聽到福爾摩斯開門的咔嗒聲。他一進房間來，我就從他的臉色看出，事情並不順利。興奮之情與懊惱之情似乎在他的內心交織鬥爭著。忽然，前者占了上風，他放聲大笑了起來。

16米爾熱（Henri Murger，一八二二至一八六一），第一個描寫放蕩不羈生活的法國小說家，曾任列夫・托爾斯泰的秘書，《放浪形骸》是其代表作，義大利作曲家普契尼的歌劇《波西米亞人》即取材於這部小說。

「這事無論如何不能讓蘇格蘭場的人知道。」福爾摩斯大聲說著，一屁股坐在了椅子上，「我嘲笑他們很多次了，他們一直不願就此甘休。我輸得起，讓他們笑話我好了，我最終一定會扳回來的。」

「怎麼回事？」我問。

「噢，我還是把自己的醜事說給您聽吧。那人沒走多遠，就開始一瘸一拐的，像是腳痛。不久，她就停了下來，叫了輛正從身邊經過的四輪馬車。於是，我儘量靠近她，想聽聽她要去哪裡。但是，根本沒必要這樣心急，她大聲喊出了要去的地址，連馬路對過的人都能聽見。她大聲說：『到亨茲蒂奇的鄧肯街十三號。』我想，這好像是實話。見她確實上了馬車後，我就攀上了馬車後面。這是每個偵探必須精通的跟蹤技巧。

「後來，馬車轔轔地出發了，一路不停地奔向了她說的那條街。快到門口時，我跳下馬車，順著街道優哉遊哉地往前走。我看見馬車停了下來，車夫跳下車，打開車門等客人下車，然而，卻沒人下來。我走到跟前時，他正在那兒抓狂，徒勞地在空空如也的車廂裡到處找，嘴裡不乾不淨地咒罵著。我還從沒聽過這樣的超級罵詞。乘客的影子都找不到了。他恐怕不知什麼時候才能拿到坐車的錢。到十三號一打聽才知道，那裡住的是位可敬的糊裱工，名叫凱斯維克，根本就沒有叫索耶或鄧尼斯的人在那兒住過。」

「你不會是說，」我驚愕地大聲說，「那個走路顫巍巍、有氣無力的老太婆，能瞞過你和車夫從行進的馬車中逃離吧？」

「見鬼的老太婆，」福爾摩斯咬牙切齒地說，「我們倆才是兩眼昏花的老太婆，否則怎麼會上當啊。他肯定是個青年男子，而且還是個滑頭鬼。不僅如此，他還是個演技高超的演員，化裝技術無人能及。顯然，他見自己被人跟蹤，就用了這一招金蟬脫殼。這表明，我們要抓的這個人，絕不是我想的那樣。他不是孤家寡人。他有很多朋友願意為他赴湯蹈火。好了，醫生，你肯定也累壞了。聽我勸，去休息吧！」

我確實感覺非常疲倦，所以就聽他的勸回房去睡了。留下福爾摩斯獨自一人坐在若隱若現的爐火邊。這一晚直到夜深時候，耳邊還傳來他那如泣如訴的琴音，我知道他還在思索那件離奇的事情。不能解開謎團，他是不會罷手的。

第六章　托比亞斯．葛列格森顯示其能耐

第二天，各家報紙連篇累牘地報導了他們所稱的「布里克斯頓奇案」。每家報紙都全面地報導了此事，有的還在前面加了編者按語。其中有些情況我還是頭一次聽說。直到現在，我的剪貼本裡還保留著許多與此案相關的剪報和摘錄。下面是我整理出的一部分：

《每日電訊報》上說：縱觀人類犯罪史，很少有如此疑竇叢生的慘劇。遇害人的德國姓氏、無明確的犯罪動機，還有牆上題寫的恐怖血字等，所有不利證據都指向政治難民和革命黨人。在美國，社會黨有很多不同派別，死者肯定是觸犯了他們的不成文法，因此被盯上了。文章還旁徵博引，談及了秘密刑事法庭制度[17]、托法娜毒藥水案[18]、義大利燒炭黨人案、

17 指十二至十六世紀中葉，在德意志威斯特伐利亞實行的秘密法庭制度。
18 十七世紀義大利婦女，發明慢性毒藥水，導致六百多人死亡。

德・布蘭維利耶侯爵夫人案[19]、達爾文的進化論案、馬爾薩斯的人口論案，甚至雷克利弗公路謀殺案。文章最後勸誡政府當局，密切關注外國人在英國的動向。

《旗幟報》上說：這種無法無天、駭人聽聞的罪案總是發生在自由黨執政期間。其根源在於民眾心中的忐忑不安和當局的軟弱無力。死者是位美國紳士，在倫敦逗留幾個禮拜了。他是在私人秘書約瑟夫・斯坦格森先生的陪同下來倫敦的，寄宿在坎伯韋爾區托凱街夏龐蒂埃夫人的房子裡。兩人於本月四日禮拜二告別房東太太，前往尤斯頓車站，說是趕乘去利物浦的火車。有人後來在月台上看到過他們。但在此之後就再也沒人見過他們倆了，直至新聞報導說，德雷伯先生的屍體被發現在距尤斯頓車站數英里遠的布里克斯頓街的一幢空宅裡。他是怎樣到那兒的，又是怎樣在那兒慘遭殺害的，至今仍是未解之謎。斯坦格森至今下落不明。我們非常高興地獲悉蘇格蘭場的萊斯特雷德先生和葛列格森先生將一同負責辦理此案，相信這兩位聲名赫赫的警探定能很快讓案情真相大白。

《每日新聞報》上說：此案絕對是樁政治案件。由於歐洲大陸各國政府中的專制主義政治和對自由主義的仇視日益抬頭，許多因有前科而臭名遠揚且無法被改造成良民的人被趕到英國來了。這些人中有一套嚴格的行為規範，一旦觸犯，便是死路一條。眼下應盡最大努力

19 十七世紀法國一位年輕美貌的毒藥殺人犯，被處斬刑。

找到死者的秘書斯坦格森，查明死者生前的所有生活習慣細節。案件目前已取得重大進展，死者生前住過的公寓地址已查明。這完全歸功於蘇格蘭場葛列格森先生的機警和精幹。

我和福爾摩斯在早餐時看了這些報導。在他看來，這些報導太逗人了。

「我跟你說過，無論情況怎樣，萊斯特雷德和葛列格森一定是最後的贏家。」

「這得取決於最後的結果。」

「噢，上帝啊！結果根本就無所謂了。如果抓住了兇手，那就是說他們盡職盡責，如果兇手沒抓到，那就是說他們忠於職守。就像猜錢幣，無論正反都是他們贏。無論他們做了什麼，都會有人捧場。正如法國人說的『再愚蠢的蠢蛋都會有更愚蠢的蠢蛋崇拜者。』」

「到底怎麼回事？」我大聲說，因為就在這時，一陣雜亂的腳步聲從堂廳和樓道傳來，還摻雜著房東太太的埋怨聲。

「是刑警貝克大街分隊來了，」我的同伴故作嚴肅地說。話音未落，六個街上的流浪兒衝了進來。我還沒見過有人比這幾個人身上更髒、衣服更破的了。

「立正！」福爾摩斯厲聲喝道，六個蓬頭垢面的小混混應聲站成一排，就像幾個破爛的雕像，「以後就由威金斯一個人過來向我報告，其餘的人在街上等著。威金斯，你們找到了嗎？」

「還沒有找到，先生。」其中一個孩子說。

「我也沒指望你們這麼快就能找到，但你們必須找下去，直到找到為止。這是你們的報酬，」他說著發給了每人一個先令，「好了，你們走吧！下次帶好消息來。」

他一揮手，這幾個混混就像一群小耗子，蹦蹦跳跳下樓去了。不一會兒，街上就傳來他們尖銳刺耳的叫聲。

「這些乞丐，一個要比一打員警都強，」福爾摩斯說，「一看到員警模樣的人，人們就會把嘴巴閉得嚴嚴實實的。然而，這些小孩子哪兒都能去，什麼都能打聽到。他們還都非常機警。唯一欠缺的就是組織性。」

「你雇傭他們調查布里克斯頓案嗎？」我問。

「是的，因為我有個問題想要證實一下。這只是個時間問題罷了。嘿，有人上門來告訴我們消息，向我們示威！葛列格森過來了，一臉的得意。我知道，肯定是來找我們的。瞧，他停下了腳步，來了。」

就聽見樓下鈴聲大作，一眨眼工夫，那位金髮偵探三步併作兩步，奔上了樓，隨即衝進了我們的起居室。

「夥計，」他緊握著福爾摩斯僵直的手喊著，「祝賀我吧！整個案子我已經查得清清楚楚啦。」

一絲焦慮的陰影似乎從福爾摩斯那張表情豐富的臉上掠過。

「您是說已經找到可靠的線索了嗎？」他問。

「可靠的線索？瞧您說的，我們都已經把兇手關進牢房了。」

「他叫什麼？」

「亞瑟・夏龐蒂埃，皇家海軍的一個中尉。」葛列格森大聲說，挺著胸脯，得意地搓著他那雙肥手。

夏洛克・福爾摩斯吁了口氣，神情放鬆地笑了。

「請坐，抽根雪茄，」他說，「我們很想知道您是怎麼破的案。您要來點威士忌加水嗎？」

「不介意來點，」偵探回答說，「這兩天我拚了老命，累得夠嗆。您知道的，身體上的勞累比不上心理上的。您對此是能夠體會的，夏洛克・福爾摩斯先生，因為我們都是從事腦力勞動的。」

「這我可不敢當，」福爾摩斯一本正經地說，「讓我們聽聽，這個令人滿意的結果，您是怎麼取得的。」

偵探在扶椅上坐了下來，自鳴得意地噴了口煙。突然，猛地一拍大腿，一副樂開了花的樣子。

「真好笑，」他大聲說，「萊斯特雷德那傻瓜總是自以為是，這次完全搞錯了方向。他一直在找那個秘書斯坦格森，可是斯坦格森與這樁案子一點關係都沒有，像沒出生的嬰兒一樣清清白白。我肯定，他這會兒已經把那人抓起來了。」

一想到這事，葛列格森就樂不可支，笑得都喘不過氣來了。

「您是怎麼發現線索的？」

「啊，我從頭到尾給你們說說。當然，華生醫生，這事就限於我們三個知道。我們首先要解決的問題，就是要查明那個美國人的來歷。如果換了其他人，就會坐那兒死等，看看啟事有沒有回音，有沒有知情人來主動提供資訊。這不是我托比亞斯・葛列格森的工作方法。你們還記得死者身邊的那頂帽子嗎？」

「記得，」福爾摩斯說，「由恩德烏德父子公司製作的，店址是坎伯韋爾區一百二十九號。」

葛列格森那驕傲的雞冠似乎耷拉了下來。

「我沒想到您也注意到了，」他說，「您也去那兒了？」

「沒有。」

「哈！」葛列格森大聲說，像是鬆了一口氣，「一個人不該忽視任何機會，不論它看起來多麼微不足道。」

「對於智者，沒有微不足道的事情。」福爾摩斯文縐縐地說。

「是啊，我去找了恩德烏德，問他是否賣過那種尺碼、那種式樣的帽子。他查了出貨記錄，馬上就找到了。那頂帽子是給德雷伯先生送去的，那位先生住在托凱街夏龐蒂埃寄宿公寓。這樣我就找到了他的住址。」

「聰明——非常聰明！」夏洛克・福爾摩斯輕輕地說。

「接著我拜訪了夏龐蒂埃太太，」偵探繼續說，「我發覺她臉色蒼白，神情憂傷。她女兒也在屋裡——那女子長得非常漂亮。我跟她談話時，她的眼圈紅了，嘴唇直哆嗦。這些我都看在眼裡。我嗅到了一絲不同尋常的味道。您知道這種感受的，福爾摩斯先生，就是一旦發現了蛛絲馬跡，神經就會高度興奮起來。我問：『你們聽說了克利夫蘭的伊諾克・德雷伯先生，也就是你們先前的房客死於非命的消息嗎？』

「夏龐蒂埃太太點點頭，似乎連話都說不出來了。她放聲大哭了起來。我就更加覺得她們知道點什麼。

「『德雷伯先生是幾點離開住處去火車站的？』我問。

「『八點，』她回答說，喉頭哽咽，盡力壓抑著內心的情緒波動，『他的秘書斯坦格森先生說有兩趟火車，九點十五一趟，十一點一趟，他準備坐九點十五最早的那趟。』

「『這是你們最後一次見到他嗎？』

「我這話剛出口，就發現這個婦人臉色大變，面色變得鐵青。一愣神後，吐出一個詞

『是的』——說話時嗓音乾啞，語氣很不自然。

「沉默了一陣後，她女兒平靜、清晰地說話了。

「『說謊沒有任何好處，媽媽，我們還是告訴這位先生實情吧！我們後來確實又見過德雷伯先生。』

「『願上帝寬恕你吧！』夏龐蒂埃太太大聲說，雙手向上猛地一揮，癱坐在椅子上，『你害死你哥哥了。』

「『亞瑟也肯定希望我們講真話。』女子堅定地回答說。

「『你們現在最好給我說實話！』我對她們說，『說半句留半句，還不如不說。再說，你們也不清楚，情況我們到底掌握了多少。』

「『禍根都是你，愛麗絲！』她母親大聲說，接著轉頭面對著我，『我會把所有的一切都告訴您，先生。您別以為，我是擔心這件凶案牽扯到兒子所以顯得很不安。他絕對是無辜的。但是，我擔心在您或別人的眼裡看來，他也許洗刷不了嫌疑。然而，這絕對是不可能的。我兒子人品高尚，職業體面，從未有過犯罪記錄。這些都能說明，他絕對與這事沒關係。』

「『您最好把事情清清楚楚、完完全全地說出來，』我回應說，『請您相信，只要您兒子是無辜的，就不會有事。』

「『愛麗絲，你讓我們單獨談談吧！』她把女兒支開之後，接著說，『好了，先生，我原本沒打算把這一切都告訴您的，但既然我那可憐的女兒已經說出口了，我也就別無選擇了。我既然決定告訴您實情，就不會再有所保留。』

「『這樣做再明智不過了。』我說。

「『德雷伯先生在我們這裡住了將近三個禮拜。他和秘書斯坦格森先生一直在歐洲大陸旅行。我看見他們的箱子上都貼了哥本哈根的標籤，知道他們剛從那裡來倫敦。斯坦格森不大愛說話，為人矜持。而他的老闆，不客氣地說，跟他截然相反。這個人生性庸俗，舉止粗野。到這兒的當天晚上，就喝得酩酊大醉，到第二天中午十二點都還沒完全清醒過來。對女僕舉止輕浮，肆意而為。最為惡劣的是，他很快對我女兒愛麗絲也露出了這副德行。不止一次地對她說些不三不四的話，好在單純的艾麗絲還聽不懂。有一次，他居然把她摟進懷裡，抱住她。他這樣不知廉恥，連他自己的秘書都義憤填膺地指責他。』

「『那您為什麼會容忍呢？』我問，『我想，您隨時都可以對您的房客下逐客令的。』

「我問到了要害處，夏龐蒂埃太太不由得臉紅了。『他來的當天要是讓他走了就好了，』她說，『但那麼大的誘惑讓我不得不忍氣吞聲。他們住在這裡每人每天付一英鎊，一禮拜就是十四英鎊，況且現在是租房的淡季。我一個寡婦，在海軍服役的兒子又需要很多錢花。我不願讓這筆錢從手上溜走。沒辦法，為了錢只能忍受。可是，他最後一次實在太過分了，於是我就讓他搬走。這就是他離開的原因。』

「『嗯？』

「『看到他乘車離開了，我心裡鬆了口氣。那時我兒子正好休假，但是這事我卻對他隻字未提，因為他脾氣火暴，非常疼妹妹。他們一走我就把門關上，心中的石頭總算落了地。唉，還沒過一個鐘頭，門鈴就響了，沒承想德雷伯先生回來了。他異常興奮，一看就知道喝醉了。當時我和女兒正坐在屋裡，他闖了進來，語無倫次地說什麼沒趕上火車。接著，他看著我女兒，當著我的面，讓艾麗絲跟他私奔。「你已經大了，」他說，「沒有任何法律可以阻攔你跟我走。我非常有錢，夠你花的。甭管這個老婆娘，現在就跟我走吧。你可以過公主一樣的日子。」可憐的艾麗絲被嚇得一直往後退，可他抓著她的手腕，使勁往門口拽。我尖叫起來，就在這時，我兒子亞瑟進來了。然後發生了什麼，我就不清楚了，只聽嘈雜聲中夾雜著咒罵聲和打鬥聲。我嚇得沒敢抬頭看。後來我抬起頭時，只見亞瑟拿著根棍子，站在門口大笑。「我想這小子再也不敢來找麻煩了，」他說，「我去跟著他，看看他還能怎樣。」說完，他拿起帽子下樓出門了。第二天早上，我們聽說德雷伯先生神秘遇害了。』

「這些都是夏龐蒂埃太太親口斷斷續續告訴我的。有時她說話的聲音很小，幾乎聽不清她在說什麼。不過，她說的每句話，我都速記了下來，一字不差。」

「非常精彩。」夏洛克・福爾摩斯打了個哈欠說，「接下去呢？」

「夏龐蒂埃太太說到這裡，」偵探接著說，「我發現了整個案子的關鍵所在。我眼睛死死地盯著她不放，問她兒子幾點回的家。這種辦法用在女人身上很容易奏效。

「『我不知道，』她回答說。

「『不知道？』

「『是的，他有鑰匙，可以自己開門進來。』

「『是在您去睡覺後才回來的嗎？』

「『是的。』

「『您是幾點鐘去睡的？』

「『大約十一點。』

「『這麼說，您兒子至少出去了兩小時？』

「『是的。』

「『也有可能四五個小時？』

「『是的。』

「『這個時間段裡他幹了什麼？』

「『我不知道。』她說，嘴唇變得蒼白。

「問到這裡，也就足夠了。我打聽到夏龐蒂埃中尉的下落後，帶了兩個警官去逮捕他。就在我抓住他的肩膀，警告他乖乖地跟我們走的時候，他卻扯著高音喇叭樣的嗓門對我們嚷嚷：『我想，你們是因為惡棍德雷伯的死來抓我的吧？』我們都還沒提這事，他自己倒先說了，可見他有重大嫌疑了。」

「很對。」福爾摩斯說。

「他還隨身帶著那根粗木棍，他母親說他就是拿著這根棍子去追德雷伯的。那根橡木棒非常結實。」

「那麼，您對這些是怎麼看的呢？」

「是啊，我的看法是，他一直追德雷伯先生到布里克斯頓街。在那裡，兩人又吵了起來，爭執中德雷伯先生挨了一棍子，可能是擊打在腹部，致使德雷伯先生死亡，所以表面上看不到傷痕。那晚下著大雨，周圍一個人都沒有，因此夏龐蒂埃把受害人的屍體拖進了那棟空宅了。至於蠟燭、血跡、牆上的血字，還有戒指，都是為了把員警引入歧途的鬼伎倆罷了。」

「做得好，」福爾摩斯說，鼓勵他繼續說下去，「真的，葛列格森！有進步，我們要對你刮目相看了。」

「我也覺得自己這個案子幹得漂亮。」偵探得意地說，「那個年輕小夥子供述說，他跟蹤德雷伯先生沒一會兒就被發現了，後者坐上馬車把他甩掉了。他自己在回來的路上遇到了他從前的一個戰友，兩人一起散了很久的步。但問到他戰友住哪時，他又回答不出來。我覺得整個案子的經過可以嚴絲合縫地串起來了。一想到萊斯特雷德，我就覺得好笑，他一開始就搞錯了方向，恐怕他不會有什麼收穫。嘿，上帝啊，剛說起他，人就到了！」

果然是萊斯特雷德到了。我們談話時，他上了樓，此刻已進到了屋裡。然而，他那一向信心百倍的神情和筆挺神氣的裝扮全都不見了，一臉的困惑和焦慮，衣著凌亂不整。顯然，他是來向福爾摩斯求教的，但看到同事——葛列格森也在，尷尬得手足無措。他站在房間中間，侷促不安地捏著自己的帽子，不知怎樣做才好。「這案子太不尋常了，」他最後開口說，「實在讓人搞不明白！」

「啊，你這麼想啊。萊斯特雷德先生！」葛列格森大聲炫耀道，「我早料到你會得出這樣一個結論的。你找到秘書約瑟夫・斯坦格森先生了嗎？」

「秘書約瑟夫・斯坦格森先生，」萊斯特雷德鬱悶地說，「今天早晨六點左右在哈利德私人旅館被人殺死了。」

第七章 黑暗中的光明

萊斯特雷德進門告訴我們的這則消息，非常重大卻又出乎所有人的意外，我們三個人驚得目瞪口呆。坐在椅子上的葛列格森猛地站了起來，把杯中剩下的威士忌酒都打翻了。我默默地望著福爾摩斯，只見他雙唇緊閉，雙眉緊鎖。

「斯坦格森也被殺了，」他喃喃地說，「案情複雜了。」

「以前就夠複雜的了，」萊斯特雷德嘟囔著坐到椅子上，「有點像到了個軍事會議會場。」

「你這個——你這個消息可靠嗎？」葛列格森結結巴巴地問。

「我剛從斯坦格森的住處過來，」萊斯特雷德說，「我是第一個到現場的。」

「我們剛才在聽葛列格森講他對這案子的看法。」福爾摩斯斟酌著說，「能請您談談您的看法和做法嗎？」

「沒問題，」萊斯特雷德正襟危坐地說，「坦白地說，我原以為斯坦格森與德雷伯的死有關，但這一新情況卻表明我完全錯了。我原來一直抱著那個想法，尋找斯坦格森的下落。有人三日晚上八點半左右看到他們倆在尤斯頓車站。次日凌晨兩點，德雷伯的屍體在布里克斯頓街被發現。我要搞清楚的是，從八點半到德雷伯先生被害的這段時間裡，斯坦格森在幹啥？再後來他又幹了啥？我致電利物浦方面，描述了斯坦格森的外貌特徵，要他們密切關注美國的船隻。緊跟著，我排查了尤斯頓車站旁邊的旅館和出租房，因為，我認為，如果他和德雷伯分開的話，他自然會在車站附近找個住處過夜，第二天早上也會在車站附近出現過。」

「他們可能事先約好了在哪兒碰頭。」福爾摩斯說。

「確實如此。昨天整整一個晚上我都在調查，卻沒有任何結果。今天一大早，我就又開始排查。八點，排查到小喬治街的哈利德私人旅館，我問是否有一位叫斯坦格森的先生住在那兒時，他們立刻回答說有。」

「『您肯定就是他一直在等的那位先生了吧！』他們說，『他都等您兩天了。』

「『他在哪？』我問。

「『他在樓上，還沒起床。他吩咐過，九點時叫醒他。』

「『我現在就上樓找他。』我說。

「我當時想，我突然出現，可能會讓他措手不及，驟不提防之下吐露出點實情來。一個擦鞋人主動帶路。上了三樓，一條狹窄的走廊直通到門口。擦鞋人把房門指給了我，轉身就要下樓。我看到了讓人非常噁心的景象。儘管有二十年的辦案經歷，這景象還是讓我忍不住想吐。只見房門底下一道淡紅色的血痕，彎彎曲曲流過走廊，在對面的牆腳下積了一大灘。我不禁大叫了一聲。擦鞋人轉回身來看個究竟。見到眼前的景象，他嚇得幾乎昏了過去。房門反鎖了，我們用肩撞開門，來到屋裡。房間的窗戶開著，旁邊有具身著睡衣的男屍，蜷成一團。他早已斷氣，四肢僵硬、冰冷。我們把屍體翻了過來，擦鞋人馬上就認出，他就是這間屋子的房客，斯坦格森。他是被人用刀刺入左肋致死的，心臟一定是刺穿了。接下去就是最奇怪的一幕了：你們猜猜看，死者的臉上有什麼？」

福爾摩斯還沒來得及搭話，我就感到身上在起雞皮疙瘩，覺得恐怖的事情就要發生。

「『RACHE』一詞，是用血寫的。」他說。

「正是這樣。」萊斯特雷德有些後怕地說。一時間，我們全都沉默了。

這個不知名的兇手行動起來非常有步驟，卻同樣令人費解。這就使得他的罪行顯得更加恐怖。我的神經雖然在戰場上還堅強，但一想到這裡，也被刺痛了。

「有人曾經見過兇手，」萊斯特雷德又說，「一個送牛奶的孩子在去牛奶房的時候，恰巧要路過旅館後面一條通向馬廄的小巷。他發現，有人把梯子架靠在三樓的一扇窗戶上，窗戶開著。平時，這個梯子都是橫放在地上的。從邊上走過後，他回頭看見有個人從梯子上爬下來。他大大方方地爬下來，所以那孩子還以為是在旅館裡幹活的木匠或別的什麼人。他也沒有特別留意，只是心裡在想，這人來幹活也太早了點吧。他記得那人是個高個兒，臉紅紅的，穿了件棕色長外套。殺人後，他一定還在房間裡逗留了一陣。因為我們發現臉盆的水裡有血跡，那是他在裡面洗手留下的；床單上也留有血跡，可見他行兇後，還從容地擦乾淨了刀子。」

聽見兇手外貌特徵的描述與福爾摩斯的說法完全吻合，我不禁瞟了他一眼。然而，在他的臉上卻看不見絲毫的喜悅。

「您在那屋裡沒有發現與兇手有關的線索嗎？」他問。

「沒有。斯坦格森的口袋裡還放著德雷伯的錢包，但這似乎很正常，因為錢都是由他付出去的。裡面有八十多英鎊，分文未動。不管這兩次神秘罪案的動機到底是什麼，可以肯定地說不是為了謀財害命。受害人口袋裡也沒有什麼文件或日記本，只有一份電報，是一個月前從克利夫蘭城發過來的，電文是『J・H・在歐洲』，上面沒有署名。」

「還有沒有發現別的東西？」福爾摩斯問。

「沒什麼重要東西了。死者的床上放著本小說，是他臨睡前看的。屍體旁的椅子上有個煙斗。桌上有一杯水。窗台上有個小小的藥膏盒，裡面裝著兩粒藥丸。」

夏洛克・福爾摩斯高興地大喊了一聲，猛地站起身來。

「關鍵的一環就在這兒，」他興奮異常地大聲說，「整個案子就清楚了。」

兩位偵探驚愕地看著他。

「現在我手頭上所有的線索都理清了，不再是一團亂麻了，」我的夥伴信心十足地說，「當然，還有些細節需要補充，但我相信所有的情況大體已經搞清楚了，從德雷伯跟斯坦格森在車站分手，直到發現後者的屍體，就像我親眼目睹了整個經過一樣。我來證明給你們看看。那兩顆藥丸您帶來了嗎？」

「帶來了，」萊斯特雷德拿出一個白色的小盒子說，「藥丸、錢包和電報我都隨身帶著，準備放到警局去妥善保管。說實在的，我原本沒想拿上這兩顆藥丸的，因為覺得它們沒什麼重要的。」

「請把它們放這兒，」福爾摩斯說，「對啦，醫生，」他轉向我說，「這兩顆藥丸是普通的藥丸嗎？」

這肯定不是普通的藥丸。它們像珍珠一樣，呈灰白色，又小又圓，在光線下幾乎是透明的。「從它們的重量和透明度看，應該是可以溶於水的。」我說。

「一點沒錯，」福爾摩斯回答說，「現在麻煩你下樓去把那隻小獵狗抱上來好嗎？可憐的小東西已經病了很久了，房東太太昨天還求你讓牠安樂死呢。」

我下樓把牠抱了上來。牠呼吸困難，目光呆滯，離死不遠了。確實，從牠雪白的鼻翼就可以看出，牠的年齡已經超過了犬類通常的壽限。我把牠放在地毯上的一個靠墊上。

「我現在把其中的一粒藥丸切開，」福爾摩斯說著，用小刀把藥丸切成兩半，「半粒放回盒子，以備日後使用。另外半顆放進這個酒杯裡。杯子裡是一茶匙的水。你們瞧，我的朋友華生醫生說得沒錯，它在水裡可以輕易地溶解。」

「這也許很有趣。」萊斯特雷德說。聽他那語氣，就好像是覺得有人在笑話他，自尊心備受傷害一樣。「但是，我看不出這和約瑟夫・斯坦格森先生的死有啥關係。」

「別急！我的朋友，您會發現確實有關係。我現在往裡面加點牛奶，味道就好了。端到這條狗面前，牠馬上就會舔個精光。」

說著，他就把酒杯裡的液體倒進一個托盤，放在小獵狗的面前。牠迅速就把盤子舔乾了。福爾摩斯嚴肅的樣子，早已使我們深信不疑。我們都一言不發地坐著，專注地盯著那條狗，看看會有什麼驚人的事情發生。然而，啥事也沒發生。這隻狗依然趴在墊子上，急促地呼吸著。顯然，藥丸既沒讓牠呼吸順暢些，也沒讓牠呼吸更困難。

福爾摩斯掏出懷錶看著，時間一分一秒地過去了，但毫無結果，他的臉上滿是極其懊惱和沮喪的神情。他咬著嘴唇，手指敲擊著桌子，顯得非常焦躁。看見他情緒這麼激動，我真是為他感到難過。而那兩位偵探的臉上卻滿是嘲弄的笑容，見福爾摩斯受挫，他們非常高興。

「這不可能是巧合，」福爾摩斯最後站起身來大聲說。他在房間裡狂躁地走來走去，

「這絕不會僅僅是巧合。在德雷伯的案子裡，我就懷疑受害人是死於某種毒藥。在其後斯坦格森的死亡現場真就發現了兩粒藥丸。但是它們竟然毫無作用。這是怎麼回事呢？我敢肯定，我的整個推理過程不會有錯啊。絕不會錯的！但這條可憐的狗卻一點事都沒有。哦，我明白了！我明白了！」他高興地尖叫著跑到藥盒前，把另外一粒藥丸切成兩半，把其中半粒用水溶化，再加上牛奶，端給那條狗。這個不幸的小傢伙剛把舌頭沾濕，四肢便開始痙攣起來，然後就像被雷擊了一樣，直挺挺地死了。

福爾摩斯長長地舒了口氣，擦了擦額頭上的汗。「我本該信心更足些的，」他說，「到現在這個時候，我應該想到，如果一個事實與整個推理過程格格不入的話，那就證明肯定有另一種方式可以解釋得通這個事實。盒子裡裝的兩粒藥丸，一粒是劇毒的毒藥，另外一粒則完全無毒。沒見到這個盒子之前，我就該推斷出來的。」

福爾摩斯說的最後這句話太讓人吃驚了，我都懷疑他的神智是不是清醒。然而，眼前的這條死狗卻證實了他的推斷是對的。似乎我腦海中原本模糊不清的東西逐漸變得清晰起來，我開始隱隱約約地觸摸到了這個案子的真相。

「所有這一切在你們看來似乎有些奇怪，」他繼續說，「因為從一開始調查起，你們就沒有認識到擺在面前的那條真實線索的重要性。幸運的是，我抓住了這個線索。此後發生的所有一切都證實了我最初的假設，而且也確實是一個邏輯上的必然結果。因此，那些讓你們感到困惑的東西，那些使案情更加撲朔迷離的東西，都啟發了我，並證實了我的判斷。不能錯誤地把奇怪現象當成無法解釋的神秘現象。最尋常的案件也往往是最神秘的案件，因為沒有什麼新奇的或特別的東西，推理也就沒有了根據。如果在這個案子中，受害人的屍體只是在大街上被人發現，也沒有這些不同尋常、駭人聽聞的事使得它引人注目，那麼想偵破它也就肯定要難得多。這些奇怪的細節根本沒有增大破案的難度，相反倒使得破案容易了很多。」

在聽福爾摩斯講這番話時，葛列格森先生就一直很不耐煩，後來他實在忍不住了。「您看，福爾摩斯先生，」他說，「我們都承認您確實很聰明，也承認您有一套自己的辦法。不過，我們現在要的不僅僅是理論和說教，而是要抓到兇手。我已經把自己偵破的經過說了一遍，看來是錯了。小夏龐蒂埃是不可能與第二樁謀殺案有關的。萊斯特雷德追查到了他的懷疑對象——斯坦格森。看來，他也錯了。您這兒拋出一點提示，那兒拋出一點提示，似乎遠比我們知道得多。我們覺得現在是時候了，該當面問問您，到底您對這個案子知道多少。您能說出誰是兇手嗎？」

「我真的覺得葛列格森說得很對，先生，」萊斯特雷德說，「我倆都試過了，但都失敗了。從我到您這裡來之後，您不止一次地說過，您已掌握了所有需要掌握的證據。請您務必說給我們聽聽。」

「如果再讓兇手逍遙法外的話，」我說，「他可能又會犯下新的罪案。」

大家這樣一逼他，福爾摩斯反倒有些猶豫了。他像以往陷入沉思時一樣，習慣性地低著頭，皺著眉，在房裡走來走去。

「兇手不會再殺人了，」最後，他突然站住了，對我們說，「放心吧，不會有事的。你們問我知不知道兇手的姓名，我知道。但是，知道兇手的名字只不過是小事一樁。相比之下，把兇手抓到手才是大事呢。我想要不了多久就能抓到的。我希望能讓我來安排抓捕行動。但這事方方面面都要考慮到。我們要對付的是個狡猾、危險的人。這傢伙還有個和他一樣聰明的人在幫他。這點我會證明給你們看的。只要這個人沒意識到有人能找到線索，那就有抓住他的機會。如果一旦打草驚蛇，他就會改名換姓，立刻消失在這個有著四百萬人口的大城市中。雖然不想傷害到您倆的感情，但我還是要說，我認為官方偵探絕對不是這些人的對手，這也就是我沒有請求你們協助的原因。假如失敗了，我當然難辭其咎，但即使這樣，我還是初衷不改。現在，我可以保證，如果與你們的溝通不會破壞我的全盤計畫，我一定會即時把情況通報你們。」

對福爾摩斯的這種保證，或者說對他輕視官方偵探的這種做法，葛列格森和萊斯特雷德似乎非常不滿。前者的臉漲得通紅，一直紅到髮根，而後者則眼珠瞪得溜圓，閃爍著驚奇而又憤恨的光芒。然而，他們還沒來得及開口，就聽見有人敲門，來人是微不足道、不討人喜歡的小威金斯，他是那幫街頭混混的發言人。

「先生，請吧！」威金斯舉手敬禮道，「我叫了輛馬車來，就在樓下。」

「好孩子，」福爾摩斯溫和地說，「你們蘇格蘭場為什麼不用這種手銬啊？」他從抽屜裡摸出一副鋼手銬，接著說，「瞧瞧，這鎖簧多好用，一下就能鎖住罪犯。」

「老式的也很管用，」萊斯特雷德說，「只要我們找到罪犯就行。」

「很有道理，很有道理。」福爾摩斯笑著說，「威金斯，最好要馬車夫來幫我搬下箱子。你叫他上來。」

聽他這樣說似乎是要出門旅行，我感到非常驚訝。他從來沒有跟我提起過此事呀。房間裡有只小旅行箱。我的夥伴把它拖了出來，繫皮帶。就在他忙著繫皮帶的時候，馬車夫走了進來。

「車夫，請幫忙扣上皮箱。」他跪在箱子邊忙著，頭也沒回地說。

這位車夫陰沉著臉，很不情願地走上前，伸出手來幫忙。瞬間，聽到那副鋼手銬「啪」的一聲響。福爾摩斯猛地站了起來。

「先生們，」福爾摩斯大聲說，眼中透出興奮的光芒，「請讓我介紹一下，這位就是殺害伊諾克・德雷伯先生和約瑟夫・斯坦格森先生的兇手，傑弗遜・霍普先生。」

事情發生得太突然了，我都還沒反應過來。我現在都還清楚地記得當時福爾摩斯臉上勝利的表情和聲音，還有馬車夫茫然、凶狠的表情。那人死盯著閃亮的手銬，像被魔法召喚到自己手腕上一樣。有一兩秒，我們像雕塑一樣愣住了。這時，戴上手銬的馬車夫一聲狂吼，掙脫福爾摩斯的手，衝向窗外，窗框和玻璃都被他撞碎了。但是還沒等他躥出去，葛列格森、萊斯特雷德和福爾摩斯像三條獵犬撲了上去，把他拽了回來，接著是一場激烈的搏鬥。那傢伙不但力氣很大，而且非常凶狠，我們四個人一次次被他甩開。在癲狂中，不知他哪兒來那麼大的力氣。雖然在他試圖破窗而出時，臉和手都劃出了很深的傷口，但流了那麼多的血，也沒讓他絲毫放棄抵抗。最後還是萊斯特雷德用手卡住了他的脖子，讓他快透不過氣來，他才明白掙扎已毫無用處。然而為了安全起見，我們還是把他的手和腳都捆了起來。捆好之後，我們站起身來，全都氣喘吁吁的。

「他的馬車就在下面，」夏洛克・福爾摩斯說，「用他的馬車把他送到蘇格蘭場去吧。完事了，先生們！」接著，他高興地說，「這件撲朔迷離的小案子終於水落石出了。現在，歡迎各位提問，我一定會知無不言。」

第二部　聖徒的國度

第一章　大鹽鹼荒漠上

在北美大陸的中部，有一片貧瘠、可怕的沙漠。許多年以來，它一直是阻擋文明前進步伐的屏障。從內華達山脈到內布拉斯加州，從北部的黃石河到南部的科羅拉多，這是一片荒涼、寂靜的區域。但即使在這個環境惡劣的地方，大自然呈現給人們的卻是千差萬別的景象。這裡有白雪皚皚、高聳入雲的群山，有幽深、陰暗的峽谷，有湍急的河流在犬牙交錯的山澗奔騰，還有廣袤無垠的平原。冬天，平原上堆滿厚厚的積雪。夏天，這裡覆蓋著一層灰色的鹽鹼土。然而，這裡所有的一切都毫無例外地染上了荒蕪貧瘠、與世隔離和淒美悲涼的色彩。

沒有人在這片缺乏生機的土地上居住。間或有一隊波尼人和黑足人[20]穿過這裡去其他獵區。但是，即使最堅強的勇士都會盼望早點走出這塊令人生畏的平原，再也不願意回頭看它一眼。郊狼在灌木叢中潛藏，禿鷹在空中拍打著翅膀，笨拙的灰熊在陰暗的峽谷中出沒，四處覓食。牠們是這片荒原中僅有的居民。

在這個世界上，沒有一處會比布蘭卡山脈北麓的景象更單調的了。極目遠眺這塊平坦的荒原，四處都被鹽鹼所覆蓋。一叢叢低矮的灌木橫七豎八地排列著，把這塊荒原分隔成很多塊。在地平線的盡頭是一座座山峰，像鏈條一般伸展著，崢嶸的山峰上散佈著積雪。在這一條狹長的地帶，既沒有生命的跡象，也沒有任何可維持生命存在的東西。在這片鐵青色的天空中，飛鳥也難覓蹤跡。在這塊灰暗的大地上，沒有任何動靜。總之，這裡是一片死寂。側耳傾聽，這片荒涼的大地上毫無聲息，除了死一般的靜寂，還是死一般的靜寂。那是一種徹徹底底、令人心涼的沉寂。

要說這片寬闊的荒原上沒有任何可維持生命存在的東西，也並不完全正確。從布蘭卡山脈向下看，有條小路穿過沙漠，彎彎曲曲地消失在沙漠深處。這是條車轅碾壓和探險家腳踩出來的路。路上隨處可見一些白色的物體散落著，在太陽底下發出駭人的光澤，白森森的，

20 美國西北部地區的一個印第安部落。

在鹽鹼覆蓋著的地面上顯得非常刺眼。近前仔細一看，全都是白骨：有的骨頭粗大，有的骨頭小巧。粗大的是牛骨，小巧的是人骨。這條艱險的商道有一千五百英里長，沿途到處都是中途倒下的人所留下的屍骸。

一八四七年五月四日，一位旅行者獨自站在高處俯看著眼前的這一幕。他出現在這裡，就像是此地的精怪現了身一樣。即使再仔細觀察，也弄不清他到底是四十歲左右，還是六十歲左右。他的臉憔悴消瘦，棕色皮膚像羊皮一般緊裹著身體，裡面的骨頭都往外突凸著。長長的棕色鬚髮已經花白，眼窩深陷，眼珠折射出異樣的光澤。握著來福槍的手就像骷髏的手一樣，沒有一點肉。他斜靠著來福槍支撐站立著，但那高大的身形和寬大的骨架表明，他也曾健碩有力。然而現在，他的面龐很消瘦，衣服像布袋一樣鬆鬆垮垮地罩在他那乾瘦的四肢上，整個人看起來老弱不堪。他已瀕臨死亡，就要饑渴而死了。

他歷經了千辛萬苦，終於穿過了山谷，爬上了這塊不怎麼大的高地，一廂情願地希望能看到有水存在的跡象。但展現在眼前的卻是無邊無際的鹽鹼地和遙遠天際連綿的荒山，根本看不見樹木的蹤影。沒有樹木怎麼可能會有水的存在呢？在這片廣袤的土地上，沒有一處可以看到希望的亮光。從北面到東面，再從東面到西面，那雙瘋狂而又迷惑的眼睛四處尋覓著。終於他意識到：漂泊的日子走到盡頭。就是這兒，這塊貧瘠的峭壁之上就是他的葬身之處了。「現在死在這裡，跟二十年後死在天鵝絨的錦被上有什麼區別呢？」他喃喃說著，在一塊巨石的背面坐了下來。

坐下之前，他把那全然派不上用場的來福槍放在了地上，又把扛在右肩上的一個灰色披肩裹著的大包放了下來。看樣子他已經精疲力竭，再也扛不動了。放下肩頭時，灰色的包袱掉在了地上，裡面傳來了痛苦的哭喊聲。接著，鑽出一張驚恐的小臉，上面長著一雙非常明亮的棕色眼睛。接著，兩隻髒兮兮的小拳頭伸了出來。

「您摔痛我啦！」一個稚嫩的聲音埋怨說。

「是嗎？」男人帶著歉意回答說，「我不是故意的。」說著，他解開了灰色的披肩，裡邊是個五歲左右的漂亮小女孩。她腳上穿著一雙精緻的小鞋子，漂亮的粉紅色連衣裙外罩著件亞麻布圍裙。這一切都表明了媽媽無微不至的愛護。孩子的臉色蒼白，滿是倦容。但是，她的小胳膊和小腿似乎與平時無異，可見與同行的人相比，她沒有吃什麼苦。

「現在感覺怎麼樣了？」見她還在揉腦後那團蓬鬆的金髮，他急切地問。

「您親親這裡的話，就會好，」她指著碰傷的地方，很認真地說，「媽媽每次都是這樣做的，媽媽去哪了？」

「媽媽走了。我想你很快就會見到她的。」

「走了呀？」小女孩說，「怪事，她都沒跟我道別。她以前每次去姨媽家喝茶都會跟我說的，可這回她都走三天了。唉，太乾燥了，是吧？有水嗎？一點吃的都沒有嗎？」

「沒有，啥都沒有，親愛的。你忍耐一下吧。過一會兒就好了。你把頭靠在我身上，這樣你就會覺得舒服多了。嘴唇乾透了，說話都費勁，但我想最好還是把實情告訴你。你手裡拿著什麼東西？」

「好漂亮哦！好美哦！」小女孩舉著兩塊閃閃發光的雲母石，滿心歡喜地叫道，「等回到家裡，我要把它送給弟弟鮑伯。」

「要不了多久，你會看到比這更漂亮的東西，」男人十分肯定地說，「只要等一會兒。剛才我正要跟你說這事。嗯，還記得我們過的那條河嗎？」

「哦，記得。」

「呃，我們當時估計，不久又會見到一條河。你能明白嗎？可後來卻出問題了。不知是羅盤，還是地圖，還是別的什麼東西有問題。再也沒看到一條河了。水喝完了，只剩下一點點，留給你們小孩子喝。後來——後來——」

「您臉也洗不成了。」小女孩抬眼望著他滿是灰塵的臉，神情肅穆地插嘴說。

「不但洗不成臉，喝的水也沒了。先是本德先生走了，後來是印第安人皮特，然後是麥克格瑞哥太太，接著是江尼•宏斯，再後來，親愛的，就是你媽媽了。」

「照您這麼說，媽媽也死了。」小女孩把臉埋在她的衣裙裡，傷心地哭著說。

「對，他們都走了，只剩下咱倆。我那時還想，往這個方向走，也許能找到水。於是我就把你背在肩膀上面，一起奮力往這兒走。但情況似乎並沒有好轉。我們現在是希望渺茫啊！」

「您是說我們也要死了嗎？」孩子停止了哭泣，抬起滿是淚水的小臉問。

「我想可能情況就是這樣。」

「您幹嗎不早說呀？」小女孩開心地笑著說，「您嚇了我一大跳。不好嗎？要是我們死了，就又可以和媽媽在一起了。」

「對，肯定可以，寶貝。」

「您也可以呀。我要告訴她，您是最棒的。我敢肯定，媽媽會提了一大壺水，在天國的門口接我們。還有好多蕎麥餅，熱騰騰的，兩面都烤得焦黃，就是我和鮑伯最愛吃的那種。我們還要等多久才能死呢？」

「我不知道，但要不了多久。」男人凝視著北方的地平線。藍色的天穹下，出現了三個黑點，急速地飛近，黑點越來越大。頃刻，三隻褐色的大鳥出現在眼前，牠們在這兩人的頭頂盤旋，接著落在他們上方的岩石上。這是三隻鷹，美國西部特有的那種禿鷹。牠們的出現預示著死亡即將降臨。

「公雞和母雞。」小女孩手指著這三隻禿鷹，高興地大聲說。她拍著小手，想讓牠們驚飛起來。「哎，這個地方也是上帝造的嗎？」

「當然是。」和她一起的男子說，似乎對這個突如其來的問題感到非常吃驚。

「他造了那邊的伊里諾州，他造了密蘇里州，」小女孩又接著說，「我猜，這裡不是上帝造的。造得真糟糕，居然忘記造水和樹。」

「我們來祈禱，好嗎？」男人有些躊躇地問。

「現在又不是晚上。」她回答說。

「沒關係，做禱告又沒有什麼規定的時間。可以肯定！上帝不會介意的。我們經過荒原時，你不是每天晚上都在馬車上祈禱嗎？你就念念那些禱告詞吧。」

「那您為什麼不禱告呢？」小女孩奇怪地問。

「我忘了祈禱文，」他回答說，「自打我有槍身一半高，就再沒有禱告過了。不過，現在開始也不晚。你念祈禱文，我在旁邊跟著你一起念。」

「那麼，您要跪下來，我也要跪，」說著，她把披巾鋪在地上，「像我這樣，把手舉起來。這樣您會感覺好些。」

只有幾隻禿鷹目睹這樣奇怪的一幕：狹窄的披巾上，兩個人肩並肩地跪著，一個是天真無邪的小女孩，一個是粗獷堅強的探險家。一張圓乎乎的小臉和一張瘦削、稜角分明的臉，一起仰望著無垠的天空，虔誠地懇請那可畏的上帝，因為上帝與他們無時不同在。一個稚嫩、清脆的聲音和一個低沉、沙啞的聲音交織在一起，祈求上帝的憐憫和寬恕。禱告後，他們回到巨石的陰影裡坐下，小女孩靠在守護人那寬闊的胸膛上睡著了。看著她慢慢入睡，他再也撐不住了。三天三夜，他一直是不眠不休。他的眼瞼慢慢下垂，睏倦的雙眼終於閉上了，腦袋一點一點向下低垂，最後耷拉在胸前，斑白的鬍鬚和小女孩的金色長髮靠在一起，一起沉沉入睡了。

如果他再晚睡半小時，就可以看到這樣一幕奇觀：在鹽鹼平原的盡頭，塵土飛揚。開始時，只是一點點，遠遠望去像是霧氣。漸漸地，塵土越揚越高，越揚越廣，聚成了一個輪廓分明的厚雲團。這個不斷增大的雲團顯然是大隊人馬在行進中捲起的揚塵。如果是在肥沃些的地方看到這一幕，也許可以斷定，往這個方向奔來的是草原上遷徙的大隊野牛群。但在這塊貧瘠的荒地上，顯然是不太可能的。

飛揚的塵土越來越靠近那塊孤零零的懸崖，兩個落難者正棲身於此。透過塵煙依稀可見帆布頂棚的篷車和武裝騎士的身影。看那樣子，似乎是往西部去的旅行隊。多壯觀的一支隊伍啊！隊伍前面已經行至山腳下，而後面卻還在目不可及的地平線下。在這支鬆鬆垮垮的隊伍中有馬車、手推車、騎馬的、步行的，橫跨這片無垠的曠野。許多婦女扛著東西，蹣跚前行。孩子們有的跟在馬車旁蹣跚前進，有的從白色車篷往外探頭張望。顯然，這不是支普通的移民隊伍，更像是某個遊牧民族，因環境所迫而不得不遷徙，尋找新的家園。隨著大隊人馬的到來，原本清新的空氣中響起了咔嗒咔嗒、隆隆轆轆的聲音，車轍轔轔，駿馬蕭蕭，亂成一片。即使這麼大的陣勢，也沒能把峭壁上方兩個熟睡的流浪者驚醒。

騎馬走在隊伍最前面的二十多個人都是一臉的肅穆，不苟言笑。身上的衣服都是色澤暗淡的手工布做成的，帶著來福槍。來到峭壁之下，他們停下腳步，簡單地商量了一下。

「右邊有口井，兄弟。」說話的這位頭髮灰白，嘴唇緊繃著，臉刮得乾乾淨淨。

「向布蘭卡山的右側前行，我們就可以到達瑞奧・葛蘭德。」另一個搭腔說。

「不用擔心水的問題。能從岩石中引出水來的主，不會捨棄他所選擇的羔羊。」第三個人大聲說。

「阿門！阿門！」所有人都同聲應道。

正要繼續趕路時，一個目光敏銳的年輕人突然指著上方陡峭不平的山崖驚叫了起來。只見崖頂有一縷粉紅在風中飄舞。在灰暗的岩石襯托下，格外耀眼醒目。見此，所有人都勒住韁繩，把槍端在手裡。後面的騎手們也疾馳過來增援，每個人嘴裡都說著同一個詞「紅人」。

「這兒不可能有紅人出現，」一位貌似領頭的長者說，「我們已經走出了波尼紅人的領地，在翻過那些大山前，不會遇到其他部落了。」

「斯坦格森兄弟，我去察看一下，行嗎？」其中一個人問。

「我也去，我也去。」十多個人一起大聲說。

「把馬留在下邊，我們就留在這兒等著你們。」那位長者回答說。

年輕的小夥子們立即翻身下馬，把馬拴好後，開始沿著峻峭的山崖，朝那個讓人感到好奇的東西攀爬過去。他們悄無聲息地向目標迅速接近，有著偵察員所特有的老練、沉著和敏捷。站在下面荒原上的人們只見這些人在峭壁間健步如飛，徑直到達了山巔。最先發現情況的那個年輕人走在前面。尾隨其後的人見他猛地一舉手，似乎大吃了一驚。當他們上前目睹了這一幕時，同樣都被驚呆了。

寸草不生的山岡頂上有一小塊凸起的高地，高地上孤零零地聳立著一塊巨石。一個身材高大的男子斜靠在巨石上。這個男子鬍鬚很長，神態剛毅，但卻消瘦不堪。那安詳的面容和勻稱的氣息都表明，他睡得很死。身旁還躺著一個孩子，她那又圓又白的手臂，摟著大人那又黑又瘦的脖子。那披著金色卷髮的小腦袋，倚在男子棉絨上衣的胸口處；紅紅的小嘴微張著，露出兩排整齊雪白的牙齒；滿是稚氣的小臉上掛著調皮的微笑；白白胖胖的小腿上，穿著白色短襪，乾淨的鞋子，鞋子上的搭扣閃閃發亮。所有這一切與她旁邊那位寬大、枯瘦的手腳形成了鮮明對比，讓人感到很怪異。在這對奇怪組合的上方有塊岩石的凸起部分，上面站著三隻虎視眈眈的禿鷹。一見有人來，禿鷹便失望地呱呱大叫起來，鬱悶地飛走了。

禿鷹刺耳的啼叫聲驚醒了睡夢中的兩位。他們醒來後，茫然地看著眼前的這些人。男子掙扎著站了起來，往下面的平原張望。入睡前這裡還是一片荒涼淒清，醒來出現在眼前的卻是浩浩蕩蕩跨越荒原的人馬。目睹了眼前的情景，他臉上露出難以置信的神情，把他那骨瘦如柴的手放在眼前晃悠了一下。「我想，這就是所謂的神經錯亂吧。」他喃喃自語。小女孩站在邊上，拽著他的衣角，她什麼話也沒說，好奇地四下打量，目光中滿是孩子特有的詫異。

在這夥人的努力下，兩個落難者很快就相信了：這不是幻覺，有人來救他們了。在這支救援隊中，有個人抱起孩子，把她扛在肩上。還有兩個人架起她那虛弱無力的同伴，向車隊走去。

「我叫約翰・費里厄，」迷途者解釋說，「我和這小孩是二十一人中的倖存者。其他人都餓死、渴死在從南方來的路上。」

「她是您女兒嗎？」有人問。

「我想，現在她就是我的孩子了，」對方理直氣壯地大聲說，「我救了她的命，所以她就是我的孩子。沒人可以把她從我身邊搶走。從今天起，她就叫露西・費里厄。可你們又是什麼人呢？」他接著說，好奇地望著這些身體壯實、曬得黝黑的救命恩人，「你們好像人挺多的。」

「大概有上萬人，」一個年輕人說，「我們這些上帝的孩子受人迫害，但是天使莫洛尼選中了我們。」

「我沒聽說過這位天使，」這個迷途者說，「但她選了你們，真是選對人了。」

「您可不能把這麼神聖的事情拿來開玩笑，」另一個人嚴肅地說，「我們所信奉的聖卷是用埃及文字記載在金葉子上的經文。在派爾邁拉，這些經文傳給了神聖的約瑟夫・史密斯。我們在伊利諾州的瑙伏城建起了自己的教堂，但是那裡的人暴虐，不信神。所以，我們從那兒離開，想要尋找避難所，即使到沙漠的深處來，也絕不退縮。」

聽到瑙伏城這個地名，費里厄很快就反應過來了。他說：「我明白了，你們是摩門教徒[21]。」

「我們是摩門教徒。」大家齊聲回答說。

「那你們這是要去哪兒？」

「我們也不知道。上帝讓先知來指引我們。您得去見見先知。至於怎樣安置你們，他會做出指示。」

他們這時已經來到了山腳下，一大群信徒擁上前把他們圍在中央。這群人中有臉色蒼白、面容溫和的婦女，有歡聲笑語、身強體壯的孩子，還有神情焦慮、目光誠懇的男子。見這兩個陌生人，一個那麼小，一個那麼困頓，他們都不禁半是憐憫、半是驚訝地嚷嚷起來。然而，護送他們的人並未因此耽擱半分，他們從人群中擠過，來到了一輛馬車跟前，而那一

21摩門教是美國基督教的一個教派，創立於一八三〇年。

大群摩門教徒依然跟在後面。這輛馬車很大，外表華麗，非常醒目，由六匹馬拉著，而別的馬車都是兩匹，最多也不過四匹。在車夫的旁邊，坐著一個年紀不到三十的男子，正看著一本棕色封皮的書。他的頭顱碩大，神態堅毅，顯然是這群人的頭領。見這群人擁了過來，他把手裡的書放到一邊，認真聽取了事情的來龍去脈。隨後把目光轉向了這兩個落難人。

「只有信奉我們的教義，」他義正詞嚴地說，「我們才會帶上你們。絕不能讓狼混到羊圈裡來。如果你們是毀掉整個果實的爛疤的話，那就不如現在任你們曝屍荒野。你們願意接受我們的條件嗎？」

「任何條件我都願接受。」費里厄強調說。見此，那些神情莊重的長老都不禁露出了微笑，但這位大頭領依舊是一臉的嚴肅和刻板。

「帶他去，斯坦格森兄弟，」頭領說，「料理飲食，孩子也要照顧好。你還要給他講講我們神聖的教義。我們已經耽擱太久了。前進！繼續，繼續向錫安山[22]！」

「繼續，繼續向錫安山！」摩門眾教徒大聲說。這個號令眾口相傳，猶如翻滾的浪花，沿著大篷車隊組成的長龍，一直到很遠很遠，聲音越來越晦暗不清，最後消散在遠方。鞭子劈啪，車輪轆轆，大篷車隊動起來了，不久整個隊伍又一次蜿蜒向前。負責照料這兩個人的

22耶路撒冷的一個迦南要塞，古時候大衛王及子孫的宮殿所在地。這裡指理想之國、天堂。

斯坦格森長老把這兩個無家可歸的人領到了自己的車上，飯食也早已為他們備好了。

「你們就在這裡待著。」他說，「過幾天，你們的身體就可以恢復過來。但要切記，永遠切記，爾等已是我教之教徒。布里格姆・揚已有明訓。其所示下皆為約瑟夫・史密斯之語，也即上帝之語。」

第二章 猶他之花

摩門教徒們歷盡了磨難和艱辛，來到了他們最終的避難所。至於他們是如何慶祝的，這裡暫且不予追述。只說這一路上，從密西西比河畔到洛磯山脈的西麓，他們靠著史無前例的堅定意志，奮力向前。野蠻人和野獸的襲擊，饑渴、疲憊和疾病等，所有這些上蒼所賜的艱難險阻，都被盎格魯－撒克遜人堅韌的意志征服了。雖然長途跋涉的辛勞和日積月累的恐懼也曾使他們當中最堅強的人產生了動搖，但當他們俯視那陽光沐浴下的、寬闊的猶他山谷時，當聽到頭領宣佈這就是上帝賜予的樂土時，當得知這片處女地就是他們永遠的家園時，每個人都跪倒在地上，虔誠地祈禱。

事實很快證明，布里格姆・揚是管理能力很強、處事果斷的領袖。地圖繪好了，規劃圖製作好了，未來城市的輪廓也勾勒出來了。城市周圍的耕地都根據各自地位的不同，按比例進行了分配。商人經商，工匠開工。在城中，街道和廣場像變魔術般拔地而起。在鄉村，挖溝豎籬，墾荒種植。到第二年夏天，鄉下到處都是金黃色的麥田。在這塊新開墾的定居點上，萬業興盛。最值得一提的是，在城市的中央聳起了一座大教堂，一天比一天更高大，一日比一日更宏偉。黎明的第一縷朝霞剛出現，教堂裡便傳出斧頭砍木料和鋸子鋸木材的聲音，直到最後一線晚霞逝去才停止。這座教堂是移民們為上帝建造的一座豐碑。正是有了上帝的指引，他們才能歷盡無數的艱險，安全抵達這片樂土。

兩個落難者跟著摩門教眾來到了這個偉大朝聖之旅的終點。約翰・費里厄把小女孩收作養女，從此二人便相依為命。一路上，小露茜・費里厄都待在長老斯坦格森的篷車上，非常快活。同車的還有他的三個老婆，一個十二歲的兒子。男孩非常任性，有點早熟。出於孩童的天性，小女孩很快就從喪母之痛中恢復過來。車上的幾個女人都寵著她，小女孩也適應了這種以篷車為家的新生活。也就在這段時間裡，費里厄極度虛弱的身體也得到了恢復，不斷地給隊伍指引方向，不知疲倦地打獵，很快就贏得新夥伴們的尊重。當漂泊的生活結束時，大家一致同意給他和其他人一樣的待遇，分給了他一大塊肥沃的土地。除了揚本人以及四位大長老斯坦格森、坎博爾、約翰斯頓和德雷伯之外，這裡的所有人都享有了同樣的待遇。

分到地後，約翰・費里厄親手蓋了幢結實的木屋。在接下去的很多年裡，費里厄不斷擴建，木屋漸漸變成了一幢寬敞的別墅。他是個腳踏實地的人，善於待人處世，又很會幹活。由於有一副鐵打的好身板，他每天起早摸黑地在地裡勞作。付出了辛勞也獲得了回報，農莊裡五穀豐登、六畜興旺。三年過去了，他的生活比其他鄰居都富餘。六年過去了，他變得富裕了。九年過去了，他成了富翁。十二年過去了，在整個鹽湖城，能與他相比的只有五六戶了。從鹽湖這個內陸海到遙遠的瓦撒奇山區，提起約翰・費里厄的名字，無人不知，無人不曉。

不過，有件事，也只有這件事讓他的教友在情感上無法接受。不管怎麼勸，怎麼說，他都不願和其他人一樣娶妻成家。他也不解釋為什麼就是不結婚，就只是一味地頑固地堅持己見，從不動搖。有人指責他宗教信仰不夠篤定。有人認為他視財如命，怕花錢。也有人謠傳他早年的戀情，說有個金髮女郎在大西洋之濱為他憔悴而終。也不知到底是何原因，費里厄仍然孑然一身。除此之外，他都恪守著這片新墾區的宗教教義，人們都知道他是個非常正派、規矩的人。

小露茜・費里厄就在這幢木屋中一天天長大，幫著養父料理一切。山裡清新的空氣、松樹樹脂的芬芳像乳娘和母親一般天天圍繞在小女孩身邊。一年又一年，她的個兒越來越高，身體越來越結實，臉頰越發的紅潤，步態越發的輕盈。只要見過這樣的景象：一個婀娜多姿的少女輕盈地從麥田中走過，或是一個輕鬆隨意地騎在父親的馬上、英姿颯爽的西部女郎，很多人就久久無法忘懷。每次從費里厄家附近的大路經過，這一景象就不由自主地浮現在眼前。當初的花蕾已然綻放。在這些年裡，她父親成了最富有的農場主，她也出落成太平洋沿岸美國少女的典範。

然而，第一個發現這孩子已經長大成人的並不是她父親。這種事情，做父親的往往不大會注意到。這種神秘的變化非常微妙，非常緩慢，無法用具體的日期來標明。少女自己也毫無察覺。直到有一天，有個人說話的語調、有個人的觸摸使她的心怦怦直跳，她感到非常恐懼，同時又感到驕傲，因為這時她意識到身體內有一種更強烈的天性覺醒了。沒有人不會回想起那段日子，正是那一點青春的萌動宣告了新生活的到來。然而，降臨到露茜・費里厄頭上的，卻是紅顏薄命，不但改變了她的命運，也殃及了其他人。

六月，一個暖和的清晨。摩門聖徒們像勤勞的蜜蜂一樣忙碌，他們也正是用蜂巢作為自己的圖騰。田野裡，街道上，到處都是忙碌的景象，像蜜蜂在嚶嚶嗡嗡地飛舞。塵土飄揚的大路上，長長的騾隊載著沉重的貨物，運往西部。因為這時加利福尼亞出現了淘金熱，橫穿大陸的大道正好從伊萊克特城穿過。路上還有從偏僻牧場趕來的一群群牛羊和一隊隊倦乏的移民。經過了沒完沒了的長途跋涉，他們已是人困馬乏了。

就在這混雜的隊伍中，露茜・費里厄憑藉著自己高超的騎術，縱馬疾馳。姣美的臉龐因運動而泛出紅暈，栗色的長髮在肩後隨風飄揚。父親讓她趕去城裡辦事。帶著年輕人無畏的勁頭，她和以往一樣，策馬前行，滿腦子只想著要完成自己的任務。那些風塵僕僕的淘金冒險者無比驚歎地看著她，甚至連那些木然的印第安人，在去賣皮貨的路上見到這麼一個美麗白淨的女郎，一貫冷漠的表情也鬆懈下來，露出了滿臉的訝異。

露茜趕到城外，發現大隊的牛群堵住了她前行的道路。六個相貌粗野的牧人正把牛群從草原趕往城裡。她有點急不可耐，催馬插入一個空當，想衝過前面的障礙。然而，剛一擠進牛群，後面的牛就圍了上來，她完全陷入了流動的牛群中，周圍全是目露凶光、牛角高翹的公牛。她因為經常與牛打交道，所以落入重圍毫不慌亂，不停地尋找空隙繼續催馬向前，想要衝出牛群。不幸的是，不知是有意還是無意，其中有頭牛的角猛地頂在馬肚子上，馬受驚了。隨即，馬狂怒地噴著鼻息，高揚起前蹄，踢踏亂跳。

若非騎術精湛，馬鞍上的人早被甩到了地上。情況萬分危急。受驚後的馬每次的跳躍，都反覆地頂到牛角上，馬便越發地瘋狂起來。在這種情況下，露茜只能緊緊貼在馬鞍上，一不小心掉到地上，就會被這些受驚失控的牲畜踐踏而死。面對這種突如其來的緊急狀況，她不知所措，只感到一陣頭暈，拽著韁繩的手也握不住了。飛揚的塵埃和擠在一起的牲口所散發出的惡臭幾乎令她窒息。她已陷入絕望，幾乎支持不住了。突然，耳畔響起一個親切的聲音，有人來救她了。此時，一隻強壯有力的棕色大手抓住驚馬的嚼環，從牛群中強行擠出一條道，迅速把她帶到牛群外。

「希望沒傷著您，小姐。」救她的人恭恭敬敬地說。

露茜抬頭望著他黝黑粗獷的面孔，放聲大笑起來。「真把我嚇壞了，」她天真地說，「沒想到，我的邦喬見到這麼多的牛，會嚇成這樣。」

「感謝上帝，您沒被甩下馬鞍。」他情真意切地說。說話者是位長相粗獷、身材高大的年輕人。他騎著一匹棕白相間的高頭大馬，穿著獵人的粗布裝，背著一支長筒獵槍。

「我猜，您是約翰・費里厄先生的女兒吧，」他說，「我看到您從他家那邊騎馬過來。回家見到他時，您可以問問，他是否還記得聖路易斯的傑弗遜・霍普。如果沒認錯人的話，您父親和我父親過去關係很密切。」

「您幹嗎不自己去問呢？」她忸怩地問。

聽到這話，小夥子有點喜出望外，黑色的眼睛閃爍出興奮的光芒。「我會去的，」他說，「我們在大山裡轉悠兩個月了，現在這副模樣不便登門拜訪。他見到我們，一定會很高興地接待我們的。」

「我父親一定會好好謝謝您的，我也要謝謝您，」她回應說，「父親非常疼愛我，如果我被牛群踩死了，他肯定會受不了的！」

「我也會很難過的。」她身旁的小夥子說。

「您？啊！我不明白，我的生死會跟您有很大關係嗎？您甚至還算不上是我們的朋友呢！」

聽到此話，年輕獵手黝黑的臉龐上寫滿了鬱悶。露西見此大笑了起來。

「好了，我不過跟你開個玩笑，」她說，「你現在當然是朋友啦！一定要來看我們哦。

現在我得趕路了。否則，父親以後不會要我替他辦事了。再見！」

「再見。」說著，他拿起頭上的寬簷帽，俯身吻了一下她的小手。露茜掉轉馬頭，鞭子一揮，飛馬離去，捲起一陣塵煙。

年輕的傑弗遜・霍普和同伴們繼續趕路，一路上情緒低沉，沉默寡言。他和同伴一直在內華達山脈勘探銀礦，此次是回鹽湖城籌集足夠的資金開採所發現的銀礦。他原本和其他同伴一樣對這事非常上心，但這次的不期而遇使他的心思完全轉到另一件事上了。見這個美麗的少女就像山中的微風一樣純情撩人，他內心深處的悸動像火山一樣難以遏制。眼見著少女的身影逝去，他意識到這是他人生中最重要的時刻。剛發生的這件事讓他整個人都陷進去了，銀礦也好，別的問題也罷，對他來說都不重要了。他內心迸發出的愛意，不是一個男孩的一時興起，也不是暫時的迷戀，而是一個意志堅定、性格剛毅的男子所具有的那種原始炙熱的情感。他想要做的事，就從來沒有失敗過。他心中暗暗發誓：只要個人努力和不斷堅持能帶來成功的話，他在此事上就不可能會失敗。

當晚他就去拜訪了約翰・費里厄，隨後就一而再再而三地上門，成了這家的常客。約翰深居山谷之中，全部精力都放在工作上，十二年來對外界幾乎一無所知。傑弗遜・霍普把山谷外的情況一五一十地講給他聽，說得有聲有色，露茜和她父親聽得津津有味。因為霍普很早就到加利福尼亞去淘金，能講很多新奇的故事，講的都是那些太平卻又艱辛的日子裡發財和破產的故事。他當過偵察兵，當過獵人，探過銀礦，在牧場做過工。傑弗遜・霍普只要聽說哪兒有刺激的探險活動，他就往哪兒鑽。很快，這位老農場主就喜歡上了他，不停地誇他是個好小夥。每每聽到這些，露茜一句話也不說，但臉上卻泛起紅暈，眼裡閃爍著幸福的光芒，顯然她那顆年輕的心已不再是自己的了。雖然她那忠厚的老父親沒有注意到這些不尋常之處，但全都落在了小夥子的眼裡。他贏得了少女的芳心。

一個夏天的傍晚，霍普沿著大道騎馬來到費里厄家門前，停了下來。露茜從門口迎了出來。霍普把韁繩往柵欄上一扔，大步跑到露茜身邊。

「我要走了，露茜。」他攥著露茜的兩隻手，溫柔地望著她說，「我現在不會要求你跟我走，但下次來的時候，你願意跟我一起走嗎？」

「那你下次何時來呢？」她笑著問，一臉的緋紅。

「我要在外面待兩個月，親愛的！到那時，我會來上門求婚，誰也阻止不了我們。」

「那父親是什麼態度？」她問。

「他已經同意了，只要銀礦的事情辦妥了就行。這一點肯定沒問題。」

「好的，行，一切就由你和父親來安排，我也沒什麼要多說的了。」少女把臉頰貼在他寬闊的胸膛上，低語道。

「感謝上帝！」他低頭吻了她一下，聲音粗啞地說，「那好，就這麼說定。待的時間越長，就越捨不得走。他們都在峽谷那兒等我呢。再見吧，我親愛的！再見，過兩個月就能見到我了。」

他說著，依依不捨地把少女放開，躍身上馬，頭也不回地飛馳而去。好像只要他回頭看一眼那少女，他離去的決心就會動搖。她站在門口望著，直到他消失在眼前。這才返身回屋，這時的她是整個猶他州最幸福的少女。

第三章　約翰・費里厄同先知的交談

傑弗遜・霍普和他的同伴們離開鹽湖城已有三個禮拜了。約翰・費里厄一想到小夥子回來後，他心愛的養女馬上就要離開，內心感覺非常痛苦。但是，一看到女兒那幸福的笑臉，他想想還是覺得這樣的安排是對的。

他心中早已暗暗有了決定，無論如何都不會把女兒嫁給摩門教徒。他認為這種婚姻根本就不是婚姻，而是一種恥辱。且不論摩門教義在其他方面怎樣，在這個問題上他無論如何都不會妥協的。然而，他卻不得不緘口不言，因為這個時候，在這塊聖徒之地上，有不符合教義的言論將會處於非常危險的境地。

這的確是一件相當危險的事情，就連那些最德高望重的人也只敢低聲屏氣地私下談論自己的宗教觀，唯恐說出口的話遭人誤解，立馬招來禍端。受迫害者為了報復，又反過來變成迫害者後，其手段之殘忍就更加駭人聽聞。塞維爾的宗教法庭[23]、德國的菲默法庭[24]、義大利秘密會黨等龐大的宗教機器，與摩門教徒在猶他州一手遮天的做法相比，都是望塵莫及的。

這個組織沒有具體的形態，再加上它總是裝神弄鬼的，因而顯得越發恐怖。它彷彿無所不知，無所不能，可人們既看不見，也聽不到。誰要是敢站出來反對這個教會，立馬就會消失得無影無蹤。沒有人知道他去哪兒了，也沒有人知道他到底怎樣了。家中妻兒天天盼他回家，可是父親卻再也回不來了，沒人知道他落在秘密法官手中的遭遇。說話稍有不慎，行為偶爾草率，便立即招來滅頂之災，但卻沒人知道這種籠罩在頭頂上的可怕勢力究竟是什麼。因此，人人都生活在誠惶誠恐中，即使在曠野深處，也沒人敢對這種壓迫勢力吐露出一星半點的疑義。

起初，這種無形的可怕勢力只用來對付那些死不悔改的叛教者，然而不久，它懲辦的對象範圍開始擴大。由於成年婦女人數越來越少，女性人口不足，一夫多妻制的教規就如同虛設。各種奇怪的傳言開始四處散播，說什麼在印第安人都未涉足之地，有移民被人殺害，營地被翻得亂七八糟。摩門教長老的內宅裡卻出現了些從未見過的女人。她們臉色憔悴，不停

23 中世紀西班牙南部城市天主教審判異教徒的宗教裁判。
24 中世紀活躍在威斯特伐利亞的特殊法庭，被判死刑者大多被秘密處決。

地哭泣，臉上滿是難以消除的恐懼。據那些進山遲歸的人說，夜色中有幾夥蒙面的武裝匪徒從他們身旁悄無聲息地掠過。這些故事和傳言說的有鼻子有眼的，隨著各種證據漸漸堆積在一起，最後那些人的名字也就明確了。直至今天，在荒涼的西部大草原上，「丹奈特幫」[25]和「復仇天使」仍舊是罪惡與不祥的代名詞。

越是瞭解這個組織，人們的內心就越發感到恐懼。沒人知道誰是這個會黨的成員。這些人幹著血腥、殘酷之事，卻打著宗教的幌子，將其成員的名字定為絕密，不讓外人知道。如果你向某個朋友表達了對先知或教會的疑慮，這位朋友可能就是晚上明火執仗地前來強取豪奪的那夥人中的一員。因此，每個人都提防著自己的左鄰右舍，沒人敢說真心話。

一個晴朗的清晨，約翰・費里厄正要去田裡幹活，忽然傳來門閂的響動聲。透過窗戶一看，只見一個淡棕色頭髮的健壯中年男子走了進來。他的心一下子提到了嗓子眼，因為來者不是別人，正是大人物布里格姆・揚。費里厄內心感到非常惶恐，他知道布里格姆・揚上門不會有什麼好事，但也只得跑到門口去迎接這位摩門教的頭領。然而，面對他的熱情迎接，來者顯得非常冷淡，板著臉進了客廳。

「費里厄兄弟，」他說著，坐了下來，淡色的睫毛下一雙銳利的眼睛死死盯著費里厄，

25 一八三八年由摩門教建立的一種秘密組織。

「上帝忠實的信徒們一直把你當朋友看。你在沙漠裡快要餓死時，我們收留了你，分給你食物，把你安全地帶到這個上帝賜予的山谷，分給你一大塊地，讓你在我們的保護下漸漸發達起來，是不是這樣的？」

「確實如此。」費里厄回答說。

「作為報答，我們只提出了一個要求，那就是你必須接受我們正確的宗教信仰，完全按照我們的教義行事。對此，你有過承諾。可是，如果大家說的都是屬實的話，你並沒有把它放在心上。」

「我怎麼沒有放在心上？」費里厄雙手一攤，辯解說，「是我沒繳納公共基金？還是沒有去教堂禮拜？還是……」

「你的那幾個老婆在哪？」揚問，四顧了一下，「把她們叫出來啊，我要見見她們。」

「我確實一直沒結婚，」費里厄回答說，「可是，女人本來就少，許多人比我更需要老婆。我也不孤單，還有個女兒在身邊端茶送水。」

「我今天來就是要說說你女兒的事情，」摩門教頭領說，「她已長大，成了猶他之花。這裡許多有身分的人都相中了她。」

約翰・費里厄心中暗暗叫苦。

「有人傳言說，她已許給了一個異教徒。我當然不會相信這種鬼話。這一定是些無聊的人在亂嚼舌根。在聖約瑟夫・史密斯的法典中，第十三條說的是什麼啊？『每個摩門教的少女都應嫁給上帝的選民。如果嫁給異教徒，她就是犯了彌天大罪。』就是這麼說的。你既然信奉這神聖的教條，就不能讓你女兒褻瀆它。」

約翰・費里厄沒有回應，只是緊張地擺弄著手上的馬鞭。

「在這個問題上，對你的信仰是一次考驗。這也是四聖會的決定。她是個少女，我們不會讓她嫁給老頭子，也不會剝奪她的選擇權。我們四位長老的『小母牛』已經夠多的了，但我們的孩子們卻還需要。斯坦格森有個兒子，德雷伯也有一個，他們都非常樂意把你女兒迎娶進家。讓她在這兩個人中選一個吧。他們年輕又有錢，又都是我教虔誠的信徒。你對這事有什麼要說的嗎？」

費里厄依然沒作聲，雙眉緊鎖，沉默了一會兒。

「您得給我們點時間，」他最後說，「我女兒還小，不到出嫁的年齡。」

「我給她一個月的時間考慮，」揚說著，從椅子上站起身來，「一個月後，我要聽她的答覆。」

邁出房門時，他轉過頭來，臉漲得通紅，眼裡閃著凶光。「約翰・費里厄，」他吼道，「你要是敢有花花腸子，違抗四聖會的命令，我會讓你們父女倆情願把骨頭架子攤在布蘭卡山脊上！」

做了個威脅的手勢，他掉頭離去。費里厄只聽見他那沉重的步伐踩在砂石路上的咯吱聲。

費里厄雙肘支在膝頭上，呆呆地坐著，在想該如何開口跟女兒說。這時，一隻柔軟的手握住了他的手。他抬頭看見女兒站在身邊。一看到她那蒼白、恐懼的臉，費里厄就知道，她聽到剛才兩個人的對話了。

「我也不想聽，」她見到父親臉上的表情，解釋說，「他聲音那麼大，整幢房子都可以聽到。噢，父親，父親，我們該怎麼辦啊？」

「不要怕，露茜！」說著，他把她拉到身邊，他那粗糙的大手撫過女兒栗色的秀髮，「總會有辦法的。你非常喜歡那個小夥子，對吧？」

露茜沒有回答，只是緊緊地握著他的手，不停地抽泣。

「對了，你當然是喜歡的。喜歡你就說，我不會不高興的。霍普是個有出息的小夥子，而且他是個基督徒。比起整天在這裡禱告的那些傢伙，他可要強多了。明天早晨會有一夥人要動身去內華達州，我會托人給霍普送個信，讓他知道我們現在的處境。如果我沒看走眼的話，他一定會快馬加鞭地趕回來，像是騎著電報一樣。」

聽見父親這話，露茜不禁破涕為笑。

「他回來一定有辦法的。但是，親愛的，我擔心您。如果有人……如果有人聽說您竟然與先知對著幹，他們恐怕會對您下手的。」

「但是，我們從沒與他對著幹過，」父親回答說，「做這事我們得非常小心。我們還有整整一個月的時間。到時候，我們最好還是逃離猶他州。」

「離開這裡！」

「恐怕只能這樣做。」

「農場怎麼辦？」

「我們盡可能賣掉，換成現金。那些賣不掉的，就不要了。露西，說句實話，我一直都有這麼個念頭。這裡的人都對那該死的先知卑躬屈膝，但是我不喜歡這樣。我是生性自由的美國人，我受不了這些。我已經老了，學不會他們的那一套。但如果他到這兒來胡作非為，我就讓他嘗嘗子彈的滋味。」

「但是，他們不會放我們走。」女兒提醒他說。

「等傑弗遜回來，我們就會有辦法的。這段時間裡，你就不用煩心了。寶貝，別把眼睛哭腫了，不然的話，等他回來見你這模樣，可是會找我算帳的。沒什麼好擔心的，沒事的。」

約翰・費里厄對女兒說這些安慰的話時，語氣中充滿了自信。但就在那天夜裡，她注意到父親的舉動顯得不同尋常了。他謹慎小心地門緊了所有的門，把臥室牆上那支生銹的獵槍仔仔細細地擦拭一新，填上了子彈。

第四章　亡命天涯

在與摩門教先知見面後的第二天早上，約翰・費里厄去了趟鹽湖城，找到那個要去內華達山區的熟人，托他給傑弗遜・霍普帶封信過去。他在信中告訴霍普，他們現在正面臨的危險處境，讓他趕緊回來。辦完這些以後，他心裡鬆了口氣，心情輕鬆地趕回家。

馬上就要到田莊，他看見大門外的兩根柱子上各拴著一匹馬，心裡吃了一驚。更令他驚訝的是，他一進屋，就看見兩個年輕人占著他家的客廳。一個人長著一張蒼白驢臉，四仰八叉地躺在搖椅裡，兩條腿高高蹺起架在火爐上。另一個人長著粗大的脖子，臉上的五官粗鄙，一副盛氣凌人的樣子。他站在窗前，兩手插在口袋裡，哼著流行的聖歌。見費里厄進門，兩人都點了點頭，躺在搖椅上的那位先開了腔。

「可能您還不認識我們，」他說，「這位是德雷伯長老的兒子，我是約瑟夫・斯坦格森。上帝伸手把你們引入他的羊群後，我曾經和你們一起在沙漠上跋涉。」

「上帝總有一天會把所有人引入他的羊圈的，」另一個鼻音很重的聲音說，「他慢慢地指引著，但不會落下任何人。」

約翰·費里厄冷漠地鞠了躬。他早猜到來者是些什麼人了。

斯坦格森繼續說：「我們是奉父親之命，來向您女兒求婚的。不知您和她對我們兩人中的哪位更中意。我只有四個老婆，可是德雷伯兄弟已經有七個了。所以，我感覺還是我比較合適。」

「不，不，斯坦格森兄弟，」另一個聲音大聲說，「問題可不在於有了幾個老婆，而在於養得起幾個。我父親已經把他的磨坊交給我了，所以，我更有錢養老婆。」

「可是，我以後會比你更有錢，」斯坦格森急切地說，「等上帝把我父親召喚走了，他的硝石場和製革廠就全是我的了。那時候，我可就是長老了，在教中的地位也比你高。」

「可這得看少女選誰了，」小德雷伯照著鏡子，傻笑著反駁說，「我們倆還是讓她自己決定吧。」

他們說這些話的時候，約翰·費里厄站在門口，肺都快氣炸了，差點就忍不住要用手裡的馬鞭抽這兩位訪客的脊背了。

「聽著，」最後，他大步走上前對他們說，「我女兒叫你們來，你們才能來。但是，在此之前，我不想再看到你們兩個的嘴臉。」

兩個年輕的摩門教徒驚愕地睜大眼睛望著他。在他們看來，這樣爭著向少女求婚，不管是對女兒，還是對父親，都是無上的光榮。

「出這間屋子有兩條路可選，」費里厄喝道，「門和窗戶，你們選哪個？」

他那黝黑的面孔顯得非常凶狠，綻出青筋的雙手也是十分嚇人。兩位來客見此，馬上跳起身來，拔腿就跑。老人在後面一直追到門口。

「你們談妥了哪位娶我女兒，再跟我說一聲。」他譏諷地說。

「你會為此付出代價的！」斯坦格森叫道，他氣得臉發白，「你公然與先知和四聖會對抗。你會後悔一輩子的！」

「上帝之手將會給你重罰，」小德雷伯大聲說，「他能救你，也就能收拾你！」

「那我就先來收拾你。」費里厄狂吼道。若不是露茜一把拽住了他的胳膊，把他攔住，他早就衝上樓去拿槍了。等他從露茜的手中掙脫出來，只聽得馬蹄聲，知道他們已走遠了，追不上了。

「兩個胡言亂語的小流氓！」他大聲說，擦著額頭上的汗珠，「女兒啊，我寧可見你去死，也不願讓你嫁給他倆中的任何一個。」

「父親，我也是這樣想的。」她堅定地說，「不過，傑弗遜馬上就要回來了。」

「是的，要不了多久，他就會回來。越快越好啊，我們不知道他們接下去會怎樣。」

在這個危急關頭，要是有人能幫這個堅強的老農及其養女出出主意、支持他們一下，那該多好啊。有史以來，在這片定居點，從未有過這樣公然挑戰四大長老權威的事。小錯尚要受到嚴懲，那這種大逆不道的事又會帶來怎樣的後果呢？

費里厄知道，他的財富和地位此時幫不上他任何忙。此前一些像他一樣有聲望、一樣有錢的人都被秘密帶走了，財產全歸了教會。雖然他很勇敢，但當這種朦朧未知的恐怖懸在頭頂之時，也讓他不寒而慄。所有明處的危險，他都可以咬牙直面，但這種提心吊膽的狀況卻令他非常不安。儘管他不想讓女兒知道自己內心的恐懼，極力裝出一副無所謂的樣子，然而她那雙聰慧的眼睛，已經清楚地看出，他其實一點都不輕鬆。

他知道，揚可能會對他的這種行為給予某種形式的警告。他想對了，但警告的方式卻是他沒有料到的。就在第二天清晨，費里厄一醒來就大吃了一驚，在被面他的胸口處位置上，刀子扎了一張紙條。上面用黑體字歪歪扭扭地寫著：

「限二十九天之內改邪歸正，否則——」

這個破折號比任何恐嚇之詞都更讓人不寒而慄。這個警告是如何送進房間的呢？約翰・費里厄百思不得其解。所有傭人都住在外宅，所有的門窗都閂得緊緊的。費里厄把紙條揉成一團，半個字也沒向女兒提起，但這事讓他心裡有了一陣寒意。所謂的二十九天顯然就是揚所答應的最後期限。需要怎樣的力量和勇氣才能對付得了這樣一個擁有神秘力量的敵人呢？那隻手可以把紙條扎在被面上，也完全可以扎進他的心臟，而他卻永遠無法知道謀殺他的人是誰。

更令他感到恐慌的事發生在接下去的那個早晨。他和露茜剛坐下來準備吃早餐，露茜忽然指著天花板驚叫起來。在天花板的中央潦草地寫著數字「二十八」，一看便知是用燒焦的木棒寫上去的。露茜不懂得這個數字是什麼意思，他也沒有做解釋。當晚，他拿著槍整夜看守，夜裡，他既沒聽見也沒看到任何異常情況。可在第二天清晨，一個大大的「二十七」卻畫在了他家的門上。

日子就這樣一天天過去了，就像黎明每天都會到來一樣，那些隱藏著的敵人每天來報到，在一些顯眼的地方寫下離最後期限所餘的日子。有時，這些要命的數字寫在牆上，有時寫在地板上，有時是用小字條貼在花園大門或柵欄上。不管費里厄如何警惕，都無法發現這些每天必到的警告究竟是何時寫下的。每次看到這些，他都會有一種惡魔附體的恐懼感。因此他整個人日漸消瘦，每天坐立不安，眼睛裡露出一種困獸般的迷茫。他生命中現在只剩下唯一的希望，那就是年輕獵手從內華達歸來。

二十天變到十五天，十五天變到十天，但遠方的人還是杳無音信。數字一天天地變小，依然不見他的蹤影。每次聽見大道上傳來奔馳的馬蹄聲，或者是馬車夫對乘客的吆喝聲，這位老農都會跑到大門口張望，以為救星終於到了。

最後，日子從五天變成四天，又變成三天，他失去了信心，放棄了逃跑的希望。一個人單槍匹馬的，又不熟悉定居點周圍山脈的情況，他知道自己是跑不掉的。平常走的大道肯定已被人嚴密監視、把守，沒有「四聖會」的命令，誰都過不去。無論他想什麼辦法，都無法躲過那臨頭的禍事。儘管這樣，老人與過去的生活告別的決心卻沒有絲毫的動搖，因為這種生活在他看來是對女兒的侮辱。

這天晚上，他一直獨坐在屋裡左思右想，挖空了心思，可還是沒有找到解決麻煩的辦法。那天清晨，數字「二」寫在了屋裡的牆上，明天就是給定期限的最後一天了。不知道到時候會怎樣？他滿腦子都是各種模糊可怖的情景。如果他死了，女兒會怎樣呢？難道真的就無法逃脫罩在他們身上的無形之網嗎？想到自己竟什麼辦法都沒有，他趴在桌上哭了起來。

什麼聲音？在一片寂靜中，他聽到一陣輕響聲。聲音很小，但在夜深人靜的夜晚，顯得格外清晰。響動是從大門傳來的。費里厄躡手躡腳地來到客廳，凝神靜聽。停了一會兒，這個暗地裡傳來的微弱聲音又響了起來。顯然有人在輕輕地敲擊門板，難道是刺客半夜前來執行秘密法庭的暗殺指令嗎？還是那人又來寫那限期規定的最後一個天數呢？約翰・費里厄覺得，整天提心吊膽，神經受折磨，心裡發毛，還不如痛快地死了好。想到這裡，他便跳上前去，拉開門閂，猛地把房門敞開。

門外悄無聲息，夜色朦朧，群星在天空閃耀。門前的小花園就在老農的眼前，他看了看周圍的籬牆和大門，但是花園裡和大路上沒有一個人影。費里厄長出了一口氣，左右打量了一下，餘光無意中落在了腳下，這下讓他大吃一驚。他看見有個人正四肢張開著，趴在地上。

眼前的情景讓他感到非常恐懼。他倚靠在牆上，手抓住自己的喉嚨，總算是沒有喊出聲來。他的第一個念頭是，這個趴在地上的人可能是位受傷的或快死的人。但是，仔細一瞧，卻見此人在地上匍匐著，像蛇一樣迅速無聲地爬進了客廳。一進到屋裡，他就站了起來，關上了門。老農很是驚訝，出現在眼前的是傑弗遜・霍普那張粗獷的臉和他那剛毅的神情。

「天哪！」約翰・費里厄倒抽了一口氣說，「嚇死我了！你怎麼會這樣進來？」

「給我弄點吃的，」來人嘶啞著嗓子說，「為了趕時間，我已經有八十四小時沒吃沒喝了。」

看見桌上主人的晚餐仍未動，他便撲了上去，抓起冷了的肉和麵包狼吞虎嚥起來。「露茜還挺得住嗎？」飽餐過後，他問。

「挺得住，她不知道有危險。」女孩的父親回答說。

「那就好。這屋子四面八方都被人監視起來了，所以我才要爬著進來。他們可真是機警，但要想抓住一個瓦休[26]的獵人，他們還差得遠。」

約翰‧費里厄馬上來精神了，因為他知道自己有了一個可以完全信賴的幫手。他熱情地一把抓住小夥子粗糙的雙手。「你真是了不起啊，」他說，「這個時候可沒人敢來幫我們度過危機、解決麻煩。」

「您是正好趕上了，老人家，」年輕的獵手回答說，「我尊敬您，但如果這事只牽扯您一人的話，那我在捲入這個大麻煩前會多考慮一下。是露茜召喚我來的。要是她受到了任何傷害，猶他州的霍普家族一定就少一個成員了。」

「我們該怎麼辦呢？」

「明天是你們最後的期限了，要是今晚還不採取行動的話，那就完了。我弄了一頭騾子和兩匹馬，都在鷹谷那邊等著。您備了多少錢？」

「兩千塊金幣和五千紙幣。」

「足夠了。我差不多也有這麼多，可以湊一湊。我們得翻過大山到卡森城去。您最好去把露茜叫醒。還好傭人沒在這個屋子裡睡。」

費里厄進去叫女兒起床準備上路，傑弗遜‧霍普把屋裡能找到的所有食物都打包好，又

26指內華達州西部的印第安人部落。

找了個陶罐裝上水。根據以往的經驗，他知道山裡的水井很少，而且水井與水井間相隔的距離也很遠。

他剛剛把這些東西準備好，老農就領著女兒來了，衣服已經穿好了，可以出發了。兩個戀人見面後相互親熱地問候，但也是短短幾句話，每一分每一秒都很寶貴，還有許多事情要做。

「我們必須立刻啟程，」傑弗遜・霍普說，聲音低沉但卻非常堅決，像是明知前面危險重重，但卻鐵了心要去面對。「前門和後門都有人監視。但如果我們小心點，可以從旁邊的窗戶出去，從田裡橫過去。等上了大路，再走兩里路，我們就可以到達鷹谷了，那兒有馬匹。天亮前，我們必須走完一半的山路。」

「有人擋路的話，怎麼辦？」費里厄問。

霍普拍了拍從上衣前面露出來的手槍槍柄。「要是人多對付不了的話，我們就拉上幾個墊背的。」他獰笑著說。

屋裡的燈早已全都熄滅了。透過黑乎乎的窗口，費里厄望著曾經屬於他自己的田地，現在卻要永遠地拋棄了。然而，他早就鼓足了犧牲的勇氣，女兒的名譽和幸福遠比這些失去的財產重要，他不感到遺憾。周圍的一切都是那麼祥和，樹影婆娑，廣闊的田地一片靜謐，真是難以想像，在這背後卻潛藏著殺機。但年輕獵手臉色如常，表情沉穩，可見他潛入這幢房子時，已把一切都看在眼裡，胸有成竹了。

費里厄提著裝滿金幣、鈔票的錢袋，傑弗遜・霍普拿了些口糧和水，露茜帶了個小包，裡面裝著些貴重的物品。他們小心翼翼地慢慢推開窗子，等有塊烏雲遮住月色之時，他們便一個接著一個翻窗進了小花園。三人屏住呼吸，蹲下身子，深一腳淺一腳地穿過花園，隱身樹籬後，緊貼著樹籬來到一個通向麥地的缺口。他們剛到這個地方，霍普突然一把拽住另兩位，把他們拖到暗處。三個人趴在地上一聲不吭，全身瑟瑟發抖。

還好霍普在大草原上練就了山貓般靈敏的耳朵。他們剛藏好身形，就聽見離他們幾碼遠的地方傳來貓頭鷹淒厲的嗚嗚聲，緊接著，不遠處一陣嗚嗚聲回應。與此同時，在他們想逃亡的那個缺口處出現一個黑影，也同樣以淒厲的叫聲作為暗號，又有個人應聲從暗處現身。

「明天半夜，」第一個人說，似乎是個領頭的，「夜鷹三聲為號。」

「好的，」另一人回道，「要跟德雷伯兄弟說嗎？」

「告訴他，再讓他通知其他人。七點差九分！」

「五點差七分！」另一人回答說。隨後，二人便分頭迅速離去。他們最後說的那兩句話，明顯是在對暗號。等他們的腳步聲剛消逝，傑弗遜・霍普立即站起身來，扶著另兩位跨過缺口，領著他們以最快的速度穿越麥地。後見露茜有些體力不支，霍普便拽著她一起跑。

「快點！快點！」他不時地喘著氣說，「已經穿過了他們的警戒線。能否逃脫要看我們的速度，快跑！」

上了大道後，他們快速前行。路上，他們有一次碰到前面有人，便立刻閃進了路邊的田裡，以免被人認出。接近集鎮時，霍普拐進了一條狹窄、崎嶇的岔道。這條道通往大山。黑暗中，兩座黑漆漆的山峰猙獰地俯視著他們，中間那條狹窄的山道通向鷹谷，馬匹就在那裡候著。霍普完全是憑著本能，準確無誤地在一片亂石中穿行，沿著乾枯的河床前進，終於來到一個山石遮蔽的僻靜處。忠實的騾、馬都拴在這裡。霍普把露茜扶上騾子，把老費里厄扶上馬，幫他把錢袋放好，隨後霍普騎上了另一匹馬，領著他們踏上了一條險峻的山路。

要不是對大自然狂野的脾氣摸得很透，面對這種山路確實是不知如何是好。山路的一邊是萬丈峭壁，高高聳立，黑壓壓的，非常駭人。參差不齊的峭壁上伸出長長的石柱，根根凸起，就像石化的魔鬼身上的根根肋骨。山路的另一側亂石嶙峋，根本無法通行。中間隱約可見的小道非常狹窄，很多地方只能魚貫前行。山路非常顛簸，沒有高超的騎術根本無法通行。然而，儘管有這麼多的危險和困難，但這幾個逃亡者的內心卻很愉快，因為每前進一步，他們就離那可怕的專制統治遠了一步。

但是，不久他們便發現，自己依然處在摩門聖徒的勢力範圍。他們剛走到這條山路最荒涼偏僻的地段時，露茜突然手指著上方，驚叫了一聲。那是塊岩石，俯視著山路，在夜空的映襯下顯得黝黑、單調，上面孤零零地站著一個哨兵。他們看見他的時候，他也發現了下面的人。「什麼人？」寂靜的山谷裡響起了哨兵的吆喝聲。

「去往內華達的旅客。」傑弗遜・霍普說，邊說邊拿起了掛在馬鞍上的來福槍。

他們看見，這個孤單的哨兵手指扣著扳機，向下望著他們，似乎對他們的回答並不感到滿意。

「誰同意的？」哨兵問。

「四聖。」費里厄回答說，在摩門教中的經歷告訴他，四聖是教中的最高權威。

「七點差九分。」哨兵大聲說。

「五點差七分。」想起在花園裡聽到的口令，傑弗遜・霍普立刻回答說。

「過去吧，願上帝與你們同在。」上面的聲音說。過了這個哨位，道路寬闊了許多，馬匹也可以小跑前進了。回首望去，只見那個孤寂的哨兵倚著槍站立。他們知道，已經闖過了摩門教區的最後一道關卡，自由就在眼前。

第五章　復仇天使

整個夜間，他們都在地形複雜的峽谷和亂石堆積的山路上前行。幾次都差點迷路，好在霍普對這一帶的大山很熟悉，才又回到正道上來。黎明破曉時分，展現在眼前的是一派荒蠻但卻壯麗的景色。四面八方都是積雪皚皚的巨大山峰，層巒疊嶂，綿延到天邊。兩旁的山岩陡立，上面生長的松樹好像是懸在頭頂上，似乎一陣風刮過，它們就會砸落下來。這種擔心並不是多餘的，在這個荒涼的山谷中，四處堆滿了從上方滾落的樹木和巨石。甚至就在他們經過時，一塊巨石轟隆隆地滾落下來，雷鳴般的巨響在寂靜的山谷中迴盪，疲倦的馬匹嚇得狂奔起來。

太陽從東方地平線上緩緩升起，朝霞照亮了一個又一個的山峰，就像節日裡的彩燈一盞連著一盞，所有的山頭都變得紅豔豔的，光芒四射。眼前壯觀的景象讓三個逃亡者內心為之雀躍，頓時神清氣爽起來。走到峽谷的一處激流邊，他們暫且停下了腳步，飲了飲馬，將就著吃了早餐。露茜和父親本想多休息一會兒，但傑弗遜・霍普再三堅持，要馬上趕路。「這個時候，他們肯定在後面追過來了，」他說，「成功與否完全取決於我們的速度。等安全抵達卡森城，想怎麼休息都可以。」

整個白天，他們都在奮力穿越峽谷。傍晚時分，他們估計離後面的追兵有三十多英里了。晚上，他們選在一塊突出的峭壁下過夜。在這個地方，岩石可以遮擋山裡刺骨的寒風，大家擠在一起暖和些。終於睡了幾小時的安穩覺。然而，天還未破曉，他們就起身繼續趕路。由於一直未有追兵出現的跡象，傑弗遜・霍普就認為那個可怕的組織即使對他們恨之入骨，現在也是鞭長莫及了。他根本不知道那個鐵掌可以伸多遠，也不知道它馬上就要到來，把他們碾碎。

大約在他們出逃後的第二天中午，他們僅有的一點糧食就要吃光了。然而，年輕獵手對此並不是很著急，山裡到處是獵物，他以往就常常靠來福槍獲取不可或缺的食物。他找到了一個隱蔽的角落，堆起枯枝生火，讓隨同他的兩個人暖和一下身子。他們此時已是在海拔五千英尺的高山上，空氣冰冷徹骨。把幾匹騾馬拴好後，他跟露茜說了聲，把槍背到肩上，去看看有沒有獵物可打。走在半道一回頭，只見老人和少女正彎著腰烤火，三頭牲口一動不動地站在後面。再往前走，岩石擋住了視線，就再也看不見他們了。

大約走了兩英里，穿過一個又一個峽谷，他都沒有任何收穫，從樹幹上留下的痕跡以及其他跡象來看，他判定有很多熊在附近出沒過。轉悠了兩三個小時，毫無收穫，最後他感到非常沮喪，正打算回去，突然眼光向上一掃看見一隻獵物，心裡不由得一陣竊喜。在離他頭頂三四百英尺高的地方有塊突出的岩石，岩石邊上站著一隻外表看上去像羊的動物。這種動物長了一對大犄角，所以就被稱作「大犄角」，牠很可能是一頭擔任警戒任務的羊，只不過霍普還沒看到羊群罷了。幸運的是，牠剛好背對著霍普所在的這個方向，沒有看到他。霍普臥倒在地，把槍架在一塊岩石上，不急不忙地瞄準目標後，扣動扳機。這頭獵物突地向上跳了一下，在懸崖邊上晃了晃，就跌落到了谷底。

這隻打到的獵物非常大，一個人根本背不動。獵手想了想，覺得割下一塊腰腿肉就夠了。他把戰利品扛到肩上，趕緊沿來的路往回趕，夜幕已經開始降臨了。然而，剛要往回趕，他就意識到自己遇到麻煩了。由於急著找獵物，他翻過了幾個峽谷，因走得太遠，難以找到回去的路。他發現，自己所處的這個峽谷，溝溝壑壑，看上去都差不多，分不清哪是哪。他沿一條山溝走了一英里多，看到一個山澗，但來的時候卻沒見過這個山澗。他知道走錯了，於是又換了條路走，結果還是不對。

夜晚很快就到了，等他最後找到那條有些印象的峽谷，天已經全黑了。月亮也沒出來，兩邊高聳的懸崖使得視野更加模糊，很難保證回去時不再走錯路。肩上扛著東西，身體也很疲憊，他踉踉蹌蹌地往回趕。他每往前一步就離露茜靠近了一步，扛著的獵物也足夠他們在以後的旅途中吃了。想到這些，霍普心裡有使不完的勁。

終於回到了與父女倆分開的那個峽谷的谷口。儘管在黑暗中，他還是辨認出了周圍峭壁的輪廓。他想，自己離開將近五小時了，他們一定等得急死了。心裡一高興，他把手攏到嘴邊，大聲高呼了一句，回音響徹整個峽谷，讓他們知道自己回來了。他停了一下，聽聽有沒有人回應。毫無反應，只有自己的呼聲在陰鬱寂靜的峽谷中迴盪，一次次傳回自己的耳朵。他又叫一聲，比前面那一嗓子更響亮，還是沒有一丁點的回應聲。與父女倆分開的時間也不是很久啊，他隱隱約約地感到了一種莫名的恐懼。於是，他緊接著急忙向前面跑去。慌亂中，那來之不易的獸肉也丟在地上不顧了。

從那塊大岩石背面轉過來後，原先生火的地方完全出現在眼前。木材燒過的炭火依然燃著，但顯然自從他走後就沒有人再添過柴火。周圍也同樣是一片死寂。他衝到近前，所有的擔心都變成了現實。火堆的餘燼旁沒有任何活物，騾馬、老人、少女全都不在了。顯而易見的是，他離開的這段時間裡，某個突如其來的可怕災難降臨了。這災難一下子把他們全都吞沒了，一點痕跡都沒留下。

這個打擊讓傑弗遜•霍普感到一陣天旋地轉，他用來福槍撐住身子，才沒倒下去。但是，他本質上是個果敢的人，很快就從一時的無力感中回過神來。從冒著煙的火堆裡撿起一根燒了一半的木柴，重新把它吹燃，借著火光仔細觀察這塊不大的宿營地。他發現地上到處都是很深的馬蹄印。這說明，有一大幫人，騎著馬來把那兩個逃亡者抓走了。從蹄印來看，這些人隨後又返回鹽湖城方向去了。他們把那兩個人一塊帶走了嗎？傑弗遜・霍普內心一直在對自己說，他們一定是這樣做了。突然，他的眼睛落到了一樣東西上，全身的神經都刺痛起來。離宿營地不遠的地方有個低矮的土堆，是用紅色土壤堆積而成的，原來這兒肯定是沒有的。毫無疑問，這是一座新墳。年輕的獵手走過去一看，只見上面插了根木棍，在木棍的枝丫處夾了張紙。紙上簡單地題有一些字，意思很清楚：

約翰・費里厄

鹽湖城人

死於一八六〇年八月四日

倔強的老人在他離開後沒多久就去世了，而這幾個字就是他的墓誌銘。傑弗遜・霍普發了瘋似的四處察看，看是否還有第二座墳墓，可卻沒有任何發現。那幫可怕的追兵把露西帶回去，續寫她先前的命運，充入長老兒子的後宮。小夥子意識到她的命運一定是這樣的，但自己卻無力回天。他真希望自己也像這位老農一樣，靜靜地躺在最後的安息地。

然而，他那積極向上的精神又一次使他從絕望的消沉中走了出來。即使沒有其他的辦法改變這一切，至少他還能用自己的一生來報仇雪恨。傑弗遜‧霍普有著百折不屈的決心和毅力，也就有了無窮的復仇力量。這大概是他在與印第安人朝夕相處時潛移默化地學到的。他悲涼地站在火堆旁，感到唯一能減輕內心悲痛的辦法就是：親手對仇人徹徹底底地報仇。他決心把自己堅定的意志和全部的精力都投入到這一件事情上來。蒼白的臉上滿是猙獰的表情，他循著來時的路線，找到落在路上的那塊獸肉。重新燃起那堆餘燼，把獸肉烤熟了，夠他吃上幾天的了。他把烤熟的肉放到一起打了個包，接著開始穿越大山往回走，雖然已經很疲憊了，但他還是踏上了復仇天使之路。

來的時候，他是騎馬穿越峽谷的，現在只能走著回去。整整五個白天，他走得腳都痛了，全身筋疲力盡。每到夜裡，他就往岩石上一躺，將就著睡上三五個鐘頭。不到天亮，他便上路了。第六天，他就回到了鷹谷。就是在這裡，他們開始了那註定失敗的逃亡之旅。從鷹谷往下可以看到摩門教徒們的家園。雖然整個人已經沒有絲毫的氣力，但他倚靠著來福槍，朝著下方那座寂靜的大城市，狠狠地揮動著他那乾瘦的拳頭。望著這座城市，他注意到一些主幹道上掛上了旗幟，一派節日的裝扮。他正琢磨著這是怎麼回事，突然聽到一陣奔騰的馬蹄聲，他看見一個人騎著馬朝他這個方向奔來。當這個人走近些的時候，霍普認出了來者，他是一個叫考珀的摩門教徒。霍普曾幫過他幾次忙。所以，當他走到跟前時，霍普向他打了聲招呼，想探聽一下露茜的情況。

「我是傑弗遜・霍普，」他說，「您應該有印象的。」

摩門教徒一臉驚詫地看著霍普，也難怪，望著眼前這個衣衫襤褸、蓬頭垢面的流浪漢，摩門教徒真是難以把他和那個曾經年輕英俊的獵手聯繫起來。然而，當他好不容易辨認出這人的確是傑弗遜・霍普時，驚詫就變成了惶恐。

「您瘋了嗎？還敢來這裡，」他大聲說，「要是有人看見我跟您說話，我的命也保不住了！由於您幫費里厄父女出逃，四聖會已經下令通緝您了！」

「我不怕他們，也不怕他們通緝，」霍普急切地說，「對這件事，您一定知道些情況。考珀，我想向您打聽一下，請您務必回答。我一直把您當朋友。看在上帝的分上，請不要拒絕我。」

「什麼事？」摩門教徒神情緊張地問，「快說！這裡的石頭有耳朵，大樹有眼睛。」

「露茜・費里厄怎樣了？」

「她昨天嫁給小德雷伯了。挺住啊，喂，挺住。您跟掉了魂似的。」

「不用管我，」霍普渾身無力地說，他嘴唇發白，跌坐在一直倚靠著的那塊石頭上，

「嫁了，您說？」

「昨天嫁的，聖儀堂[27]就是因為這個掛起了彩旗。為了爭誰娶她，小德雷伯和小斯坦格森還發生了口角。他們倆為追回他們出過力，但斯坦格森打死了老費里厄，因此他更有權娶她。但是，他們倆在四聖會上爭執不下時，德雷伯一方勢力更大，所以先知就把露茜嫁給了德雷伯。不過，不管誰把她搶到手，都只是暫時的，昨天我見她是一臉死志，根本不像個人，跟鬼沒什麼兩樣。您要走了嗎？」

「對，我要走了。」傑弗遜・霍普站起身來說，臉冷得就像大理石雕成的，表情冷酷、陰沉，眼睛裡閃著凶光。

「您要去哪兒？」

「這您別管。」他回答說，在把槍挎在肩上，大步走下山谷，走進了大山深處野獸出沒的地方。在野獸群中，霍普是最凶猛、最危險的。

那位摩門教徒的話果然應驗了。不知道是因為父親慘死，還是因為被逼成婚而憤懣成疾，可憐的露茜一直低頭不語，形容逐漸憔悴，不到一個月就鬱鬱而終。她那混蛋老公之所以娶她，主要是看中了約翰・費里厄的財產，所以根本就不會因為她的死而感到悲傷。倒是

27摩門教舉行儀式的地方。

他的其他幾個妻子在為她哀悼。她們按照摩門教的風俗，在入土前，整夜為她守靈。第二天凌晨，她們圍坐在靈床邊，忽然房門大開，闖進了一個衣衫襤褸的男人。只見他樣貌粗野，一副飽經風霜的樣子。

來者絲毫沒有理會那幾個嚇得瑟瑟發抖的女人，他徑直走向那具蒼白無語的軀殼。露茜・費里厄潔淨的靈魂曾包容在這具軀殼中。他彎下腰，虔誠地在她冰冷的額頭上親吻了一下，然後一把抓起她的手，取下手指上的結婚戒指。「她不能戴著這個下葬。」他怒吼著。還沒等周圍的人反應過來，他就飛身下樓走了。這一插曲來得很古怪、很突然，就連在場的目擊者自己都難以相信眼前所發生的一切，也就更無法讓其他人相信了，只是露茜手上已經無蹤影的金戒指表明這是一個千真萬確的事實。這枚戒指給她打上了曾為新娘的記號。

一連幾個月，傑弗遜・霍普在大山裡轉悠，過著茹毛飲血的生活，他滿腦子都是報仇雪恨的衝動。城裡到處流傳著一個神秘人物的故事：他在城市周圍潛循，出沒於深山高壑之間。有一次，一顆子彈嗖地穿過斯坦格森的窗戶，射在了距他不足一英尺的牆上。還有一次，德雷伯從懸崖下經過，一塊巨石從頭上轟地砸下，好在他趕緊趴到地上，險之又險地逃過一劫。那兩位年輕的摩門教徒不久就知道了為什麼有人想要他們的命。於是帶人一次次進山抓捕敵人。不成的話，殺死也行。可是沒有一次成功的。於是，他們只得採取預防措施，不再單獨外出。天黑之後，不出門，派人在住所周圍警戒。過了好一段時間，他們才放鬆了警戒，因為再也沒聽到對手的動靜，再也沒看到對手的蹤影。於是他們希望，是時間使他復仇的怒火逐漸冷卻了。

情況卻並非如此，要是說時間確實起了什麼作用的話，那也只是使他的復仇之火越燃越旺。獵手生來心智剛毅，不容易動搖。滿腦子全都是仇恨，此外再也容不下其他的情感了。然而，他首先是個講求實際的人。不久，他便意識到，一直處於這樣緊張的狀態，自己的體格再健壯也受不了。日曬雨淋的，又吃不到一頓像樣的飯，他的身體已經極度透支了。如果他像狗一樣死在大山中，那他的仇又怎麼報呢？然而，如果他繼續堅持下去，毫無疑問，等待他的就是死亡。他覺得，要是這樣的話，不就稱了敵人的心嗎？所以他心不甘情不願地回到了內華達的礦上去。到這裡一邊恢復身體，一邊攢錢，這樣日後就能有錢追尋仇人的蹤跡。

他原本計畫最多離開一年，但由於出了些意外，一直無法從礦上脫身，結果耽擱了近五年。然而，即使時間過去快五年了，但他的傷痛依然清晰地留在腦海中，他復仇的欲望還是像他記憶中站在約翰・費里厄新墳旁的那個夜晚一樣強烈。他喬裝打扮，改名換姓，回到了鹽湖城。只要正義能夠得到伸張，自己的生命也就無所謂了。到鹽湖城後，才發現等著他的只有壞消息。

幾個月前，摩門教內部發生了分裂，年輕的摩門教徒們起來反抗長老的權威，結果有相當一部分對長老不滿的教徒脫離了教會，離開了猶他州，成了異教徒。這些人當中就有德雷伯和斯坦格森，但是沒人知道他們的下落。有傳言說，德雷伯已將他的大部分財產變賣了，所以走的時候，他已是腰纏萬貫，而他的同伴斯坦格森，卻比他窮得多。然而，至於他們到底去了哪裡，卻沒有絲毫的線索。

一般人無論多麼想復仇，如果面對這樣的困難，恐怕早已放棄了復仇的念頭。但是，傑弗遜・霍普卻從未動搖過。靠著自己的一點手藝，他一路上打著零工維持生計，從一個城鎮到另一個城鎮，走遍了整個美國，尋找仇人的下落。一年又一年過去了，他的黑髮變得斑白，但他仍然像一隻獵犬般四處尋覓著，把自己全部的精力和心思都用在追尋目標上。

終於，蒼天不負有心人。只不過從窗戶瞥見了裡面的一張臉，但他由此知道，他苦苦追尋的人就在俄亥俄州的克利夫蘭城中。他回到自己那破舊不堪的住處，謀劃好了整個復仇計畫。但是，事也湊巧，德雷伯剛好從窗戶往外看，認出了街上的這個流浪漢，而且看出了他眼中的殺機。因此，在已成為他私人秘書的斯坦格森的陪同下，他慌忙找到一位治安警官，報告說自己過去的一個情敵心懷嫉恨，正威脅到他們的生命。當晚，傑弗遜・霍普被拘捕了。因為找不到擔保人，他被關押了幾個禮拜。等到被釋放的時候，他發現德雷伯的住處已是人去樓空，他帶著秘書去了歐洲。

復仇者又一次遭受了挫折，但心頭的積恨再一次讓他鼓起勇氣繼續追尋敵蹤。然而，因為沒有路費，他只得回去先幹一段時間活，把每分錢都存起來，為日後踏上追蹤之旅做好準備。最後總算攢夠了必要的費用，他隨即動身前往歐洲，一個城市接一個城市地苦尋仇人的影子。走一路幹一路，什麼樣的苦活累活他都幹過。可是，他卻一直沒追到那兩個逃亡者。他追到聖彼德堡，他們就去了巴黎，他追到巴黎，又聽說他們剛動身去了哥本哈根。等他追到丹麥首都，又是晚了幾天，他們已經去了倫敦。最後總算在倫敦把他們追上了絕路。至於在倫敦所發生的一切，我們最好還是引用老獵手自己的敘述。華生醫生在他的日記中一字不落地記錄下這一切。我們這裡所說的，都錄自於他的日記。

第六章 約翰·華生醫生的回憶錄續

被抓的人雖然激烈地掙扎，但卻顯然沒有絲毫的敵意。見自己已無力反抗，他溫和地笑了笑，接著表示說，希望他反抗時沒傷到我們。「我想，您是要把我送到警察局去，」他對夏洛克·福爾摩斯說，「我的馬車就在門口。請把我的腿鬆開，我自己下樓。我身體很重，不像以前了，你們抬不動我的。」

葛列格森和萊斯特雷德交換了一下眼神，似乎認為這種要求過於膽大妄為，但福爾摩斯卻立刻按他的請求做了，解開了綁在他腳踝上的毛巾。被抓的人站起身來，舒展了一下雙腿，像是要證明一下它們確實又重獲自由了。我記得，當時我看著他，心中暗想，像他這樣強壯的人真是少見。在他那張被太陽曬得黝黑的臉上，神情堅定且充滿力量感，像他的體格一樣讓人敬畏。

「如果警察局局長的職位有空缺的話，您一定是最佳人選，」他說，雙眼注視著福爾摩斯，欽佩之情溢於言表，「您偵破我這個案子的方法確實周密。」

「你們一塊兒過去吧。」福爾摩斯對那兩位偵探說。

「我來駕車。」萊斯特雷德說。

「好吧！葛列格森可以和我坐車裡。你也來吧，華生。既然你對這個案子有興趣，那就跟我們一塊去吧！」

我高興地答應了，大家一起下了樓。被抓住的人絲毫沒有要逃跑的意思，他平靜地走進自己的那輛馬車裡，我們也跟著上了馬車。萊斯特雷德坐在車夫的位置上，揮鞭策馬前行，不一會兒就把我們帶到了目的地。然後我們被領進一個小房間，那裡的一個巡警記錄下了人犯的姓名以及兩個被害人的姓名。那位面容白皙、神情冷漠的員警機械呆板地履行著自己的職責。「人犯將在這個禮拜內提交法庭審判，」他說，「現在，傑弗遜・霍普先生，您有什麼要說的嗎？我必須提醒您，您所說的每句話都將記錄在案，並可能成為庭審的證據。」

「我有很多話要說，」人犯慢慢開口說，「我要把所有的一切都原原本本地告訴你們。」

「您難道不想等待審判的時候再說嗎？」巡警問。

「也許我等不到審判了，」他回答說，「你們不用緊張，我沒想要自殺。您是醫生吧？」在問這句話時，他那雙凶悍的黑眼珠轉向了我。

「對，我是醫生。」我回答說。

「那就請您把手按著這裡。」他笑著說，戴著手銬的雙腕朝胸口處動了動。

我把手按在他的胸部，馬上發現裡面的心臟跳動異常。他的胸腔似乎在輕輕顫動，就像是一棟搖搖欲墜的房子裡有架大功率的發電機在運轉一樣。房間裡很安靜，我都能聽見他胸膛裡嗡嗡的雜音。

「哎呀，」我大聲說，「您有動脈血管瘤！」

「他們就是這麼說的，」他安詳地說，「上個禮拜，我看過一位醫生，他告訴我，用不了幾天，這個血管就會爆裂。我早就得了這病，這些年一直在惡化。這是我在鹽湖城的大山中風吹雨淋、忍饑挨餓所落下的病根。現在我的使命已經完成了，所以也不在乎哪天死。但是，我想在死前，把這事講清楚。我可不想要人們把我與一般的殺人犯相提並論。」

巡警和兩個偵探簡單地商量了一下，是否可以讓他說說自己的故事。

「醫生，您認為他隨時有生命危險嗎？」巡警問。

「確實如此。」我回答說。

「既然如此，那我們顯然有責任，代替法官，拿到他的供述，」巡警說，「先生，現在您可以說說了。不過，我再次提醒您，所有的供述都要被記錄在案。」

「既然你們同意了，那我就坐下來說說，」人犯說著，坐了下來，「動脈血管瘤病讓我很容易疲憊。半小時前的搏鬥讓我的情況更糟糕了。我已經站到墳墓邊上了，沒必要對你們說謊。我說的每個字，都是千真萬確的。至於你們怎樣想的，對我來說已經不重要了。」

說完這些，傑弗遜・霍普就倚靠在椅子上，開始了下面這個千古奇談。他講述時語氣平靜，條理清晰，彷彿他所說的是件再尋常不過的事情。我保證這些補充證詞準確無誤，因為我照抄了萊斯特雷德的筆記本。他把犯人的原話一字不改地記錄在筆記本上了。

「我恨那兩個人的原因，對於你們來說是無關緊要的，」他說，「但對我來說，他們是罪有應得。他們罪惡滔天，害死了兩個人——一位父親和他的女兒。所以，用他們的性命來抵償父女倆的命。自他們犯下罪行以來，時間已經過去了很久，我無法到法庭上去指控他們，讓他們受到應有的懲罰。但我知道他們有罪，我下定決心，我決定自己一人肩負起法官、陪審員和行刑官的任務。如果你們還是男人的話，如果你們處在我這個位置上的話，一定也會像我這樣幹的。

「我說的那位少女，二十年前本來要嫁給我的，但卻被逼著嫁給了那個德雷伯，結果抑鬱而終。我從她的遺體上把這個婚戒摘了下來，當時我發誓，要讓德雷伯眼看著這只戒指死去。讓他在那一刻，知道自己有罪，所以受到懲罰。我懷揣著這枚戒指，從美洲到歐洲千里迢迢地追蹤德雷伯和他的同夥。他們想要把我拖垮累垮，但卻不能如其所願。即使我明天會死——確實很有可能，我死的時候，總算知道，自己在這個世界的任務已經完成了，做得棒極了。他們死了，我親手殺死的。我再也沒什麼可遺憾的了。

「他們有錢，而我卻是個窮光蛋。因此，要四處追尋他們，對我來說不是件容易的事情。到倫敦的時候，我的兜裡已是空空如也，所以我不得已先去找份活幹，以維持生計。趕車、騎馬對我來說，就像走路一樣再平常不過了。於是，我去了一家馬車公司找工作，馬上就被聘用了。我每個禮拜要向公司上繳一定數目的費用，餘下的錢就歸自己所有。雖然所剩無幾，但我還是設法熬過來了。對我來說，最大的困難是認路。不得不說，雖然所有城市的街道都是星羅棋佈的，但沒有一個比倫敦城更像迷宮。我身上一直都帶著地圖，等熟悉了一些大的旅館和車站後，我的活才幹得順當。

「我找了很長一段時間，都沒發現那兩個人的住處。我四處打聽，最後無意間碰上他們。他們住在泰晤士河對面坎伯韋爾區的一間公寓裡。一旦找到他們，我就知道，他們的命運就掌握在我的手心裡了。我蓄了鬍鬚，這樣他們就認不出我了。我不停地跟蹤他們，尋找機會下手。我決心，無論如何不能再讓他們跑掉。

「儘管這樣，他們還是差點跑掉了。他們無論到倫敦的什麼地方，我都緊跟其後。有時，我駕著馬車跟在後面，有時步行。但是，前者是最好的辦法，這樣他們就沒有辦法逃掉。這樣，我只有在淩晨或者深夜才能做生意，賺點錢。所以，我不能按時向公司繳費。但是，只要能親手殺死這兩個仇人，我什麼都不在乎了。

「不過，他們非常狡猾。一定知道有可能會被人跟蹤，所以從不單獨出門，晚上也從不出門。整整兩個禮拜，我每天駕車跟在他們後面，從沒見他們分開過。雖然德雷伯經常喝得爛醉，但斯坦格森一直都很警覺。我起早摸黑地監視著，但找不到一點機會下手。可我並沒有洩氣，因為有個聲音告訴我，復仇的時刻就要來了。我唯一擔心的就是，我胸口的動脈血管瘤可能很快就會破裂，這樣我就沒辦法復仇了。

「結果，有一天傍晚，我駕著馬車在托凱街轉悠，因為他們就寄居在那條街上。忽然，有輛馬車在他們門口停了下來。不一會兒，有人提了行李出來，隨後德雷伯和斯坦格森也跟著出來，坐車離開。我策馬駕車跟著他們。那時我心裡很緊張，怕他們又要換住處。在尤斯頓車站，他們下了馬車。我找了個小孩幫我牽著馬，隨即跟著他們進了月台。我聽到他們在打聽去利物浦的火車。車站人員告訴他們剛走一趟車，下一趟車還要等幾個鐘頭。斯坦格森聽了似乎有些不快，但德雷伯卻相當高興。我夾在人群中，離他們很近，他們兩人的對話聽得清清楚楚。德雷伯說他有點私事要去處理，如果斯坦格森願意等他的話，他很快就會回來。斯坦格森不同意他這樣做，還提醒說，他們說好不單獨行動的。德雷伯回答說這件事非常私密，他必須自己一個人去。我沒聽清斯坦格森又說了什麼，但後者突然破口大罵，說對方只不過是他雇的傭人而已，無權對他說三道四的。聽他這樣一說，那位秘書也就不敢再多說什麼，只是跟他商量說，如果德雷伯沒趕上最後一趟車，就去哈利德私人旅館找他。德雷伯答應十一點之前回到月台，接著就走出了車站。

「我一直等待的機會終於來了。仇人落入我的掌控中了。他們在一起時，我沒法下手。但分開後，他們的小命就由我說了算。然而，我並沒有倉促行事。我有自己的打算。我要讓仇人知道究竟是誰殺了他，讓他知道究竟為什麼要殺他。這樣我才會感到滿足。在我制訂的復仇計畫中，我要有機會讓害我的那個人知道，他老早幹過壞事，現在報應來了。湊巧，幾天前，有個人到布里克斯頓街查看幾處房子，把一棟空房子的鑰匙遺落在我的車裡。當天晚上，他就來取回了鑰匙。但我在這段時間裡，用這把鑰匙取了個模子，並照樣子配了一把。這樣，我在這座大城市裡至少找到了一個可靠的地方，我做任何事都不會有人打擾。我要解決的問題是，怎樣才能把德雷伯帶到那個地方去。

「德雷伯走到街上，進了兩家酒館。在後來的那家酒館裡待了差不多半個鐘頭。出來時，走路已是踉踉蹌蹌的，顯然喝多了。恰好我的前方有輛雙輪馬車，他上了這輛車。我一路緊跟著，我的馬離他那輛車還不到一碼遠。我們駛過滑鐵盧大橋，在街道上跑了幾英里。最後，讓我感到奇怪的是，他竟然回到了原來住的地方。我不知道他回那兒去幹什麼，但我還是繼續跟蹤，把馬車停在離房子大約一百碼的地方。他進了那棟房子，那輛馬車駛走了。請您給我一杯水，好嗎？說得我口都乾了。」

我把水杯遞給他，他接過去一飲而盡。

「這樣就好多了，」他說，「嗯，我等了大約一刻鐘，也可能更久些，房子裡面好像突然傳來一陣扭打聲。緊接著，房門大開，出來兩個人，一個是德雷伯，另外一個是我從未見過的小夥子。這個年輕人拽著德雷伯的領子。等來到台階下，他用力一推，一腳把德雷伯踹到了路中央。『你這畜生！』他晃動著手中的木棍朝德雷伯吼道，『我要好好教訓教訓你，竟敢侮辱純真少女！』年輕人怒氣沖天，若不是那個渾蛋踉踉蹌蹌地拚命沿著街道跑，我想他一定會拿棍子暴打他一頓。德雷伯逃到街道拐角處，看到我的馬車，便招呼我過去，然後上了馬車。『送我去哈利德旅館。』他說。

「見他進了我的馬車，我心中狂喜，心怦怦直跳。我怕血管瘤會在這最後關頭出問題。我慢慢地駕著馬車，心裡尋思接下去該怎麼辦。我可以把他直接拉到城外的郊區，找個僻靜的小路，跟他正面交鋒。我都決定要這麼做了，沒承想他幫我化解了這個難題。他的酒癮又犯了，要我在一家大酒店門口停下。他進去前，扔給我一句話，讓我等著他。在那兒，他一直喝到酒店打烊，出來時已經醉得一塌糊塗。我知道勝券在握了。

「別以為我打算很冷血地殺死他。如果那樣做了的話，也不是特別公道。所以我不能那麼做。我早就決定好了，如果他願意把握機會的話，我會給他一次賭命的機會。我在美洲漂泊的日子裡，幹過許多不同的工作。我給約克學院的實驗室看過門，打掃過衛生。有一天，我聽到教授給學生講解各種毒藥。他給學生看了一種毒藥，他稱之為生物鹼，是從南美土著人弓箭上的毒藥中提煉出來的，毒性很強，觸之即死。等他們離開實驗室後，我找到裝配劑那個瓶子，偷了點出來。我對配藥還是相當在行的，把偷來的生物鹼做成了可溶的小藥丸，然後把每粒毒丸分開裝入盒子，每個盒子裡又分別裝入一粒外表看來差不多的無毒藥丸。我那時就決定了，一旦那兩個傢伙落在我手裡，就給他們每人一盒，讓他們選一粒藥丸服下，剩下的那枚我來吃。這就相當於蒙著眼睛射擊一樣很要命，但卻要比那清淨了許多。從那天起，這些藥盒就沒離過身，現在是時候派上用場了。

「那天晚上快到一點的時候，風很大雨很急。雖然外面非常陰冷，但我心裡卻是非常興奮，真想放聲大吼幾嗓子。要是你們有件事情憋在心裡長達二十年之久，你們也就能體會我當時的心情了。我點了根雪茄，抽了起來，想使自己緊繃的神經放鬆一下，但雙手依然激動得不住地顫抖，太陽穴也突突直跳。駕著馬車，我彷彿看到老約翰・費里厄和親愛的露茜在黑暗中看著我，對我微笑。就像看到你們在房間裡一樣，看得真真的。一路上，他們就在我前面，馬匹兩邊一邊一個，一直把我引到布里克斯頓街的那棟空屋子前，我停了下來。

「那裡一個人影都沒有，也聽不到任何人說話的聲音，只聽見滴滴答答的雨聲。我透過車窗往裡看，只見德雷伯蜷成一團，醉醺醺地沉睡著。我拽著他的胳膊，把他搖醒了。『該下車了，』我說。

「『好的，車夫。』他說。

「我猜，他以為是到了他說要去的那家旅館，他什麼也沒說便下了車，跟著我到了屋子前面的花園裡。他那時還是有些頭重腳輕，我不得不去旁邊扶著他，不讓他跌倒。走到門口，我打開房門。我敢保證，一路上，那父女倆都在前面領路。

「『真黑。』他踉踉蹌蹌地邊走邊說。

「『馬上就有燈光，』我說著，擦了根火柴，點亮了我帶來的一支蠟燭，『好啦，伊諾克·德雷伯，認得我是誰嗎？』我把臉朝向他，把蠟燭舉在我的臉旁邊。

「他醉眼矇矓地盯著我看了半天。突然眼裡流露出非常恐懼的神情，整張臉都開始痙攣，我知道，他認出我來了。面如土色，他緩緩地向後退著。我看見大滴的汗珠從他額頭爆出，牙齒打著戰。見他這副模樣，我背靠著門，狂笑不止。我早知道，復仇會讓人有快意，但我卻從未想過會這樣令人充實。

「『你這狗東西！』我說，『我從鹽湖城一直追到聖彼德堡，每處都讓你逃掉了。現在你算是跑到頭了。我們兩個人只有一個能看到明天的太陽。』我說話時，他還在往後縮。他臉上的神情分明告訴我，他以為我瘋了。那個時候，我的確跟瘋了一樣，太陽穴處的血管像揮動的鐵錘一樣狂跳不已。我想，要不是鮮血從我鼻孔噴出來，緩解了一下的話，我的病可能當場就發作了。

「『你現在還想得起露茜·費里厄嗎？』我怒吼著，鎖上門，朝他揮舞著鑰匙，『這懲罰來得太遲了，但終究還是來了。』我說這話時，只見他的嘴唇在瑟瑟發抖。要不是知道討饒沒用，他可能會苦苦哀求我放他一命。

「『你要謀殺我嗎？』他結結巴巴地說。

「『不是謀殺，』我回答說，『殺死一條瘋狗，怎麼可以說是謀殺呢？當年你殺害我心上人的父親並把她擄走時，當年你把她充入你那該死、噁心的後宮時，你可曾對那可憐的人有過絲毫的憐憫嗎？』

「『殺她父親的人不是我！』他大聲說。

「『但是，她那純真的心是你打碎的！』我厲聲叫著，把藥盒塞到他面前，『上帝在上，讓他來裁決。選一粒吃下去。一粒生，另一粒死。你挑剩的我來吃。讓咱倆瞧瞧，這世上有沒有公道，或者說是全憑天意。』

「他發瘋似的叫著，顫顫巍巍地往後縮，乞求我饒命。但是，我拔刀頂著他的喉嚨，他不得已吃了一粒，我隨後吞下了另一粒。我們面對面，一聲不吭地站了一兩分鐘，看究竟誰生誰死。

「突如其來的劇痛讓他明白，自己吞下的是毒藥，當時他臉上的那副神情真讓我難忘。看他那樣子，我大笑起來，把露西的結婚戒指舉到他眼前。不一會兒工夫，那種生物鹼就發作了。一陣劇痛使他五官痙攣變形。他向前抬起雙手，身體搖搖晃晃，接著慘叫一聲，

『呯』的一聲倒在地板上。我用腳撥弄著，把他的身體翻過來，把手放在他的心口處，發現沒有了心跳。他死了！

「那時血還在從我鼻孔往外湧，但我並不在意。忽然一下子，我的腦海中閃過一個念頭：用血在牆上寫了個字。也許只是想惡作劇，把員警引入歧途，因為我當時心情很輕鬆、很愉快。我記得，曾經有個德國人在紐約被謀殺了，屍體上就寫著『復仇』。當時，報紙上說是秘密黨幹的。我想，這個讓紐約人困惑的字，同樣也會使倫敦人不解。於是，我用手指蘸著自己的血，在牆上找了個合適的地方寫下了這個字。然後，我走回到了馬車停放處，四下裡一個人都沒有，風還在刮，雨還在下。我趕著馬車走了一段路，不經意間把手伸進口袋，露茜的戒指往常都是放在這個口袋裡的。我發覺戒指不見了，大吃一驚。這是她留給我的唯一念想。我想，可能是在我彎腰察看屍體時掉了。於是我趕著馬車回去，把車停在附近的一條橫街上，大膽走向那棟屋子。即使冒再大的風險，我也不願失去這枚戒指。一到門口，就跟一個剛從裡面走出來的員警撞了個滿懷。我只好裝成一個無可救藥的醉鬼，以打消他的懷疑。

「這就是伊諾克・德雷伯死的過程。我接下去要做的就是，讓斯坦格森同樣付出代價，這樣就可以給約翰・費里厄報仇了。我知道他住在哈利德私人旅館。整個大白天，我都在旅館周圍晃悠，但他沒有露一次面。我想，他一直不見德雷伯來，可能覺得有些不對勁。斯坦格森是個狡猾的傢伙，一直小心提防著我。他要是覺得躲在旅館裡不出來，就可以逃過去，那就大錯特錯了。我很快就查清了哪扇是他臥室的窗戶。第二天一大早，我用旅館後胡同裡放著的梯子，借著晨光爬進了他的房間。我把他弄醒，告訴他：老早欠下的人命現在該償還了。我把德雷伯死的經過講給他聽，並同樣給他機會在兩顆藥丸間做出選擇。給他機會，他不要。他從床上躍起，想要掐我的脖子。為了自衛，我一刀刺進了他的心臟。無論怎樣，結果都一樣。上帝無論如何都不會讓他那罪惡之手挑中無毒藥丸的。

「差不多說完了，這下好了，我也快死了。事後，我繼續趕馬車，想好好幹下去，攢夠錢回美國去。過了一兩天，有個衣服破爛的少年來打聽趕車佬傑弗遜．霍普，我當時正站在院子裡。他說貝克大街B座二百二十一號有位先生要雇車子。我沒有懷疑就跟來了，後來在座的這位年輕人把手銬銬在我手腕上，動作乾脆俐落，真是生平罕見！先生們，這就是整個事情的來龍去脈。你們可以把我看作殺人犯，但我依然認為，我跟你們這些執法者一樣，非常公正。」

他講述的故事非常驚心動魄，他講述時的一舉一動也非常感人，我們都一動不動地聽著，入了迷。就連那兩位久經陣仗的職業偵探也似乎對他講述的事情表現出濃厚的興趣。在他講完後，我們靜靜地坐了好一會兒，唯有筆在紙上劃過的沙沙聲。那是萊斯特雷德在速記最後幾句供詞。

「還有一個問題，我想再瞭解一下，」最後，福爾摩斯開口說，「我登了招領啟事後，有個人來把戒指領走了。您那個同夥是誰？」

人犯向我朋友開了個玩笑，眨了眨眼說：「我可以把自己的秘密講出來，但不能連累別人。看見那則招領啟事，我想這可能是個騙局，也可能正是我要找的那枚戒指。我朋友自告奮勇來看看。我想，您也不得不承認，他幹得漂亮。」

「確實如此。」福爾摩斯心悅誠服地說。

「好了，先生們，」巡警嚴肅地宣佈，「法律程序還是要走的。禮拜四，要把人犯提交官庭審判，請諸位屆時務必到庭。開庭之前，犯人由我看押。」他說著，按響了鈴，兩名看守把傑弗遜・霍普帶走了。我朋友和我一起走出了警察局，坐馬車回到了貝克大街。

第七章　故事結束

我們都接到通知，禮拜四必須到庭。但到了禮拜四，卻又不需要我們出庭作證了。更高一級的法官受理了這個案件，傑弗遜・霍普被傳喚到另一個法庭受審，說要給他最公正的審判。就在那天晚上，他的動脈血管瘤破裂了，次日清晨發現他倒在監房的地板上，臉上帶著平靜的笑容，他似乎在臨死那一刻回顧自己的一生，覺得沒有虛度，過得很有意義。

「葛列格森和萊斯特雷德會因他的死而瘋狂的，」第二天晚上，我們聊起這事時，福爾摩斯說，「他們現在到哪兒去四處炫耀啊？」

「兇手被抓，他們兩個又沒有什麼功勞。」我回答說。

「在這個世界上，你做了什麼並不重要。」福爾摩斯尖刻地回答說。「重要的在於，你讓人們相信你做了什麼。沒關係的，」他停了一下，又輕鬆地繼續說，「我不會為別的什麼事而放棄案件調查的。在我的記憶中，這樁案子是最有意思不過了。雖說案情簡單，但卻從中受益不少。」

「簡單！」我脫口而出。

「不錯，真的，也只能用簡單一詞來形容，」夏洛克・福爾摩斯見我一臉的驚異，微笑著說，「我之所以說這個案子其實很簡單，是因為我只不過用了幾次一般的推理，沒用其他手段，三天不到就把案犯捉住了。」

「這倒也是。」我說。

「我已經跟你說過，那些看似不尋常之處，往往有益於破案，而不會妨礙破案。要解決這類問題，最重要的是能夠逆向推理。這個方法很管用，也很簡單，可惜人們不大用。在日常生活中，順向推理用得很普遍，而逆向推理往往被忽略。五十個能夠進行綜合推理的人中，只有一兩個人善於做逆向分析推理。」

「我得承認，」我說，「我不大明白你所說的這些話。」

「我也沒指望你一下子就明白。讓我看看怎樣講才更清楚些。如果你向人們羅列了很多事件，大多數人都會告訴你結果是什麼。他們在腦子裡把這些事放到一起，從中就能得出某個結論。然而，如果你給他們一個結論，很少有人能通過內在的思維推理出導致這一結果的各個步驟。這種能力就是我所講的逆向推理，也可稱之為分析推理。」

「我懂了。」我說。

「這案子就是一個例子。結論已經有了，其他的事情都需要自己去探尋。現在我來跟你說說我推理過程中的各個步驟。從最開始講起，我到那幢住宅附近後，你知道，是步行過去的，腦子裡對那宅子一點印象都沒有。自然而然，首先查看的是路面，我跟你也解釋過了，路上馬車留下的車轍印清晰可見。問了一下情況後，我可以判定車轍印是案發當晚留下的。從這些車轍印可以看出車輪間的距離很窄，我判定這是輛出租的馬車，而不是私家馬車。因為倫敦一般的出租馬車要比私家馬車窄一些。

「這是觀察後得出的第一點。然後，我沿著花園的小路慢慢走。這條路恰好是條泥巴路，特別容易留下腳印。也許在你看來，這無疑只是條被無數腳印踏成爛泥的路，但在我這雙受過訓的眼睛看來，上面的每個腳印都是有意義的。在刑偵科學中，沒有一個分支會比足跡追蹤更為重要，但是它也往往為人們所忽略。可喜的是，我一直很重視足跡追蹤這門藝術，並且還在這方面有很多的實際經驗，它甚至已成為我的第二本能。我從中看到了員警的深鞋印，也看到那兩個最先穿過小路的人所留下的痕跡。之所以很容易分辨出那些最先留下的腳印，是因為其他人的腳印踩在上面，所以它們的痕跡幾乎完全被後來的腳印抹去了。這樣我的第二個環節也就出來了。它說明，晚上來的人有兩位，一個身材特別高大，這是根據他的步伐間距推算出來的；另一個衣著考究，這是根據他小巧精緻的靴印推斷出來的。

「一進屋子，後一個推論就得到證實。我所說的那個腳穿高檔靴子的傢伙就躺在那兒。

那麼，如果這是一樁謀殺案的話，身材高大的那位就是兇手了。死者身上雖然沒有任何傷痕，但臉上那驚恐的神情使我確信：死亡降臨前，他已經知道自己死到臨頭了。那些突發心臟病死亡的人或因其他突如其來的自然原因致死的人，絕不可能面部表情如此恐怖。在嗅過死者嘴唇後，我聞到了淡淡的酸味。於是得出了這個結論，他死前被迫服過毒。而且，我說他是被迫服毒的，是從他臉上那仇恨、驚懼的表情推斷來的。我是通過排他法得出這一結論的，因為沒有其他的假設與這些事實相吻合。不要以為這個想法是聞所未聞的。在每年的犯罪記錄中，強迫服毒絕不會是件稀罕事。奧德薩的多爾斯基案和蒙彼利埃的勒蒂里埃案都是毒物學家立刻能聯想起的案子。

「現在我們來說說作案動機，這是個重要的問題。謀財害命不是謀殺的目的，因為受害人的財物都在。那麼，是政治謀殺呢，還是情殺呢？這便是擺在我面前的問題。兩相比較，我傾向於後一假設。政治謀殺案中，刺客得手後大多不會在現場逗留。但這樁謀殺案恰恰相反，很多痕跡都是刻意而為。兇手在房間裡到處都留下了痕跡。這種跡象都表明，他一直在案發現場逗留。這一定是出於私怨，而非出於政治目的，這才會有如此井然有序的報復行為。牆上的題字被發現後，我更加有了把握。再明顯不過了，這玩意就是個障眼法。然而，發現戒指後，動機問題就完全落實了。顯然，兇手用戒指提醒被害人，讓他想起某個死了的，或不見了的女人。就是為了這一點，我問過葛列格森，在發往克利夫蘭的電報中，他是否詢問了德雷伯生前某個特定時期的生活。他的回答，你記得，是否定的。

「我接著又對室內進行詳細勘查。勘查結果證實了我對兇手身高的判斷，也給我提供了一些其他細節，如印度特里其雪茄煙和兇手指甲的長度。既然沒有打鬥的痕跡，我又得出了結論，地板上的血是由於兇手過於激動而從鼻子溢出的血。我發現，血跡與足跡在方向上是一致的。一般人是不會這樣的，只有血氣過旺的人才會因情緒波動而出鼻血，因此我大膽得出這樣的看法：罪犯很可能是個身體健壯、臉色泛紅的人。事實證明，我的判斷很正確。

「離開那幢空住宅後，我把葛列格森沒做的事情做了一下。致電克利夫蘭的警察局局長，專門問了一下伊諾克・德雷伯的婚姻狀況，回電明確告訴我說，德雷伯曾因昔日的情敵意圖謀害他而請求法律保護。這個情敵的名字就叫傑弗遜・霍普，也就是現在在歐洲的這個霍普。我當時就明白了，謎案的線索已經到手了。接下去要做的，就是捉拿兇手了。

「我心中早有定論，同德雷伯一道進入那幢空宅之人不是別人，正是趕馬車之人。路上的車轍印表明，有匹馬曾在這裡四處走動。如果有人照看，馬就不會這樣亂走。那麼，趕馬車的人上哪兒去了呢？一定是進了那幢住宅。再者，傻子才會認為，腦子正常的人會在第三者的眼皮底下明目張膽地實施犯罪，讓他暴露自己。最後一點，如果有人要想在倫敦城裡跟蹤一個人，還有什麼辦法會比做馬車夫更好呢？所有這些都使我得出一個確鑿無疑的結論：傑弗遜・霍普就隱藏在這座大都市的出租馬車的車夫中。

「如果案犯真是個馬車夫的話，就沒有理由認為事成之後他會不再趕車。恰恰相反，換成他的角度想想，突然換工作很可能引起別人的注意。所以他多半會繼續，至少有一段時間，幹他的老本行。我們也沒理由認為他會用化名。在異國他鄉，舉目無親，他又有什麼必要換名字呢？於是，我組織起街道混混偵察隊，派他們全面排查倫敦的每家馬車出租公司，最後總算把我要找的那個人找了出來。他們幹的活有多漂亮，我掌握情況有多快，想必現在你還記憶猶新吧。斯坦格森被殺之事，完全是無法預知的，也就根本無法預先防範。正如你所知道的，這個案子讓我得到了兩顆藥丸，但這樣的東西我前面已經推測到了。你看吧，整個事件就是一串邏輯因果的鏈條，環環相扣，中間沒有任何斷痕。」

「妙極了！」我稱讚道，「應該讓公眾知道你的功勞。你得把這個案子的經過寫下來，向公眾公開。如果你不願意的話，我替你寫。」

「隨你便吧！醫生，」他回答說，「看這兒！」他接著說，遞給我一張報紙，「看看這個。」

這是一份當天的《回聲報》，他指給我看的那段正是有關這案子的報導。

「公眾，」報紙上說，「因為伊諾克・德雷伯先生和約瑟夫・斯坦格森先生被害一案的疑犯霍普突然死亡，失去了絕好的談資。我們已從當局瞭解到，該凶案是因積怨已久的情仇所引發，涉及愛情和摩門教義等問題。但現在，本案的詳情可能永遠不會為人所知了。該案件中的兩個被害人都曾是摩門教徒，死去的案犯霍普也來自鹽湖城。即使該案的告破沒有使案犯受到懲罰，但至少最突出地顯示了我市員警部門偵破工作的神速，也將警示所有外國人不要把仇怨帶到英國的土地上來，最明智的做法是在本國解決。本案的快速偵破完全歸功於蘇格蘭場的名探萊斯特雷德先生和葛列格森先生——這是大家都知道的秘密。案犯據悉是在一個名為夏洛克・福爾摩斯的住處被擒。這位先生是位非職業偵探，在刑偵方面顯示出了一些天分。他希望能在這兩位名探的指導下學到不少東西。這兩位警官有望榮獲上級表彰，以示公眾對其工作的認可。」

「我一開始就跟你說了吧？」福爾摩斯笑著大聲說，「這就是我們研究血字的結果：為他們贏得表彰！」

「沒關係，」我回答說，「我把所有的事實都記在日記裡了，公眾會知道真相的。在案件偵破過程中，成功的喜悅也一定讓你感到滿足。就像羅馬守財奴說的：嬉罵由人，充耳不聞；家有萬金，怡然自得。」

跳舞的人

The Adventure of the Dancing Men

福爾摩斯已經坐了幾小時了，他沉默不語，弓著瘦長的身子，注視著一個做化學實驗用的容器，因為他在裡面調製了一種特別難聞的製劑。他把頭垂到了胸前，從我所在的位置看，就像是一隻樣子怪異的鳥，瘦長的身子，灰色的羽毛，烏黑的頭冠。

「啊，華生，」他突然說，「你不打算在南非投資證券了吧？」

我大吃了一驚，儘管我習慣了福爾摩斯諸多奇特的心智慧力，但他這樣冷不防地一語道破了我內心的想法，還是感到無法理解。

「你是怎麼知道的？」我問他。

他從坐著的凳子上轉過身來，手裡拿著一支冒氣的試管，深陷的眼睛裡流露出一絲喜悅。

「啊，華生，趕快承認，自己完全困惑不解了吧。」他說。

「還真是啊。」

「我應該要你白紙黑字把這個意思寫下來簽上名字。」

「為什麼呢？」

「因為再過五分鐘，你又會說真荒唐，太簡單了。」

「我肯定不會那樣說的。」

「你看吧，親愛的華生」——他把試管放在支架上，像教授向學生講課一樣，開始說教了起來──「要做出一系列推論，其實並不難。因為各細節之間既相互獨立，又相互聯繫。那麼，如果略去所有的中間推理環節，只跟你的聽眾講開頭和結尾，那就很容易產生一種驚人的效果，不過可能讓人覺得華而不實。是啊，如果仔細觀察一下你左手的虎口，其實就不難斷定，你不打算把你那一小筆資金投資到金礦裡去。」

「我看不出其中存在什麼關係。」

「很可能沒有，但是，我很快就會讓你看到其中的密切關係。以下是這條簡單的因果關係鏈中被我略去的環節：第一，你昨晚從俱樂部回來時，左手虎口有粉末。第二，為了穩定球杆，你才把粉末抹在虎口上的。第三，除了和瑟斯頓，你從不和別人打檯球。第四，四個禮拜以前，你告訴過我，瑟斯頓在南非某個專案有產權，還有一個月合同到期，他希望你能同他合夥。第五，你的存摺鎖在我的抽屜，而你一直沒問我拿鑰匙。第六，你不打算把資金投到那個專案裡去。」

「真荒唐，這太簡單了！」我大聲說。

「是這麼回事啊！」他說著，有點惱火，「一旦解釋清楚了，每個問題都變得很小兒科。這裡有個還沒解釋清楚的問題，看看你怎麼理解，我的朋友。」他把一張紙扔到桌上，轉過身去，繼續分析他的化學實驗。

我看著紙上那些稀奇古怪的圖案，非常詫異。

「啊，福爾摩斯，這是一張孩子的畫。」

「噢，這是你的看法。」

「難道還會是別的什麼嗎？」

「這正是諾福克郡萊丁索普莊園的希爾頓・丘比特先生心急火燎想要知道的。他先把這個謎語郵寄給了我，自己則乘坐下一趟火車，隨後就到。有人按門鈴，華生，我沒猜錯的話，應該就是他來了。」

樓梯上傳來了沉重的腳步聲，不一會兒，進來一個高個男子，臉色紅潤，臉刮得溜光，那明亮的眼睛，紅潤的臉頰，都說明他生活在離霧氣繚繞的貝克大街很遠的地方。他一進來，就讓人感覺到一股濃濃的、新鮮的、沁人心脾的東海岸氣息[28]。他和我們一一握手，正要坐下時，他瞥見那張畫有古怪圖案的紙。我剛剛仔細看了後，順手把它放在了桌子上。

「啊，福爾摩斯先生，您這是怎麼回事？」他大聲說，「別人都說，您喜歡研究古怪離奇的謎案，我看沒有比這更古怪離奇的東西了吧。我來之前就把它寄給了您，就是為了讓您在我到來之前有時間研究研究。」

「這東西確實很奇怪，」福爾摩斯說，「乍一看，還以為是孩子隨手亂畫的呢。上面畫

28 諾福克郡坐落在英格蘭東部，東邊和北面都瀕臨北海，地勢低窪，河流和湖泊密佈，尤其有遼闊的寬河段地區（Broads）。

的盡是些荒誕離奇的舞蹈小人，您怎麼會這麼在意這麼張荒誕的畫呢？」

「我倒是不在意，福爾摩斯先生，但我夫人在意。她被嚇得半死，雖然口上沒有說，但從她的眼神中，我看出，她挺害怕的。這就是我要把這事弄清楚的原因。」

福爾摩斯舉起紙張，以便讓太陽照著它。看得出，紙是從筆記本上撕下來的。上面的畫是鉛筆畫的，圖案是這樣的：

A M H E R E A B E S L A N E Y

福爾摩斯認真地看了一會兒，然後小心翼翼地把它折起來，放進他隨身攜帶的記事本裡。

「這可能會是件非常有趣又不同尋常的案件，」他說，「希爾頓・丘比特先生，您在信裡已經給我描述了幾個細節，但是，您要是可以好心為我朋友華生醫生再複述一遍的話，我將感激不盡。」

「我不怎麼善於講述故事，」我們的客人說，他顯得很緊張，一雙強壯有力的手時而緊握著，時而鬆開，「如果我哪個地方沒有說清楚，您儘管詢問我。我要從去年我結婚的時候月底，我第一次看到了麻煩的徵兆。一天，夫人收到了一封美國寄來的信，因為我看見信封上蓋的是美國的郵戳。她臉色煞白，看完信，便把信扔進了火裡。她後來沒有再提起信的事情。我也沒有提，因為許下的諾言必須要遵守。但是，從那以後，她沒有過過片刻舒心的日子。臉上總是掛著恐懼不安的神色——那種表情，就像是在等待著什麼，盼望著什麼。其實她更好的辦法是信賴我，因為她會發現，我是她最可靠的朋友。但是，如果她不說，我決不會開口問。您可要知道，福爾摩斯先生，她是個值得信賴的女人。不管她在過去的日子裡碰到過什麼樣的麻煩，那都不可能會是她的過錯。我雖然只是諾福克郡的一個普普通通的鄉紳，但是，全英格蘭沒有任何一個人會像我一樣，把家庭榮譽看得比什麼都重要。她很清楚這一點，結婚之前她就知道。她絕不會玷污我的家族榮譽——對此，我確信無疑。」

「對啦，我現在就要講述我的故事中最最離奇的部分了。大概一個禮拜之前——也就是上個禮拜二——我在家裡的窗台處看見了許多古怪離奇的跳舞小人圖案，和紙上的這些一模一樣。但那是用粉筆畫的。我還以為是小馬夫信手亂畫的呢，但那小夥子發誓說他什麼也不知道。不管怎麼說，這應該是在夜裡畫的。我叫人把它清洗掉了，事後才對夫人提起這事。令我感到奇怪的是，她鄭重其事地對待這件事情，並且懇求我說，如果以後還出現這樣的情況，一定要讓她看看。隨後一個禮拜當中，沒有出現那種事了。但是，昨天早上，我在花園裡的日晷儀上發現了這張紙，便把它拿給埃爾西看，她立刻便昏迷倒下了。從此，她就像是生活在夢魘中，神情恍惚，眼裡總是充滿恐懼。就這樣，我寫了這封信寄給您，福爾摩斯先生。這事我不會到警察局去報案，他們會笑話我的。但是，您會告訴我該怎麼辦。我不是個富人，但如果我心愛的夫人有什麼危險，我就是傾家蕩產也要保護她。」

眼前這個古老的英格蘭土地成長起來的男士，是個傑出完美的人——純樸正直，溫文爾雅，藍色的大眼睛透著真誠，寬寬的臉龐顯得很帥氣，對夫人的愛和信任溢於言表。福爾摩斯專心致志地聽完了他的敘述，此時坐著，好一會兒默默無言，陷入了沉思。

「您難道不覺得，丘比特先生，」他最後說，「最好的辦法就是，直接請求您的夫人把她內心的秘密告訴您嗎？」

希爾頓・丘比特碩大的腦袋搖了搖。

「諾言就是諾言，福爾摩斯先生，如果埃爾西想告訴我，她會告訴我的。如果她不想，我不會勉為其難的。但是，我有理由採取自己的辦法弄清楚情況——而且做得到。」

「那樣的話，我也會全力以赴地幫助您。首先要問一問您，最近有沒有聽說您家附近來過陌生人？」

「沒有。」

「我估計那個地方很偏僻，如果有新面孔出現一定會引起人們的議論，對不對？」

「緊挨著我的區域嘛，是這麼回事。但是，在不遠處，有幾處小型海濱勝地，農夫們會把自家的住房租給別人住。」

「很顯然，那些奇形怪狀的圖案有某種蘊意。如果純粹是隨手畫的，我們可能就無法破解了。但從另一方面來說，如果其中包含有某種系統性，那我毫不懷疑，我們一定能夠解釋清楚的。但是，這張紙條上的圖案很簡短，我無從下手，而您向我敘述的事實又不夠精確，我們也不知從何著手開展調查，因此，我建議您回諾福克郡去，密切注意，如果發現有新的舞蹈人圖案，您要毫不走樣地畫下來。太可惜了，最初那些用粉筆畫在窗台上的，沒有依樣畫下來。還有，您細心打聽您家附近地方是否出現過陌生人。如果您收集到了新證據，再來找我。這是我能夠給您的最好建議啦，希爾頓・丘比特先生。如果出現什麼新的緊急情況，我會立刻出發，到您在諾福克郡的家中去看您。」

這次會面之後，夏洛克・福爾摩斯陷入了沉思。接下來的幾天裡，我好幾次看見他從記事本中拿出那張紙，長時間凝視著上面那些怪異的圖案，顯得神情熱切，但他隻字不提案件，直到大概兩個禮拜之後或者更晚些，我正要出門時，他突然把我叫回去。

「你最好還是待在家裡吧，華生。」

「為什麼呢？」

「因為我今天早晨收到了希爾頓・丘比特先生的電報。你還記得希爾頓・丘比特吧，就是關於那些舞蹈人圖案的？他一點二十分會到利物浦大街車站，隨時會到這兒來。我根據他的電報知道，出現了新的重要情況。」

我們沒有等待多久，我們要見的諾福克郡鄉紳直接從火車站搭乘了馬車，馬車以最快的速度趕了過來。他神情憂鬱，滿臉絕望，眼神顯得很疲憊，額頭上滿是皺紋。

「這件事情把我弄得心神不寧啊，福爾摩斯先生，」他說著，精疲力竭，癱坐在一把扶手椅上，「發現自己被一些看不見又不認識的人包圍著，而且還處心積慮地對你打著壞主意，這可真不是滋味啊。不僅如此，你還知道，那些人正在步步緊逼，要了你夫人的命，真是忍無可忍啊。面對這種情形，她正在日漸消瘦——我只能眼睜睜地看著她消瘦下去。」

「她開口說了什麼嗎？」

「沒呢，福爾摩斯先生，她什麼也沒說。可憐的人有幾次倒是想說來著，然而又不知從何說起。我嘗試著幫助她，但是，可能是我的方法太笨了，反而嚇得她不敢說了。她說到了我們古老的家族，說到了我們家在郡裡的聲譽，還說我們都為這清白的名聲而驕傲。我總是感覺到，話要說到點子上了，但是，還沒有說出，話題又岔掉了。」

「但是，您發現了什麼情況嗎？」

「很多情況啊，福爾摩斯先生。我帶來了幾張舞蹈人的圖案供您查看呢，還有，更為重要的是，我看到那傢伙了。」

「怎麼啦，是那個畫畫的人嗎？」

「是啊，我看到他時，他正在畫呢。我從頭對您說吧。我拜訪您回去後，翌日早晨，首先看到的就是那些新的舞蹈小人圖案，就畫在工具房的黑色木門上，工具房緊挨著草坪，從窗前可以看見整個草坪。我依樣畫了一張，在這兒呢。」

他把紙鋪開在桌上，以下就是他依樣畫下來的圖案：

「好極了！」福爾摩斯說，「好極了！請繼續說。」

「我依樣畫完之後，就把窗台上的那些圖案給擦掉了。但是，兩天後的早上，又出現了新的圖案。我又依樣畫了下來。」

福爾摩斯搓了搓手，高興地笑出聲來了。

「我們要的資料正在快速地增加啊。」他說。

「三天之後，日晷上有一張用鵝卵石壓著的紙，上面寫了字。這就是，您看，筆跡和前面的一模一樣。隨後，我決定夜間守著，靜觀其變。我拿出了手槍，在書房裡坐著不睡，從書房可以看到草坪和花園。大概凌晨兩點的樣子，我坐在窗邊，除了月光，外面一團漆黑。當時，我聽到身後有腳步聲，原來是我夫人穿著睡衣過來了。她要我去睡覺，我坦率地跟她說，自己要看看到底是誰在惡作劇。她說這只是個毫無意義的玩笑而已，我不必把它當回事。」

「『這事要真讓你煩心的話，希爾頓，我們，你和我，可以外出旅遊去，可以不理會這些無聊事了。』」

「『什麼？因為壞人的惡作劇而背井離鄉？』我說，『那樣的話，全郡的父老鄉親都會笑話我們的。』」

「『行啊，睡覺去吧，』她說，『我們可以明天早上再商量啊。』」

「她說話的當兒，我突然發現她蒼白的臉在月光下顯得更加蒼白，一隻手緊緊地抓住我的肩膀。工具房的陰影處有什麼東西在移動，只見一個黑影，偷偷地爬過牆角，蹲在門前。我握住手槍，正要衝出去，這時，夫人伸出手來緊緊地抱著我。我想掙脫她，但是她死死抱住我，最後，我終於掙脫了她，但是，等我開門跑到工具房的時候，那傢伙已經跑了。幸運的是，他這次又留下了痕跡，門上又留下了和前兩次一模一樣的舞蹈小人圖案，排列順序都完全相同，我把它畫在那張紙上。我找遍了整座莊園，其他地方都不見他的蹤跡。這就奇怪了，他肯定一直藏在莊園裡，而我卻沒見著他的蹤影，因為翌日早晨我再去檢查那扇門的時候，他又在那一行我看過的圖案下面添加了一些新圖案。」

「您帶那些新圖案來了嗎？」

「帶了，新畫的圖案不多，我依樣畫下來了，在這兒呢。」

他又拿出了一張紙，新的舞蹈小人圖案是這樣的：

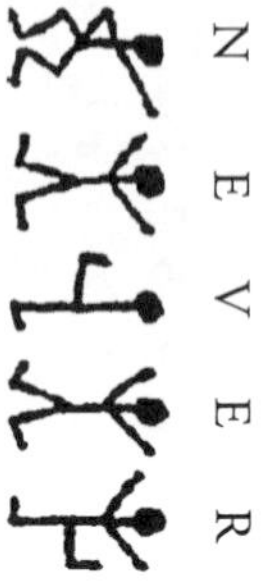

「請告訴我，」福爾摩斯說——從他的眼神中我可以看出，他很興奮——「這是附加在第一幅後面的，還是完全分開來的？」

「是在另外一塊門板上的。」

「好極了！這是我們所需要的資料中最最重要的。這給了我希望。行啊，希爾頓・丘比特先生，請繼續您有趣的敘述吧。」

「我沒有更多情況要說明了，福爾摩斯先生，不過，那天晚上，我很生夫人的氣，她居然阻止我，不讓我去追那惡棍。她說她是擔心我受傷。我心裡好一陣子閃過這樣的念頭：她其實是在擔心他會受傷，因為我已經確定無疑，她知道那傢伙是誰，而且知道那些圖案的含義。但是，福爾摩斯先生，我夫人的語氣和眼神不容置疑。我相信，她心裡真的掛念著我的安危。這就是全部經過，現在我想聽聽您的建議，接下來我該怎麼辦。按照我的想法，我是想讓自己農莊上的五六個小夥子躲在灌木叢裡，如果那傢伙再度出現，就好好教訓他一番，也好讓我們清靜。」

「我看本案很複雜，用這麼簡單方法恐怕無濟於事啊，」福爾摩斯說，「您可以在倫敦逗留多久？」

「我今天必須回去，無論如何也不能讓夫人一個人留在家裡度過漫漫長夜。她心神不寧，懇求我回去。」

「您說得沒錯，如果能夠留下來的話，一兩天後，我或許可以隨您一同回去。這樣吧，您把這些紙條留給我，我說不定很快就可以去您府上拜訪，把您的案子弄清楚呢。」

出於職業的習慣，希爾頓離開之前，福爾摩斯極力保持鎮靜，但是，我非常瞭解他，一眼就看出，他內心非常激動。希爾頓．丘比特的背影剛剛消失在門口，我朋友就衝到桌子邊，把全部畫有舞蹈小人圖案的紙條都鋪在桌上，全神貫注地開始了縝密複雜的推算。一連兩小時，他都在一張一張的紙上畫上符號，寫上字。他一心撲在工作上，顯然忘了我的存在。工作進展順利時，他就一邊工作，一邊吹著口哨或哼著小曲兒。研究遇挫時，便會坐上一會兒，緊鎖眉頭，目光茫然。最後，從坐著的椅子上躍起身子，歡呼起來，不停地搓著雙手，在房間裡來回踱起步來。後來，他草擬了一封很長的電文。「如果回電裡有我希望得到的答案，你就可以往你的故事集裡添加進精彩的一案了，華生，」他對我說，「我希望我們明天可以去一趟諾福克郡，給我們的朋友一個明確的答案，讓他知道自己煩惱的原因。」

我承認，自己當時充滿了好奇，但我心裡明白，福爾摩斯總是要在他認為適當的時間，以他喜歡的方式揭開謎底，於是，我就耐心地等待，直到他認為可以跟我說實話的時候。

但是，回電卻遲遲未到。兩天時間裡，福爾摩斯焦躁不安，每次門鈴一響，他就豎起耳朵來聽。第二天晚上，終於盼來了希爾頓・丘比特的信。他那邊沒什麼動靜，只是當天早上他看見日晷儀上的鵝卵石上面刻了一串很長的圖案。他依樣畫了下來，隨信寄來，以下就是他畫下來的圖案：

ELSIE PREPARE TO

MEET THY GOD

福爾摩斯弓下身子，盯著古怪離奇的圖案，看了好一會兒。然後，猛然躍起身子，激動地喊了起來，顯得既驚訝又沮喪，瘦削憔悴的臉上充滿了焦慮。

「我們讓這個事情放任得夠久啦，」他說，「今晚有去北瓦爾薩姆[29]的火車嗎？」

我查閱了一下火車時刻表，最後一趟去北瓦爾薩姆的火車已經走了。

「這樣的話，我們明天提前用早餐，趕第一趟火車，」福爾摩斯說，「我們必須趕到現場，情況緊急。啊！這就是我們等待的那封電報啊。等一等，赫德森太太，我們得回一封電報。不，這是我預料到的，從電報的內容來看，我們得儘快讓希爾頓・丘比特知道現在事態的發展情況，刻不容緩，因為我們這位單純的諾福克郡鄉紳陷入了一張奇特而又危險的羅網中。」

確實，事實證明如此，我原以為這只是件幼稚而荒誕的事，現在我要把它悲慘的結局告訴大家。本故事的結局和以前的一樣，讓我感覺意外和恐怖，儘管我想給讀者講述一個喜氣一點的結局，無奈事情本來就是這樣發展的，我只能如實地把這些荒誕不經的事情向大家一一敘述。就因為這一系列的事情，萊丁索普莊園一時間變成整個英格蘭家喻戶曉的地方。

我們剛剛在北瓦爾薩姆下車，提到了我們此行的目的地，站長便急忙朝著我們走了過

29北瓦爾薩姆（North Walsham）是諾福克郡東北部集鎮，離首府諾里奇十九英里。

來。「想必你們就是倫敦來的偵探吧？」他問。

福爾摩斯的臉上掠過一絲不快。

「您怎麼會想到這個事情的？」

「因為諾里奇的馬丁督察剛從這經過。但是，你們或許是外科醫生吧。她還沒有死——剛得到的消息還是這麼說的，你們或許還來得及，可以救活她——儘管救活了她也是等著上絞刑架的。」

福爾摩斯憂心忡忡，臉色陰沉。

「我們確實要去萊丁索普莊園，」他說，「但我們沒聽說那裡發生了什麼事。」

「那兒發生了件可怕的事，」站長說，「他們中槍了，希爾頓·丘比特和他夫人兩個人都中槍了。他夫人先朝他開了槍，然後開槍打自己——他們家的傭人是這麼說的。男的死了，女的奄奄一息。可惜啊，可惜，那可是諾福克郡最古老最有威望的家族啊！」

福爾摩斯一聲沒吭，快步登上了一輛馬車，在長達七英里的旅途中，他一直沒有開口說話。我很少見他如此沉默。從倫敦過來時，他一路上都焦躁不安。我看見他焦急地翻著早上出的各種報紙，這會兒，突然得知他最擔心的事情發生了，便令他感到茫然傷感了。他靠坐在座位上，情緒低落，陷入了沉思。沿途風景怡人，我們經過的地方是英國獨一無二的鄉村，寥寥幾處農舍稀疏地散落在那兒，可見如今居住在此地的人已經為數不多了。一座座方塔形的教堂矗立在平坦青蔥的風景中，昔日東英吉利亞[30]的輝煌與繁榮可見一斑。走著走著，一片紫色的日耳曼海[31]出現在諾福克翠綠的岸邊，馬車夫用鞭子指著小樹林中那老式磚木結構的山牆說：「那兒就是萊丁索普莊園。」

馬車到達了莊園前門，那兒有帶圓柱的門廊，網球場旁邊有間黑色的工具房和一座墊有基座的日晷儀，兩個地方曾引起我們種種奇異的聯想。這時，從一輛高高的雙輪輕便馬車上下來一個小個子男人，他動作敏捷，舉止機警，留著鬍子。他自我介紹說是諾福克郡警察局的馬丁督察，聽到我朋友的名字時，感到很驚詫。

「啊，福爾摩斯先生，案件在凌晨三點才發生的，但您怎麼消息這麼靈通，遠在倫敦，竟然和我同時到達現場？」

「我料到了這個情況，我來是希望阻止事情的發生。」

「那您一定掌握了重要證據，而我們卻一無所知。據這兒的人說，他們可是一對少有的恩愛夫妻啊！」

「我掌握的證據只是些舞蹈人的圖案而已，」福爾摩斯說，「稍後再向您解釋吧。現

30 東英吉利亞（East Anglia）是英格蘭一個傳統地區，範圍包括諾福克和薩福克兩郡以及劍橋、埃塞克斯的部分地區，中心城鎮是諾里奇。東英吉利亞曾為盎格魯－撒克遜的英格蘭諸王國之一，九世紀時由丹麥人統治。

31 日耳曼海（German Ocean）是北海（North Sea）的舊稱，屬於大西洋的邊緣海，處在大不列顛島和歐洲大陸之間。

在，既然沒來得及阻止悲劇的發生，我很希望能夠運用手上所掌握的證據來維護正義。您是希望我參與官方的調查還是讓我單幹？」

「如果我們能聯手破案，我將深感榮幸，福爾摩斯先生。」督察真誠地說。

「那樣的話，我很想聽聽證詞，儘快勘查現場，刻不容緩。」

馬丁督察很明智，他讓我朋友按照自己的風格行事，很高興地在一邊認真地做記錄。一個年歲已高、白髮蒼蒼的當地外科醫生從希爾頓·丘比特的房間出來，他說女的傷勢嚴重，但是沒有生命危險。子彈是從她前額穿過的，可能要過段時間才能清醒過來。至於她是被殺還是自殺，他沒有貿然說出明確的看法。顯然，那一槍是從離她非常近的地方開的。房間裡只有一把手槍，打出了兩發子彈，其中一顆正好射中了希爾頓·丘比特先生的心臟，手槍正好掉在他們倆現在位置的中間，因此也完全有可能是丈夫槍殺了夫人再自殺，或者夫人才是兇手。

「他的遺體被移動過嗎？」福爾摩斯問。

「我們把他夫人抬走了。她傷勢嚴重，不能讓她一直躺在地上。」

「醫生，您到這兒多久了？」

「從凌晨四點到現在。」

「還有其他人來過嗎？」

巨響過後，金太太衝進桑德斯的房間，因為她們倆的臥室挨在一起。她們一同下了樓，只見書房的門開著，桌子上的蠟燭還亮著。男主人臉朝下躺在書房正當中，已經斷氣了，他夫人蜷縮在窗戶旁邊，頭斜靠在牆上，傷勢很嚴重，一邊臉上全是血，正大口大口地喘著粗氣，一句話也說不出。房間裡，走廊上，到處瀰漫著煙和火藥味。窗戶一定是關好了的，而且從裡面插好了插銷。兩個女的對此都非常肯定。面對當時的情形，她們立刻打發人去請醫生和報警。小馬夫幫忙把傷勢嚴重的女主人轉移到了她自己的臥室。出事前，他們夫婦已經就寢了。女主人身穿睡衣，男主人則在睡衣外面披了件外套。書房裡的東西都沒動過。據她們說，主人夫婦從未吵過嘴，大家都認為他們是一對恩愛夫妻。

兩位女僕的證詞大體就是這樣。她們回答馬丁督察的問話時說，肯定每扇門都從裡面鎖好了，沒有人從室內往外逃。在回答福爾摩斯的問話時，她們都清楚地記得，在她們從頂層的臥室跑出來的那一刻起，就聞到了火藥味。「我建議您特別注意這個事實，」福爾摩斯對他的同行馬丁督察說，「我認為，現在我們該徹底檢查那個房間。」

書房很小，三面都擺滿了書，寫字台對著一扇普通的窗戶。窗戶的外面是花園。走進書房，我們首先看到的就是慘遭不幸的鄉紳的屍體，其魁梧的身體橫躺在室內，衣衫不整，可見他是上床之後匆忙趕來的。他的晨衣上或者手上都沒有火藥留下的痕跡。根據那位鄉下醫生的說法，夫人的臉上倒是有火藥的痕跡，但手上沒有。

「她手上沒有火藥留下的痕跡並不能說明任何問題，但如果有的話，倒是可以說明一切，」福爾摩斯說，「除非彈膛和子彈很不匹配，火藥這才會從後面噴出來留下痕跡，否則打多少槍都一樣。我提議，現在可以把希爾頓先生的遺體移走了。我覺得，醫生，您還沒把擊傷夫人的子彈從她體內取出來吧？」

「要取出子彈得做大的手術。槍裡還有四顆子彈，兩顆已經打出來了，所以造成兩處槍傷。這樣，六顆子彈就都對上數了。」

「看起來是這麼回事，」福爾摩斯說，「有一顆顯然擊打在窗框上了，您是不是也可以解釋一下呢？」

他突然轉過身來，瘦長的手指指著離窗框底邊一英寸處的一個小窟窿。

「天哪！」督察大聲說，「您是怎麼發現的呢？」

「因為我尋找來著。」

「好極啦！」鄉村醫生說，「您說得很對，先生。那就是說一共開了三槍，那麼一定有第三個人到過這兒，但會是誰呢？他又是如何脫身的呢？」

「這就是我們眼下要解釋清楚的問題，」福爾摩斯說，「馬丁督察，您還記得嗎，女僕說，她們一出房間就聞到了火藥味，我感覺這一點至關重要。」

「對啊，先生，但我承認，我沒有明白您的意思。」

「這說明，開槍時，窗戶和房門都是開著的，否則，火藥味不可能那麼快就擴散到整個宅邸。房間要通風才會出現這樣的情況。但是，門窗只開了一會兒就又關上了。」

「您是如何證明這一點呢？」

「因為蠟燭沒有被風吹得淌下蠟油。」

「妙極了！」督察大聲說，「妙極了。」

「我確信，悲劇發生時，窗戶是開著的。因此，我想得到，當時一定有第三者在場，而且是在窗外對著室內開的槍。當時朝人開槍的話，槍法不準就可能就會打到窗框上去。我一找，果然發現那兒有個彈孔。」

「但是，窗戶怎麼又關上了，而且插上了插銷呢？」

「女主人的第一反應是關上窗戶，插上插銷。但是，嘿！這是什麼？」

書桌上放著一個女士的手提袋——鱷魚皮的，鑲著花邊。福爾摩斯把提袋打開了，把東西全部拿出來，有二十張英格蘭銀行發行的面額五十英鎊的鈔票，用橡皮圈綁在了一起——沒有其他任何東西。

「這個可要保存好，審判時候用得著的，」福爾摩斯說著，一邊包好裡面的東西遞給督察，「現在我們得弄明白這第三顆子彈是怎麼回事。從窗框的木頭碎片來看，很明顯，這是從屋裡朝外打的。我得再問問廚娘金太太。金太太，您說您是被一聲巨響給驚醒的，是不是說，第一聲比第二聲更響亮？」

「是啊，先生，我是睡著以後被驚醒的，所以很難辨別，但確實很響亮。」

「您不覺得有可能是兩發子彈同時打響的嗎？」

「我覺得自己說不準，先生。」

「我認為，情況毫無疑問是這樣的，馬丁督察，我看，室內能找到的證據已經找過了，您要是願意的話，我們一同去花園看看，看那兒能不能找到別的證據。」

花圃一直延伸到了書房的窗戶底下，我們一到那兒便感到驚喜不已。花圃被人踩踏過了，鬆軟的泥土上到處是腳印。腳印很大，一看就知道是男人的，其鞋子又長又尖。福爾摩斯在花草中四處尋找，猶如獵犬在尋找中彈的鳥兒。突然，他高興地叫了起來，接著便彎下身子去，撿起了一枚小的黃銅彈殼。

「我本來就認為情況是這樣的，」他說，「左輪手槍有個噴射器，這就是那第三顆子彈的彈殼。馬丁督察，我認為，我們的案件差不多可以結了。」

面對福爾摩斯偵案進展迅速，技術高超，郡上督察臉上的表情顯得驚詫不已。他剛一開始時還想要堅持一下自己的觀點，但現在已經是心悅誠服了，樂於毫無保留地聽福爾摩斯的。

「您懷疑兇手是誰呢？」他問。

「這個我稍後再說，本案有幾處地方我還沒法跟您解釋。既然我已經調查到這一步了，那最好還是繼續按照我自己的想法行事，直到把整個案件弄個水落石出。」

「那就按照您的願望進行吧，福爾摩斯先生，只要能抓到兇手就行。」

「我決不想要故弄玄虛，只是眼下我們必須得採取行動，不可能進行冗長複雜的解釋。我手上已經掌握的本案的全部線索。即便女主人一時半會兒醒不來，我們也能復原昨晚的現場，伸張正義。首先，我想問問附近有沒有一個叫『埃爾里奇』的小旅館？」

問遍所有僕人，都說沒聽過這麼個地方。小馬夫這回幫了忙，他記得幾英里外，就在東拉斯頓[32]，有個農莊主叫「埃爾里奇」。

「那農莊是不是很偏僻？」

「是啊，先生。」

「那兒的人可能現在還沒聽說這裡昨晚發生的事？」

「可能沒有聽說，先生。」

福爾摩斯想了想，臉上露出了奇怪的笑容。

「備好馬，小夥子，」他說，「我想請你送張便條去埃爾里奇農莊。」

32東拉斯頓（East Ruston）是諾福克郡的一個村莊，就在北瓦爾薩姆附近。

他從口袋裡掏出幾張畫有舞蹈小人的紙，放在書桌上，坐下來忙了一陣子，最後交了一張便條給小馬夫，囑咐他一定要把紙條親自交到名字寫在信封上的人的手裡，不管對方問他什麼，都不要回答。我看了一眼信封，收信人姓名和地址都寫得非常潦草，很不規則，完全不同於福爾摩斯平常那清晰的筆跡。上面寫著：諾福克東拉斯頓埃爾里奇農莊，阿貝•斯蘭尼先生收。

「我認為，督察，」福爾摩斯說，「如果我估計得沒錯的話，您不妨去發封電報，要警局派押送人員過來，因為您可能要把一個很危險的犯人送到地方監獄去。送信的小夥子完全可以順路把您的電報發出去。如果下午有回倫敦的火車，華生，我看我們就乘車回去，我還有些有趣的化學分析要做呢，本案很快就可以水落石出啦。」

派去送信的年輕人離開之後，福爾摩斯吩咐僕人說，如果有人來問起希爾頓•丘比特夫人，千萬不可以把夫人現在的身體情況告訴他，要立刻把他帶到客廳來。他吩咐這個事情時態度非常嚴肅。最後，他領著大家去客廳了，並且說，現在情況已經不在我們的掌控之中，大家最好放鬆一下心情，然後就可以看到事情將如何發展了。醫生走了，去別處出診了，除了福爾摩斯，就只剩下我和督察。

「我看我有辦法幫助大家打發這一小時時間，讓大家過得不僅有趣，還有所收穫，」福爾摩斯說著，一面把椅子拖到桌子旁，把各種不同的畫了舞蹈小人的圖案紙片，鋪在前面的桌子上，「對於你，我的朋友華生，我應該向你說聲抱歉，這麼久了還沒滿足你的好奇心。至於您，督察，整件事件可能會引起您的興趣，您就把它當作一項不同尋常的專業研究吧。首先，我得對你們說，這些有趣的情況，同我先前在貝克大街與希爾頓・丘比特先生商量的情況有關。」他接著把先前敘述過的情況簡要地複述了一遍，「我面前的這些稀奇古怪的東西，如果不是後來釀成了這場悲劇，很多人看過後可能會一笑了之。可以說，我對各種形式的密碼文字都比較熟悉，曾經還就此寫過論文，通過分析一百六十多種密碼文字，發表過自己的看法。但是，老實說，眼前這種密碼文字，我還真是從未見過。發明這種密碼的目的，顯然是要傳遞資訊，卻希望別人看了以後覺得只是小孩子的塗鴉。

「然而，一旦明白了，這些符號代表著特定的字母，並且把推算其他密碼文字的規則用到這裡來，答案就容易了。我收到的第一張紙條內容太少，只能勉強判斷，（）代表字母E。要知道，E是英語字母表中最常用的字母了，其使用頻率很高，即便是在很短句子裡，它都會經常出現。在第一張紙條的十五個符號中，有四個是一樣的，所以，把這個符號確定為E是合理的。沒錯，有的符號上面有一面小旗，有的又沒有。從小旗的分佈情況來看，帶旗的可能是把所有圖案上的成分分成一個個單詞。我採用這種假設，把（）標識為E。

「接下來要說的才是這次偵破案件中真正棘手的地方，我們不清楚，英語字母表中，E之後哪個字母出現的頻率最高，在一頁列印的文字和一個短句中，某個字母平均出現的頻率可能完全不同。大致來說，T，A，O，I，N，S，H，R，D和L，這些字母出現的頻率較高，且大體相當。但是，T，A，O，I出現的頻率很接近。如果每種組合都試上一遍的話，工作量會很大。於是，我就等到有了新材料再說。我和希爾頓・丘比特先生第二次見面時，他又給了我一張古怪符號的圖紙，只有兩個短句和一個單詞——因為上面沒有小旗。在這個只有五個字母的單詞中，E出現了兩次，分別在第二和第四的位置上。這個單詞可能是『SEVER』（切斷）或『LEVER』（杠杆）或『NEVER』（絕不）。如果便條是在答覆某種請求的話，就很可能是『never』，而且種種跡象表明，這是丘比特夫人在答覆某個請求。如果這種假設成立的話，我們就可以說，（）分別表示N，V和R。

「即便如此，我們還是困難重重，但是，靈機一動，我想到了另外幾個字母。我想到，如果發出請求的人早先就跟丘比特夫人很熟悉，那麼一個兩頭是E、中間是其他字母的單詞應該是『ELSIE』（埃爾西）。果然，我一看就發現，這個單詞曾經三次在便條的末尾出現過。這肯定是在請求『ELSIE』。就這樣，我知道那些符號代表L，S和I。但這是什麼請求呢？『ELSIE』前面只有四個字母，而且是以E結尾的。無疑，這一定是『COME』（來）我試過了其他所有以E結尾的四個字母的單詞，但都不適合這種情況。這樣的話，我又得知了代表C，O和M的符號。我們再看看第一張紙條，把它分成幾個單詞，用『・』號表示還沒有搞清楚意義的符號。經過這麼處理以後，這張紙條就成這樣了：

. M. ERE. . E　SL. NE

「這麼看，這句話的第一個字母只能是A。這個發現很有價值，因為它在這個短短的句子中出現了三次，第二個單詞中的空白處是H，這個也很明顯。現在，這句話就成了：

AM HERE A. E SLANE

「或者，如果在空白處用人名填上去的話，就成了：

AM HERE ABE SLANEY

「我掌握了這些符號的代表意義，就有相當的信心繼續推算第二張紙條的意思了，我是這麼推算的：

「A. ELRI. ES.這裡我只能在空白處填上T和G來理解，我把這個設想為書寫這些符號的人所住的一戶人家或者一家旅館的名字。」

我和馬丁督察興致勃勃地聽著我朋友詳細而又清晰地講述，才知道他是怎樣偵破此案的，因此完全消除了我們心中的疑團。

「您後來又是如何處理的呢，先生？」督察問。

「我完全有理由相信，那個阿貝・斯蘭尼是個美國人，因為阿貝是美國式的縮寫，而且本慘案起始于一封美國來信。我還有理由認為，本案中的罪犯藏在暗處。丘比特夫人曾經含糊地說起過她的過去，但又拒絕跟丈夫說出實情，這兩點都讓我朝那個方向去想。於是我發了封電報給我在紐約警察局工作的朋友，威爾遜・哈格里夫，問他是否聽過阿貝・斯蘭尼這個人，作為同行，他也曾向我打聽倫敦的犯罪情況。他的回覆是，『芝加哥第二號危險人物。』就在我接到他回覆的當天晚上，希爾頓・丘比特給我寄來了斯蘭尼寫的最後一句話，把已知的字母替換後，就是這樣的：

「『ELSIE. RE. ARE TO MEET THY GO.』

「只要加上一個P和一個D，句子意思就完整了（意為：埃爾西，準備見上帝吧），我看出，那個無賴見勸誘不成，便開始恐嚇埃爾西了，由於知道了他是芝加哥二號危險人物，我便覺得，他可能會很快說到做到。於是，我立刻和我的朋友兼同事華生醫生，趕到諾福克，然而，不幸的是，結果發現，最悲慘的事情還是發生了。」

「能跟您一同偵破這樁案件，真是莫大的榮幸，」督察熱情洋溢地說，「不過，如果我直言不諱，請您原諒。您只需對自己負責，但我必須對我的上司交代。如果那位住在埃爾里奇的阿貝·斯蘭尼確實是殺人兇手，而他卻趁著我們坐在這兒等待的當口兒逃跑了，我肯定會有大麻煩的。」

「您不必忐忑不安，他不會試圖逃走的。」

「您怎麼知道呢？」

「逃跑就意味著認可有罪。」

「那我們就去逮捕他吧。」

「我料定他隨時會到這兒來。」

「但他為何要來呢？」

「因為我信裡寫了要他來。」

「但這簡直令人難以置信，福爾摩斯先生！憑什麼您叫他來他就來？這種要求難道不會引起他的懷疑，從而促使他逃之夭夭嗎？」

「我認為，自己知道該如何在信中措辭的，」福爾摩斯說，「事實上，如果我沒有弄錯的話，那位先生已經在馬車道上了。」

門前的小徑上有位男子大步走來了。他身材高大，英俊帥氣，皮膚黝黑，身穿灰色的法蘭絨套裝，頭戴一頂巴拿馬帽子，濃密的絡腮鬍，高大挺拔的鷹鉤鼻，邊走手裡還揮舞著一根手杖。只見他大搖大擺地行進在小徑上，好像自己是此地的主人似的。然後，我們便聽見他充滿了自信地按響了門鈴，鈴聲嘹亮。

「我看啊，先生們，」福爾摩斯說，聲音很低，「我們最好站到門後面，對付這樣一個傢伙，必須要格外謹慎。您需要備好手銬，督察，問話就由我來好啦。」

我們默不做聲地等待了片刻——這是人生永遠難以忘懷的片刻之一啊。隨後，門開了，那傢伙進來了。瞬間，福爾摩斯用槍敲擊了他的腦袋，馬丁則用手銬銬住了他的雙手。兩個人動作敏捷、熟練，以至於那傢伙還沒回過神來，就已經束手就擒了。他雙眼充滿了怒火，挨個打量著我們。然後，爆發出了一陣痛苦的笑聲。

「得啦，先生們，這回算你們高我一籌。我好像是碰上什麼硬東西了。但是，我是應希爾頓・丘比特夫人的邀請信來的。可別跟我說，她也參與了你們的陰謀，對不對？別跟我說，她幫著你們設計陷阱抓住我，對不對？」

「希爾頓・丘比特夫人傷勢嚴重，正在死亡線上掙扎著呢。」

那傢伙痛苦地發出了一聲沙啞的叫聲，聲音響徹了整個宅邸。

「你們瘋了！」他大聲說著，態度兇狠，「受傷的應該是他，而不是她。誰會傷害小埃爾西呢？——我可能威脅過她——上帝寬恕我吧！——但我決不會動她美麗的頭顱上一根頭髮的。收回剛才說過的話——說你呢！說她沒有受傷啊！」

「她被人發現時，傷勢嚴重，躺在自己已經死亡的丈夫身邊。」

他發出一聲低沉的呻吟，癱坐在長靠椅上，用戴著手銬的雙手捂住了自己的臉。有五分鐘的時間，他沉默不語。然後，再一次抬起頭來，他神情冷漠，悲觀失望，開口說話了。

「我對你們沒有什麼可隱瞞的了，先生們，」他說，「如果說我朝那男的開了槍，那也是他先朝著我開了槍，這其中不存在謀殺的問題。但是，如果你們認為，我傷害了那個女的，那就說明，你們既不瞭解我，也不瞭解她。我就告訴你們吧，在這個世界上，沒有哪個男人會像我愛她一樣愛一個女人，她原本是屬於我的。多年以前，她就向我許諾過，答應嫁給我。那個英國人算什麼玩意兒，竟然在我們中間插上了一竿子？我告訴你們，是我先有權利娶她的，我只是來要回屬於自己的權利啊！」

「當她看清了你的真實面目之後，便離開了，不想再受你的影響，」福爾摩斯說，語氣嚴厲，「她從美國逃了出來，為的就是要躲避你。她在英國嫁了一位尊貴體面的紳士。為了誘使她拋棄自己深愛和崇敬的丈夫，同你這個她恐懼又仇恨的人一起走，你盯著她不放，跟蹤她，令她的生活痛苦不堪。你最後弄得一位品行高貴的君子丟了性命，逼得他的夫人自殺。阿貝．斯蘭尼先生，你得在法律的面前對一切付出代價。」

「如果埃爾西死了，我自己怎麼樣根本無所謂。」美國人說。他鬆開一隻手，看了看手心裡那張揉成一團的便條。「看看這個，先生，」他大聲說，眼睛裡透出一絲疑惑，「你們想拿這個來嚇唬我，對吧？如果埃爾西真像你們說的，傷得那麼重，那這張條子是誰寫的？」他邊說邊把便條扔到桌上。

「是我寫的，目的是要把你引到這兒來。」

「你寫的？這個世上，除了我們組織內部的人，沒有人知道這舞蹈小人圖案的秘密。你怎麼寫得出來的？」

「有人能發明，就一定有人能看懂，」福爾摩斯說，「會有一輛馬車把你帶到諾里奇去的，阿貝・斯蘭尼先生。但是在這之前，你還有時間對你所造成的傷害進行彌補。你知道嗎？大家都在懷疑希爾頓・丘比特夫人就是謀殺她丈夫的兇手呢。還好有我在，而我又恰好懂一點相關的知識，這樣才使得她免於受到起訴。你虧欠她那麼多，至少應該把事情完完整整、清清楚楚地告訴大家，對她丈夫的悲慘遇害，她毫無半點責任，無論直接的，還是間接的。」

「那樣我就別無他求了，」美國人說，「看起來，我要想替自己辯護，最好的辦法就是說出全部真相了。」

「我有責任提醒你，那樣可能會成為不利於你的證據啊！」督察大聲說，體現出了英國刑法公平對待每個人的嚴肅精神。

斯蘭尼聳了聳肩膀。

「我願意接受這種結果，」他說，「首先，我想要讓你們各位先生知道，這位夫人還是個小女孩的時候，我就認識她了。我們七個人在芝加哥組成了一個組織，埃爾西的父親是組織的頭兒。他是個聰明人，就是老派翠克。密碼文字就是他發明的，除非你碰巧知道其中的奧秘，否則，誰看了都會認為是小孩子的信手塗鴉。是啊，埃爾西知道了我們的一些所作所為，她忍受不了。她有一小筆正當的收入，於是瞞過了我們所有人，逃到了倫敦。她同我訂了婚，我相信，如果我從事了別的職業，她已經嫁給我了。但她不願意同任何不正當的行為有任何關係。一直到她嫁給了這個英國人之後，我才得以打聽到了她的下落。我給她寫了信，但沒有任何回音。後來，我就過來了。由於寫信無濟於事，我便把要說的話留在她能夠看得到的地方。」

「是啊，我到這兒已經一個月了，住在那個農莊上，在樓下的一個房間裡，每天夜間都可以進出，誰也看不出來。我能用的辦法都用上了，就是為勸導埃爾西離開。我知道，她看到了我留下的資訊，因為她有一次在我的留言下面回了話。結果，我控制不了自己的火暴脾氣，於是便開始威脅她。她接著便送了一封信給我，懇求我離開，並且說，如果給她丈夫招惹了什麼醜聞，她會肝腸寸斷的。她還說，只要我從此以後不再糾纏她，讓她過平靜安寧的日子，等她丈夫睡著了，凌晨三點，她就會下樓來，隔著最邊上的那扇窗戶，同我談談。她下樓了，拿來了錢，想要用錢打發我離開。這下弄得我瘋狂了，我一把抓住了她的一條胳膊，想把她從窗戶口拽出來。就在這個當口兒，她丈夫衝進了房間，手裡拿著槍。埃爾西嚇得癱坐在地上。我和她丈夫對峙著。當時我手裡也有槍，於是我舉起槍來，想嚇唬嚇唬他，好讓他放我走。但是，他先開了槍，但是沒打中我，差不多在同一瞬間，我也扣響扳機，他倒下了。我急忙穿過花園逃走，聽見後面有人把窗戶關上了。先生們，我說的句句是實話，後來發生的事情我就不知道了。直到後來，那個小夥子騎著馬送信過來，我就這麼過來了，像個傻瓜似的，自投羅網，落在了你們手裡。」

美國人還在說著話的時候，一輛馬車已經停下了，裡面坐著兩位穿制服的警探。馬丁督察站起身，碰了碰犯人的肩膀。

「我們該走了。」

「我可以先看看她嗎？」

「不可以。她還沒有甦醒呢。夏洛克・福爾摩斯先生，我只是希望，以後再有什麼重大的案件，自己還能夠碰上好運氣，有您在身邊。」

我們佇立在窗戶邊，看著馬車離開。我轉過身時，目光落在了犯人扔在桌上的紙團，也就是福爾摩斯用以誘捕他的那張便條。

「看看你能看懂嗎，華生？」福爾摩斯說著，露出了微笑。

上面沒有文字，但有以下一行舞蹈小人圖案：

「如果你用上我剛才解釋過的密碼，」福爾摩斯說，「你就會發現，其意思很簡單：『立刻過來吧。』我堅信，這是一道他無法拒絕的邀請，因為他壓根兒就想不到，這張紙條會是除了夫人之外的什麼人寫的。所以說，親愛的華生啊，我們到頭來還是把這些被惡人使用的舞蹈小人圖案用來做好事了。而我認為，我也已經兌現了自己的諾言，即為你的記事本提供了一些不同尋常的素材。我們那趟火車是三點四十分的，我看我們應該回到貝克大街去吃晚飯了。」

臨了還要補充一句。在諾里奇的冬季審判中，美國人阿貝·斯蘭尼被判處死刑。但考慮到一些可以減刑的情況，加上確實是希爾頓先開的槍，最後改判為勞役監禁。至於希爾頓·丘比特夫人，聽說後來完全康復了，只是一直寡居，把餘生精力都用來照看窮人的孩子，管理丈夫留下的產業。

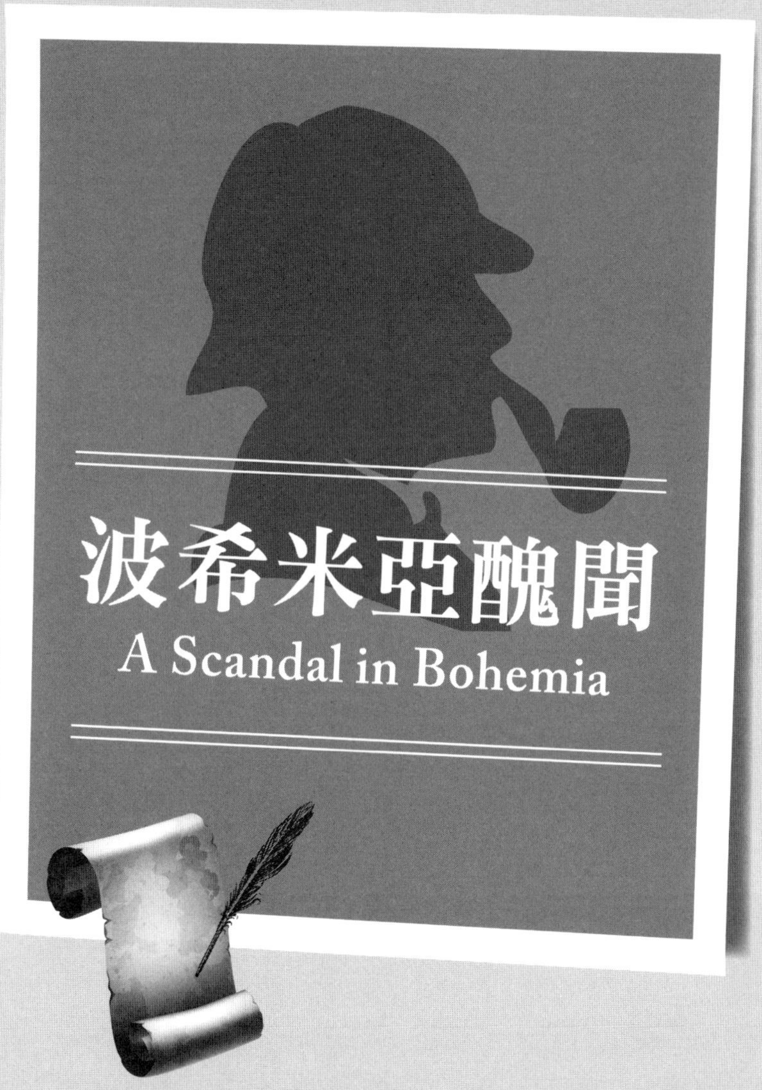
波希米亞醜聞
A Scandal in Bohemia

一

對夏洛克・福爾摩斯來說，她永遠都是「那位女士」。在提到她時，我幾乎沒聽他用過別的稱呼。

在他心目中，她足以讓所有其他女性黯然失色，無與倫比。這並非因為他與愛琳・阿德勒間有著什麼特別的情感。所有的情感，尤其是愛情，他都避之不及，他要的是冷靜、縝密、不為外界所動的頭腦。

在我看來，他是一台最完美的觀察和分析的機器，堪稱舉世無雙，所以他根本就不合適做情人。他不會甜言蜜語，只會冷嘲熱諷，借此可以剝去掩蓋真相的面紗，揭示人們行動和動機背後的真正原因，因此對於他這樣的觀察家來說是極其優秀的品質。不過，這樣一位訓練有素的推理專家，如果讓情感滲入了其觀察入微、老成持重的品性，必將心智大亂，進而懷疑自己的智慧。就算是精密儀器上落入了一粒粗沙，就算是高倍鏡頭上產生了裂痕，其破壞性也比不上熾熱情感對其天性的煩擾。然而就有過一個女人給他帶來了這樣的煩擾，她就是已故的愛琳·阿德勒，依然在他的記憶之中存留。

我最近很少見到福爾摩斯，因為我結婚之後，我們便就各奔東西了。我全身心地沉浸在幸福的家庭生活中。建立起了自己的家庭，生活的樂趣令我陶醉。然而，福爾摩斯內心深處那個波希米亞式的靈魂，與社會上的陳規陋習格格不入，依然寄宿於貝克大街的公寓裡，埋頭苦讀他的舊書，一個禮拜接著一個禮拜，徘徊於可卡因帶來的慵懶和事業引發的亢奮間。他和往常一樣，醉心於對犯罪的研究，把自己卓越的才華和超凡的觀察力都用在找尋破案的線索上，偵破那些員警無能為力的懸案。我時不時地聽到有關他偵破案件的一鱗半爪：他應招去奧德薩[33]偵辨特雷波夫謀殺案，偵破了發生在特亭可馬里[34]的阿特金森兄弟慘案，最後是出色地完成了荷蘭王室交給的任務。不過，這些情況，我和所有的讀者一樣，也是從報紙上瞭解到的。除此之外，我對這位昔日好友的情況也不大清楚。

一八八八年三月二十日晚，我出診回來，路過貝克大街，又看見那熟悉的大門。我腦海中不禁想起我的求愛過程，想起了《血字的研究》中的慘案，於是突然有一種強烈的衝動，

33 烏克蘭南部港市。
34 斯里蘭卡東北部港市。

想要進去看看福爾摩斯，看看他在如何發揮他那卓越的才能。我抬頭一看，他的房間燈火通明，他那消瘦高挑的身影落在百葉窗上，晃動了兩下。他正在房間裡急切地踱來踱去，頭低垂在胸前，雙手緊握交在背後。我對他所有的表情和習慣都瞭若指掌，他的一舉一動都有意味在其中。他又開始工作了。他從毒品的幻覺中清醒過來了，正忙碌地思考新的問題。按響門鈴後，我被領進了從前住過的那間屋子。

他的反應不是很熱烈。這種事情不多見。不過，我知道，看到我，他內心還是很高興的。雖然沒說一句話，但他還是親切地看了我一眼，擺手示意我坐下，把他的雪茄煙盒扔了過來，指了指角落裡的酒瓶和煤氣爐。然後，站在壁爐前，用他那挑剔的眼神審視著我。

「婚姻生活過得不錯嘛，」他說，「華生，從我們分手到現在，我發現你胖了有七磅半。」

「只有七磅！」我回答說。

「真的，我想不止七磅。我猜，華生，要稍微重點。我看，你又重操舊業了吧。你以前不是說，不想幹這行了嗎。」

「是啊，可你是怎麼看出來的呢？」

「我通過觀察，推斷出來的。我還知道你最近全身都被淋濕過，你請的那個女傭人笨手笨腳，而且粗心大意呢！」

「親愛的福爾摩斯，」我說，「太神了。你要是活在幾個世紀之前，一定會被判火刑燒死的。確實，我禮拜四到鄉下走了走，回家的路上淋了一場大雨。可是，我的衣服全換過了，真不知，你是怎麼推理出來的。至於瑪麗・簡，她實在是無可救藥，我夫人已經辭了她。但是，我也想不出，你如何得出這樣的判斷。」

他咯咯地笑了笑，搓揉著自己長而有力的雙手。

「這很簡單，」他說，「我看到你左腳上的鞋幫內側，就是爐火照到的這邊，皮革上有六條差不多平行的刮痕。顯然，是有人隨手刮落鞋底邊上的泥巴時留下的。所以，你看，我得出兩個推論：你天氣不好時，曾外出過。你的女傭人是整個倫敦最不會刷皮鞋的。至於你重操舊業嘛，要是有位紳士走進我的房間，身上散發出碘酒的氣味，右手指上有硝酸銀留下的黑色痕跡，帽子的右側因塞進聽診器而拱起了一塊，如果這樣還不知道他是位現職醫生，那我就真是太笨了。」

聽他解釋完推理過程，我禁不住哈哈大笑了。「聽了你的分析，」我說，「我總覺得這事真是出奇的簡單，好像自己也可以輕鬆做到。可你要是不跟我解釋你的推理過程的話，我又每次都感到很困惑。不過，我相信自己的眼力不會比你的差。」

「的確如此！」他點燃一支雪茄，坐進扶手椅裡，回答說，「你在看，卻不在觀察。兩者間的區別很清楚。例如，從大廳到房間的樓梯台階，你常看吧？」

「常看！」

「有多少次？」

「呃，有幾百次吧。」

「那麼，有多少級台階呢？」

「多少級？我不知道。」

「這不就得了！你沒有觀察，雖然常看。這就是我要說的。我知道有十七級，因為我不僅看了，而且還觀察了。還有一點，既然你對這種小問題有興趣，既然你喜歡把我辦過的小案件一五一十地記下來，那也許會對這樁案件感興趣的。」他把桌上攤放著的一張厚厚的粉紅色信紙遞了過來，「這是郵差剛送過來的，」他說，「念念吧。」

信上沒寫日期，也沒有簽名和地址。

今晚七時三刻，有位先生將拜訪閣下，有要事相商。閣下近日能為歐洲某王室效力，可見，閣下非常可靠，故欲將千斤重擔託付於閣下。閣下遠播聲名，我等貫耳如雷。請閣下屆時切勿外出。若訪客不以真面目示人，也請望海涵。

「這事有點神秘，」我說，「你認為，這是怎麼回事呢？」

「現在還沒有任何依據。沒有依據就妄加推斷，很容易犯下致命的錯誤，不知不覺就歪曲了事實，讓它與理論一致，而不是使理論與事實相符。不過就這封信而言，你能看出點什麼來嗎？」

我仔細端詳著上面的筆跡和信紙。

「寫信人可能很有錢，」我說，努力模仿我同伴的推理過程，「這種紙買一包不會少於半個克朗[35]，它特別堅韌挺括。」

「特別——就得用這個詞，」福爾摩斯說，「這種紙不是英國生產的。拿起來對著燈光看看。」

我照他說的做了，看到紙張的紋理中印有一個大寫的「E」和一個小寫的「g」，一個「P」，一個大寫的「G」和一個小寫的「t」。

「你從中看出什麼來了嗎？」福爾摩斯問。

「毫無疑問，這是生產廠商的名字，或名字的首字母縮寫。」

「根本不是這麼回事，『G』和小寫的『t』代表的是『Gesellschaft』，這在德語中的意義是『公司』。這是一種習慣性的縮寫，就像英語中的『Co.』。『P』當然代表了

35英國舊制硬幣，一克朗相當於五先令。

『Papier（紙）』。至於『Eg』嘛，我們來看看大陸地名辭典。」他從書架上取下了一本厚厚的棕色封皮的書。「Eglow，Eglonitz——有了，找到了，Egria。是個德語國家，在波希米亞，離卡爾斯巴德[36]不遠。『因華倫斯坦[37]死於此地而聞名，當地玻璃廠和造紙廠眾多』。哈哈，老兄，你看出什麼了嗎？」他的眼裡透出得意的光芒，嘴裡噴出了一大口青煙。

「這種紙是波希米亞造的。」我說。

「一點沒錯，寫信的是個德國人。你注意到這個句子的結構很特別了嗎——『閣下遠播聲名，我等貫耳如雷』。法國人和俄國人不會這樣表達。只有德國人才會像這樣亂用動詞。因此，剩下的問題就是，這個用波希米亞造的紙寫信的德國人，戴著面具，不敢以真面目示人，那他來這裡到底想要幹什麼？如果我沒猜錯的話，他來了，我們的疑惑就可以解開了。」

他說話時，外面傳來一陣清脆的馬蹄聲，還有刹車聲，接著有人急促按響了門鈴。福爾摩斯得意地吹了聲口哨。

「聽聲音是兩匹馬，」他望了一眼窗外，接著說，「果然！一輛精緻小巧的有篷四輪

36捷克西北部城市。

37華倫斯坦（Albrecht Wenzel Eusebius von Wallenstein，一五八三至一六三四），神聖羅馬帝國統帥，三十年戰爭時統率帝國軍隊，戰績卓著，在呂岑戰役中被瑞典擊敗（一六三二），因謀反被撤職（一六三四），後被刺殺。

馬車和兩匹漂亮的駿馬。每匹都值一百五十幾尼[38]。不管案件如何，華生，至少錢是不會少的。」

「我想我還是回去吧，福爾摩斯！」

「別忙！醫生，你就待這兒吧，我的鮑斯韋爾[39]不在那怎麼成啊。本案一定會非常有意思，錯過了會是一大遺憾的。」

「但你的委託人——」

「不要管他。我可能需要你的幫忙，並且可能還需要他的。他來了，坐到那把扶椅上去，華生，好好看著。」

樓梯處傳來緩慢、沉重的腳步聲，接著在過道上響起，到門口時驟然停止。隨後，就聽見響亮有力的敲門聲。

「請進！」福爾摩斯說。

來者身高至少六點六英尺，胸肌發達，四肢有力，就像古希臘神話中的大力神。他的衣

38指一六六三年英國發行的一種金幣，等於二十一先令，一八一三年停止流通。後僅指等於二十一先令，即一點零五英鎊的幣值單位，常用於規定費用、價格等。

39鮑斯韋爾（James Boswell，一七四〇至一七九五），蘇格蘭作家，著有英國作家、評論家、辭典編撰家撒母耳．詹森（Samuel Johnson，一七〇九至一七八四）的傳記《詹森傳》，聞名遐邇，後成為傳記作家的代名詞。

著非常奢華，在英國人看來顯得俗不可耐。他的袖子上和前襟上綴著一根根羊皮帶子，肩披深藍色的斗篷，上面用深紅的絲綢鑲了邊，領口處別著一枚火焰形狀的綠玉胸針。腳蹬著一雙高幫的牛皮靴，靴口露出深棕色的毛皮。這些東西給我的印象是，一副暴發戶的樣子。他手裡拿著一頂闊簷帽，上半邊臉上戴著一個黑色面具，一直遮過顴骨。顯然進門前還用手扶了一下，因為他進來時，手還停留在面具上。從他下面露出的半張臉來看，似乎是個性格剛強的人。厚嘴唇往下垂著，下巴又長又直，可見此人脾氣非常固執。

「你收到我的信了嗎？」問話聲非常刺耳，帶有濃重的德國口音，「我打過招呼，會來拜訪的。」

他看了看福爾摩斯，又看了看我，似乎不知道該跟誰說話。

「請坐！」福爾摩斯說，「這位是華生醫生，我的朋友兼同事。他有時會協助我辦案。請問，我該怎麼稱呼你？」

「你可以叫我馮•克拉姆伯爵，我是波希米亞的貴族。我知道，你的朋友一定是位令人尊敬且辦事謹慎的人，應該可以信得過，不會將這件最最重要的事情洩露出去。若非如此，我寧願單獨和你談。」

我起身要走，福爾摩斯抓住我的手腕，把我按回到了椅子上。「我們倆都得在場，否則就不談，」他說，「凡是你可以說給我聽的事情就可以說給這位先生聽。」伯爵聳了聳他那寬厚的肩膀。「那我一開始就說，」他說，「你們得替此事絕對保密兩年，兩年之後，此事便無關緊要了。但在目前，這件事非同小可，甚至可以影響歐洲的歷史進程。」

「我保證不會說出去！」福爾摩斯說。

「我也是！」我說。

「我戴了面具，請你們別介意，」不速之客接著說，「派我前來的那位要人，希望我不要以真面目示人。我現在承認，剛才我說的也並不真是我自己的名字。」

「我知道，」福爾摩斯說，語氣冷漠。

「局勢非常微妙。現在我們必須小心行事，以免使此事成為一個巨大的醜聞，給歐洲王室的名譽帶來嚴重的損害。坦率地說，此事牽涉偉大的歐姆斯汀家族，也即波希米亞王族。」

「這個我也知道。」福爾摩斯喃喃地說著，坐在扶手椅上，雙目緊閉。

來客滿臉詫異地掃了一眼這位懶洋洋的傢伙，他竟然是歐洲公認的最精於推理、最精力旺盛的偵探。福爾摩斯慢慢地睜開眼睛，不耐煩地看了看身材高大的委託人。

「陛下如能屈尊講述案情，」他說，「我應該可以給你一些建議。」

那人從椅子上跳了起來，情緒失控地在屋子裡走來走去。突然，他不顧一切地扯下了面具，把它丟在地上。「你說對了，」他喊道，「我就是國王，我為什麼要掩飾呢？」

「噢，是嗎？」福爾摩斯喃喃地說，「陛下未開口前，我已知道，來人是威廉・戈特賴希・西吉斯蒙德・馮・歐姆斯坦，也就是卡斯爾・費爾斯坦大公，波希米亞的世襲國王。」

「但你可以理解，」我們奇怪的來客說，重新坐回到椅子上，用手摸了摸他那又白又高的額頭，「你可以理解，我不大會辦這種事情。可事情實在是很微妙，我又信不過其他人，只好親自登門拜訪。為了向你求教，我喬裝改扮從布拉格來這裡。」

「那就請講吧。」福爾摩斯說完，又閉上了雙眼。

「簡單地說，事情是這樣的：大約五年前，我到華沙訪問，住了很長一段時間，結識了大名鼎鼎的女冒險家愛琳・阿德勒。你無疑對這個名字相當熟悉吧。」

「華生，請你在我的資料庫中幫我查查看。」福爾摩斯小聲說，眼睛都沒睜開一下。多年來，福爾摩斯把有關的人和事做成卡片，分門別類地放好。要是沒有這方面的資訊的話，他也不可能會說要我去查那個人或那件事。我找到了這個案子中的愛琳・阿德勒的檔案資料，被夾在一位希伯來人的檔案和一位寫過深海魚專論的參謀官的檔案資料中間。

「讓我看看，」福爾摩斯說，「哼！一八五八年生於新澤西州[40]。女低音歌唱家——哼！義大利斯卡拉歌劇院，哼！華沙帝國歌劇院首席女歌手——是啊！退出了歌劇舞台——哈！住在倫敦——是這麼回事！陛下，我知道了，你和這位年輕的女士有染，曾給她寫過幾封

40 美國東部的一個州。

信。這些信可能會讓你名譽受損，所以現在急著想把它們拿回來。」

「一點沒錯！但是如何——」

「你們秘密結婚了嗎？」

「沒有。」

「有沒有法律文書或證明？」

「沒有。」

「那我就不懂了，陛下。如果那位年輕女士想用這些信來敲詐什麼，她怎麼能證明這些信不是偽造的呢？」

「上面是我的筆跡。」

「哼，哼！可以偽造的。」

「我的私人便箋。」

「可以是偷竊的。」

「我自己的印鑑。」

「可以是仿造的。」

「我的照片。」

「可以是買來的。」

「照片上有我倆的合影。」

「噢，天哪！這就壞了。陛下真是太不小心了。」

「我當時是瘋了——腦子不正常了。」

「你的聲譽會嚴重受損。」

「那時，我只是一個王儲，年輕不懂事。現在我也不過三十歲。」

「必須補救。」

「我們試過了，可沒用。」

「陛下可以出錢，一定要把照片買回來。」

「她不賣。」

「那就只有偷了。」

「我們已經試過五次了。有兩次，我出錢雇竊賊搜遍了她的房子，一次趁她出行，我們調換了她的行李。甚至還有兩次，攔路搶劫。可全都以失敗告終。」

「什麼都沒有？」

「根本就沒看到。」

福爾摩斯笑了。「這不是個什麼大問題。」他說。

「但對我來說，卻是件非常嚴重的事情。」國王不客氣地回應了一句。

「確實很嚴重。那她打算用照片幹些什麼呢？」

「徹底毀掉我。」

「她會怎樣做？」

「我馬上要結婚了。」

「我聽說了。」

「我將和斯堪的納維亞國王的二女兒克洛蒂爾德・洛特曼・馮・札克斯麥寧根結婚。你可能知道，他們家族非常刻板守規矩。她本人又過於敏感。只要對我的行為有一點點的懷疑，這樁婚事就完了。」

「那愛琳・阿德勒呢？」

「她威脅說，要把照片拿給他們看。她會那麼做的，我知道她會。你不瞭解她，她是個鐵石心腸的女人。她既有女人最美麗的面孔，又有男人最執著的心。只要我跟別的女人結婚，她什麼事都做得出來。」

「你肯定她還沒把照片送出去嗎？」

「我肯定。」

「為什麼？」

「因為她說過，哪天公佈婚約，哪天就把照片送去。也就是下禮拜一。」

「噢，那我們還剩三天時間，」福爾摩斯說著，打了個哈欠，「還好，目前我手頭上還有一兩樁重要案件要調查。陛下目前應該住在倫敦吧？」

「當然。你可以去蘭厄姆酒店找我，我用的名字是馮・克拉姆伯爵。」

「我會隨時與你聯繫，通告事情的進展。」

「請務必，我急等著消息。」

「那酬金呢？」

「全由你說了算。」

「全由我說了算嗎？」

「隨你吧，只要能拿到那張照片，拿出我王國中的一個省來換，我都願意。」

「那眼下的費用呢？」

國王從斗篷裡掏出一個沉重的麂皮袋子，放在了桌上。

「這裡有三百英鎊金幣和七百英鎊紙鈔。」他說。

福爾摩斯在紙上潦草地寫了張收條，遞了過去。

「那位小姐的住址呢？」他問。

「聖約翰伍德的塞彭泰恩大街，布萊尼別墅。」

福爾摩斯用筆記下了。「還有一個問題，」他說，「照片是六英寸的嗎？」

「是的。」

「那麼，再見，陛下。我相信用不了多久，就會給你帶去好消息的。」王室的四輪馬車駛離後，福爾摩斯接著又對我說，「華生，再見。你明天下午三點能不能來一趟，我有點小事情想跟你聊聊。」

二

三點整，我到了貝克大街，但福爾摩斯還沒回來。房東太太告訴我說，他早上剛過八點就出門了。不過，我還是坐在火爐邊等他，不管他要多晚才回來。我對他調查的這件案子已產生了濃厚的興趣。

這個案子雖然與我記載的前兩個案子不同，裡面沒有凶殘和離奇的因素，但由於委託人的身分不同凡響，使得這個案子顯得有些與眾不同。事實上，我朋友福爾摩斯不但查案子的天分驚人，而且反應快，思維敏捷，善於掌控大局，所以我喜歡研究他的工作程序，瞭解他迅速破除懸疑過程中的點點滴滴。我已經習慣於他每案必破，甚至腦袋中從未想過他也可能會失敗。

快到四點時，房門開了，一個醉醺醺的馬夫走了進來，臉上髒兮兮的，衣服皺巴巴的，蓄著絡腮鬍子，面紅耳赤。儘管我對福爾摩斯出神入化的化裝術已是習以為常了，但這次我還是再三打量後才認定，這確實是他。他朝我點了點頭，就進了臥室。五分鐘後，福爾摩斯身穿花呢衣服出來了，像過去一樣風度翩翩。他手揣在口袋裡，將腳伸向火爐前，酣暢淋漓地大笑了一陣。

「是啊，可不是嘛！」他大聲說，接著又忍不住地大笑了起來，直到笑得直不起腰，癱倒在椅子上。

「怎麼回事？」

「太好笑了！你肯定猜不出我上午在忙什麼，忙的結果又是什麼。」

「我不知道。我猜，你在觀察愛琳・阿德勒小姐的生活習慣，還有她的住處。」

「一點不錯，但隨後發生的事情太不尋常了。不過，我可以講給你聽。我今天早上八點多離開這裡，扮成一個失業的馬夫。馬夫相互之間非常關愛，彼此就像兄弟一樣。扮作其中的一員，什麼事都能打聽得到。很快，我就找到了布萊尼別墅。那是一座非常精緻的兩層別墅，就建在路邊，後面有一個花園。大門緊鎖，右邊是寬敞的起居室，裝修豪華，長條形的落地窗戶，上面的英國門窗扣件連小孩子都打得開。後面就沒有什麼值得注意的了，只是發現一旦爬上馬車房的頂上，就可以攀上一個通往過道的窗戶。圍著別墅，我轉了一圈，從每個角度近距離地觀察了一番，沒有看到什麼特別之處。

「接著，我順著街道慢慢逛。不出我所料，靠著花園的一側牆邊，有一排馬廄。我過去幫那些馬夫洗馬，賺了兩個便士、一杯混合酒以及兩煙斗裝得滿滿的煙絲。而且，我打聽到想要知道的阿德勒小姐的情況。他們甚至把附近幾家人的情況也講給我聽，我沒一點興趣，可是也只有勉為其難地聽下去。」

「阿德勒小姐的情況呢？」我問。

「噢，那一帶所有的男人都為之傾倒。她是天底下最美的女人。塞彭泰恩的馬夫都說，每個男人都這樣認為。她過著平靜的生活，每天五點出門，到音樂會上去演唱，七點回家吃晚飯。她除了演唱之外，平時很少出門。她只跟一個男人交往，不過卻交往密切。那個男人皮膚黝黑，相貌英俊，活力四射，幾乎每天都要去看她，經常是一天兩次。他就是住在內殿律師學院[41]的戈弗雷·諾頓先生。這下知道有個馬車夫密友的好處了吧？那些馬車夫無數次趕車送他從塞彭泰恩回家，對他的事再清楚不過了。我把他們瞭解的情況都打聽完後，便再次在布萊尼別墅附近來回徘徊，思考我的作戰方案。

「顯然，那位戈弗雷·諾頓是這件事情中的關鍵人物。他是位律師，這聽起來就有問題。他們兩人間是什麼關係呢？他經常出入布萊尼別墅的目的是什麼呢？她是他的委託人，他的朋友，還是情人呢？如果是他的委託人，她很有可能把照片交由他保管。如果是情人，

41倫敦昔日四個專門培養律師的機構之一，另外三個是格雷律師學院、林肯律師學院和中殿律師學院。

那就不大可能了。現在問題的關鍵在於，我是繼續對布萊尼別墅展開調查，還是把注意力轉到那位先生在內殿律師學院的住所。這一點值得好好考慮，因為它會擴大我的調查範圍。我擔心這種瑣碎的細節會讓你厭煩。可是，如果你想瞭解情況，我就必須讓你知道我所遇到的一些小困難。」

「我在認真聽著呢！」我回答說。

「我內心正在權衡時，忽然一輛精緻的雙輪馬車來到了布萊尼別墅前，從車裡跳下一位紳士。他非常瀟灑，黑黑的臉，鷹鉤鼻，留著小鬍子，顯然就是我聽說過的那個人。他好像很急，大聲叫車夫在外面等著，從為他開門的女僕身邊擦過，一副很隨意的樣子。

「他在室內大約逗留了半小時。透過起居室的窗戶，我能看到他的身影。只見他踱來踱去，手舞足蹈地說個不停。至於她，我什麼也沒看見。不久，他便走了出來，好像比先前更著急。他在跨上馬車時，從衣袋裡掏出一塊金錶，急急忙忙地看了看。『快速前行，』他大聲嚷嚷著，『先到攝政街格羅斯─漢基旅館，再去埃奇威爾路的聖莫尼卡教堂。二十分鐘內能趕到的話，給你半個幾尼。』

「馬車離開了，我正尋思要不要跟著，忽然從小巷裡駛來一輛小巧精美的四輪馬車。馬車夫的上衣扣只扣上了一半，領帶飄到了耳朵下方，馬具上所有的金屬箍都從帶扣裡漲出來。車還未停穩，她就從大門奔出，鑽進了車廂。在那一剎那，我只瞥見了她一眼，但已看出她是位非常可愛的女士，其美貌足以令所有男人為她去死。

「『去聖莫尼卡教堂，約翰，』她大聲說，『要能在二十分鐘之內趕到，給你半鎊金幣。』

「華生，這是千載難逢的好機會。我正考慮是趕上前去，還是偷偷跟在後面呢。正在這時，有輛出租馬車從街那邊過來。馬車夫上下打量著我這位衣著寒酸的客人，可還沒等他拒載，我就跳上了車。『聖莫尼卡教堂，』我說，『要能在二十分鐘之內趕到，給你半鎊金幣。』那時是十一點三十五分，顯然有事情即將發生。

「我的馬車飛馳著。我覺得從沒坐過這麼快的馬車，但前面兩輛馬車還是比我們先到。當我趕到時，那輛出租馬車跟那輛四輪馬車早就停在了門前，馬匹正氣喘吁吁地噴著熱氣。我付了錢，快步走進教堂。教堂裡只有我跟蹤的兩人和一位身穿白色法袍的牧師。那位牧師好像正在勸說他們。他們三人正圍在聖壇面前站著。我漫不經心地從旁邊的甬道走了進去，就像是個無所事事的人，一不留心闖進教堂。令我吃驚的是，忽然，聖壇前的三個人都轉過臉來看著我。戈弗雷・諾頓拚命地朝我跑了過來。

「『謝天謝地！』他喊著，『有你就行了。來！來！』

「『怎麼回事？』我問。

「『來，老兄，來，三分鐘就行了，不然就不合法了。』

「我是被半拖半拽著走上聖壇的。還沒弄清楚怎麼回事，我就含混不清地回應著耳邊的低語聲，為我一無所知的事作證。大致的意思是，見證了未婚女子愛琳・阿德勒和單身漢戈弗雷・諾頓兩人的結合。所有這些一下子就結束了。男方和女方一左一右對我表示感謝，而牧師則在面前對我微笑。這是我一生中所遇到的最荒謬的場面。我剛才一想到那事，就禁不住大笑起來了。現在看來，那時他們的婚禮不夠合法，因為沒有見證人在場，所以牧師堅決不同意他們結婚，幸好我出現了，所以新郎不至於跑到大街上去拉一位男儐相。新娘賞給我一鎊金幣。我打算把它拴在錶鏈上做紀念。」

「這真是一件完全出乎意料的事，」我說，「下一步怎麼辦？」

「是啊，我發現我的計畫要做大的變動。那兩人似乎有可能馬上要離開此地，因此我必須立即採取有力的措施。不過，他們在教堂門口分了手。男的坐車回內殿律師學院，而女的則回了她自己的住處。『我跟平常一樣，五點坐車到公園去。』她同他分手時說。我就聽到一句。他們坐車駛向了不同的方向。我也離開，做了些安排。」

「什麼安排？」

「一些鹵牛肉和一杯啤酒，」他回答說，按響了鈴，「我一直忙得不可開交，沒工夫吃東西，今晚我很可能還有更多事情要做。還有就是，醫生，我想要你與我合作。」

「我非常樂意。」

「哪怕犯法也沒關係嗎？」

「我不怕。」

「哪怕萬一被捕也願意？」

「為了正義，我不怕。」

「噢，這是件正當的事情。」

「那麼，我就跟你幹了。」

「我就知道，你靠得住。」

「可是你打算幹什麼呢？」

「特納太太把盤子端上來，我會詳細地跟你說。現在，」說著，他狼吞虎嚥地吃起了房東太太拿來的點心，「只能邊吃邊談了，因為時間不多了。現在快五點了。我們必須在兩小時之內趕到行動地點。愛琳小姐，不，是夫人，將在七點坐車回家。我們必須去布萊尼別墅等她。」

「然後呢？」

「然後就看我的了。我已經安排好了。只有一點你千萬記住了。無論發生什麼，你都千萬不能插手。明白嗎？」

「我什麼事都不插手嗎？」

「什麼事都不用做。也許會有一些小小的不愉快。你不要介入，等我被送進屋裡。四五分鐘之後，起居室的窗戶會被打開。你靠近打開的窗戶，守著。」

「是。」

「你注意看著，我不會離開你的視線。」

「是。」

「一旦看到我舉手，就是這樣，你就把我給你的東西扔進屋裡，同時，大聲喊『著火了』。你完全聽明白了嗎？」

「完全明白。」

「這沒什麼大不了的，」他說著，從口袋裡掏出一個長長的、雪茄形的捲筒說，「這是一隻管子工常用的煙幕彈，兩端都有蓋子，能自動燃燒。你就負責這樣東西。當你大喊著火的時候，很多人都會趕過來救火。這時你就走到街的那頭去。我十分鐘後與你會合。你都聽明白了嗎？」

「我什麼事都不幹，就站在窗戶旁邊，盯著你看，一有信號，就把這東西扔進去，然後喊『著火了』，再到街的拐角等你。」

「完全正確。」

「那你就放心吧。」

「太好了。我想，也許我該為自己扮演的新角色做些準備了。」

說完，他進了臥室。幾分鐘後，他出來時，已化裝成了一個和藹、純樸的新教牧師。他頭戴寬簷的黑帽，身穿寬鬆垂下的褲子，脖子上繫著白色領帶，臉上掛著讚許的笑容，眼神中有一種理解、善意和好奇。恐怕只有約翰・哈爾[42]先生可以和他相媲美。福爾摩斯不僅換了服裝，連他的神情、他的舉止，甚至他的整個靈魂，似乎都變成他所要裝扮的那個新角色的了。當他成為犯罪學專家時，舞台上就少了一位優秀的演員，學界少了位敏銳的推理專家。

六點一刻，我們離開了貝克大街。我們提前十分鐘到達了塞彭泰恩大街。黃昏時分，已是華燈初上。我們在布萊尼別墅外面踱來踱去，等待屋主回來。那幢別墅確實正如福爾摩斯向我簡單描述的那樣，但所處的位置卻並不像我所想的那麼偏僻。恰恰相反，周圍都很安靜，而這裡有了一條小街，所以顯得生機勃勃。街頭拐角處，有一群衣著寒酸的人抽著煙，說說笑笑的，一個磨剪刀的人在腳踩磨輪磨剪刀，兩個保安正在跟保姆調情，還有幾位穿著體面的年輕人，嘴裡叼著雪茄煙晃來晃去的。

「華生，你看，」我們在房前來回踱步時，福爾摩斯說，「他們倆的婚事倒使得情況變得簡單了。現在，那張照片也成了一把雙刃劍。愛琳・阿德勒也有可能害怕照片被戈弗雷・

42約翰・哈爾（John Hare，一八四四至一九二一），英國著名的演員，善演老人角色而聞名。

諾頓看見，就像我們的委託人害怕它被公主看見一樣。眼下的問題是，我們到哪兒去找那照片呢？」

「是啊，在哪兒呢？」

「我想她隨身攜帶的可能性最小。這是張大尺寸的照片，衣服裡面藏不下。她知道，國王可能會攔路搜查她，這種事已經有過兩回了。所以，我們可以認為，她沒把相片放在身上。諸如此類的嘗試國王試過兩次了。」

「那會放在什麼地方呢？」

「放在銀行裡，或者律師那裡。不過，我覺得，不管哪一種都不大可能。女人生來就喜歡有自己的小秘密，她們喜歡用自己的方式保密。那她怎麼會把照片交給別人呢？她相信只有在自己手上才是安全的，可是她不清楚這對一個生意人會產生什麼間接的影響，或者政治上的影響。另外，你應該記得，她是決定要在幾天內用到這張照片的。所以，照片一定放在隨時可以拿到的地方，一定在她的房間裡。」

「可屋子已經被盜過兩次了。」

「咳！他們不懂得如何去找。」

「那你怎麼找呢？」

「我不用去找。」

「你什麼意思？」

「我會讓她自己拿出來給我看。」

「她不會這麼幹的。」

「她只能這麼幹。我聽見馬車聲了，是她乘坐的馬車。現在嚴格按照我的指令行事。」

正說著，就見馬車兩側車燈的亮光轉了個彎，駛了過來。一輛小巧精緻的四輪馬車嗒咯嗒地來到了布萊尼別墅前。馬車剛停下，一個流浪漢就從角落裡衝上前去開車門，希望能夠賺個銅板，但旁邊另一個流浪漢也想要，於是把他推到了一邊。兩人大吵了起來。兩個保安和磨剪刀的人也跟著湊熱鬧，分別幫襯著一個流浪漢，加入了戰團。

也不知是誰動了手，裡面的女士剛一下車，就被吵得面紅耳赤的這些人圍在了中央。這些人發了瘋似的朝對方拳打腳踢。福爾摩斯衝進人群中去保護那位女士，可剛擠到她身邊，就大叫了一聲，倒在地上，滿臉鮮血直流。眾人見他倒下了，四散逃跑了。旁邊看熱鬧的幾個穿著體面的人圍上前來幫忙，扶起了受傷的人。愛琳・阿德勒——儘管她已嫁作人妻，但我還是願意這樣稱呼她——急忙跑上台階，到最上面的一級後，她停下腳步往回看。門廳裡的燈光勾勒出她曼妙的身材。

「那位可憐的先生傷得厲害嗎？」

「他死了。」幾個人大聲說著。

「不，不，他還有氣呢，」另一個喊著，「但恐怕沒等送到醫院，他就完蛋了。」

「他真勇敢，」一個女人說，「要是沒有他，那位女士的錢包和手錶恐怕早就被搶走了。他們是一夥的，太沒教養了。啊，他現在能呼吸了。」

「不能讓他躺在大街上，女士，我們能把他抬到屋裡去嗎？」

「當然可以。請把他抬到起居室，那兒有張沙發，可以躺躺。請跟我來吧！」

大家小心翼翼地把他抬進了布萊尼別墅的客廳。我站在窗戶邊，目睹了事情的整個經過。屋裡的燈亮了，可百葉窗卻沒有拉下，我看見福爾摩斯躺到了長沙發上。我不知道，此時此地，他是否對自己所扮演的角色感到愧疚。但是，我卻感到一生中從未有過的羞愧。竟然對這麼美麗的人耍起了心眼，竟然欺騙守在傷者身邊盡心盡力照看的女士。不過，現在要是把福爾摩斯交代我做的事情丟下不幹了，那對他簡直就是最無恥的背叛。我狠了狠心，從大衣裡掏出煙幕彈。我想，我們畢竟不是要傷害她。我們只不過想要阻止她去傷害別人。

福爾摩斯坐靠在長沙發上，看他那樣子像是需要呼吸新鮮空氣。一個女僕走過來，猛地把窗戶推開。就在那一剎那，我看見他舉起了手。看到信號，我把煙幕彈扔進屋裡，喊著：「著火啦！」話音剛落，所有看熱鬧的人，穿得體面的和穿得寒酸的人，包括紳士、馬夫和女僕，都大聲尖叫起來，「著火啦！」屋裡濃煙滾滾，從開著的窗戶冒了出去。煙霧中，我看見一個個狂奔逃命的人影。過了片刻，我聽到屋裡傳來福爾摩斯說要大家放心，那只是一場虛驚的聲音。我從驚叫的人群中快步穿過，來到街道的拐角。不到十分鐘，我很高興地看到了我的朋友。他挎著我的胳膊，逃離了騷亂的現場。他快步疾走，一聲不吭，幾分鐘後來到了一條通往埃奇威爾路的僻靜街道。

「醫生，你幹得真漂亮，」他說，「最漂亮不過了，一切都順利。」

「照片拿到了嗎？」

「我知道放在哪兒了。」

「你怎麼知道的？」

「正如我和你說過的那樣，是她把照片拿給我看的。」

「我還不大明白。」

「我來跟你說吧，」他笑著說，「事情很簡單。當然，你應該看出來了，街上的所有人都是我們一夥的。我今晚雇他們來的。」

「我猜也差不多是這樣。」

「兩邊吵起來的時候，我手裡拿著一小塊濕的紅顏料，衝了上去，跌倒在地，用手捂在臉上，就成了一副可憐兮兮的樣子。這是老把戲了。」

「這個我也猜出來了。」

「之後他們抬我進去，她也一定會讓我進去。她還能怎麼辦？我料到，會把我安排在她的起居室裡。照片不是藏在起居室，就是藏在了她的臥室。我決定要看看，究竟是在哪個房間裡。他們把我擱在長沙發上，我示意通通風，他們只好推開了窗戶，於是你的機會就來了。」

「這對你有何用呢？」

「這非常重要。一個女人意識到房子著火時，就會立刻本能地搶救她最珍愛的東西。這是無法改變的本能衝動，我已不止一次地利用過這一點。在達靈頓頂替醜聞案中，我就是利用了這一點，在阿恩沃思城堡案中也是如此。結了婚的女人趕緊抱起她的孩子，沒結過婚的則是趕緊拿起首飾盒。所以，我非常清楚，對於今天的這位女士來說，屋子裡沒有東西會比我們要找的那件東西更珍貴了。她一定會衝去抱在懷裡。火警所產生的效果太好了。煙霧和叫聲足以動搖她鋼鐵般的意志。她的反應正是我所想要的。推開右邊門鈴按鈕上方的一道暗門，後面有個壁龕，相片就藏在裡面。她飛快地推門伸手進去，我瞥見她正要把那張照片抽出來。我大喊，這是一場虛驚。她又把相片放回去了，看了一眼煙幕彈，就衝出了房間，此後我就再也沒見她進來。我站了起來，找個藉口溜了出來。我曾猶豫了一下，是否當時就把照片拿出來，可是馬車夫進來了。他盯得很緊，看來只有再等其他機會了。太莽撞了，會壞事的。」

「現在怎麼辦？」我問。

「我們的調查實際上已經結束了。明天我和那位國王一起上門去拜訪她。如果你願意一起去的話，你也去。僕人會把我們引進起居室，等候那位女士。不過，等她出來會客時，我們就帶著那張照片離開了。國王陛下如果能夠親手拿回那張照片，一定會很滿意的。」

「你們什麼時候去拜訪她呢？」

「早上八點。那時她還沒起床，這樣我們就好辦事了。而且，我們必須速戰速決，因為結婚可能會使她的生活習慣完全改變。我馬上給那位國王發電報。」

說著，我們走到了貝克大街，在門口停了下來。他正要從口袋裡掏出鑰匙來，從過路的人群中傳來一個聲音：

「晚安，夏洛克・福爾摩斯先生。」

這時，人行道上還有很多人。這句問候語好像是一個瘦長的青年男子說的，只見他穿著大衣，從邊上匆匆走過。

「我以前聽過這聲音，」福爾摩斯說，他望著燈光昏暗的街道，「但我不記得是在哪裡聽過。」

三

那天晚上，我就住在了貝克大街。早上，波希米亞國王急匆匆地進屋時，我們正在吃著烤麵包，喝著咖啡。

「照片真到手了嗎？」他抓住夏洛克・福爾摩斯的雙臂，滿臉期待地大聲說。

「還沒呢。」

「你有把握嗎？」

「我有。」

「那麼，走吧。我一刻也等不了啦。」

「我們要叫輛馬車去。」

「不用，我的四輪馬車就在外面等著呢。」

「這樣就省事了。」我們三人下了樓，再次動身前往布萊尼別墅。

「愛琳・阿德勒已經結婚了。」福爾摩斯說。

「結婚了？什麼時候的事？」

「就在昨天。」

「和誰？」

「跟一個叫諾頓的英國律師。」

「可她不愛他。」

「我倒是希望她愛他。」

「你為何希望這樣呢？」

「這樣一來，陛下你就完全不用擔心她會給你帶來麻煩。如果那位女士愛她丈夫，她就不會愛陛下了。如果她不愛陛下，那她就沒理由去干涉你的婚姻了。」

「這倒是。可是……啊，要是我們沒有門戶之別就好了！她會是位很好的王后！」說完，他便沉默不語，直到馬車在塞彭泰恩大街停下時，都是鬱鬱寡歡的樣子。

布萊尼別墅的大門敞開著，一位上年紀的婦人站在台階上。她冷眼看著我們從四輪馬車上下來。

「我想，是夏洛克・福爾摩斯先生吧？」她說。

「我是福爾摩斯。」我的同伴一臉詫異地望著她，回答說。

「真的！女主人告訴我，你很有可能會來。今天早晨她跟她的先生一起走了，乘五點十五分的火車從查令十字街到歐洲大陸去了。」

「什麼！」夏洛克・福爾摩斯倒退了兩步，蒼白的臉上寫滿了懊惱和驚訝，「你是說，她離開英國了嗎？」

「再也不回來了。」

「那照片呢？」國王聲音嘶啞地問，「一切都完了！」

「我們要看一下。」福爾摩斯推開女僕，衝進休息室，那位國王和我尾隨其後。傢俱散亂地擺得到處都是，台板拆了下來，抽屜開著，那位女士似乎在臨走前匆匆忙忙地把家裡翻了個底朝天。福爾摩斯衝到門鈴按鈕處，拉開一塊活動擋板，伸進掏出一張照片和一封信。照片上的愛琳・阿德勒穿著晚禮服，信封上寫著：「夏洛克・福爾摩斯閣下，留待本人親收。」我的朋友把信拆開後，三個人圍著看這封信。寫信的時間是午夜。信上這樣寫：

尊敬的夏洛克・福爾摩斯先生：

你真的做得很棒。我完全被你給騙了。直到火警出現，我才懷疑到你。不過，那時我意識到秘密已經暴露，我就開始想到。幾個月前，就有人提醒我，要提防你。他們說，要是國王雇用偵探的話，那一定非你莫屬，他們還告訴了我你的住址。不過，儘管這樣，你還是從我這裡知道了你想知道的。甚至在我起了疑心後，我還是難以相信，這樣一位和藹可親的老牧師怎麼會是壞人。但是，你知道，我也是位訓練有素的女演員，對男性的裝扮也不陌生。有時為了方便，我也經常女扮男裝。我派約翰，也就是那個車夫，監視你。自己則跑上樓，換上男裝。不過我稱之為便服，就在你離開時，我下了樓。

接著，我尾隨著你，到了你家門口。這樣一來，我就能肯定，著名的夏洛克•福爾摩斯先生真的盯上我了。於是，我非常冒失地向你道了聲晚安，然後去內殿律師學院找我的丈夫。

我倆都認為，被你這麼一位可怕的對手盯上了，最好的辦法就是遠走高飛，因此，你明天早晨來的時候，會發現已是人去樓空了。至於照片，你的委託人儘管放心。我愛上了一個比他更好的男人，他也深愛著我。雖然那位國王做過對不起我的事情，但我也不會阻礙他的婚姻，他盡可以做他想做的事。我保存那張照片，只是為了保護我自己，正如珍藏一件能永保我安全的護身符。我現在留一張相片給他，他也許願意珍藏。謹此向你致敬，尊敬的夏洛克•福爾摩斯先生。

愛琳•阿德勒•諾頓敬上

「了不起的女人啊，了不起的女人！」我們看信時，波希米亞國王大聲說，「我跟你們說過，她非常機智、果敢。她本可以成為一位人民愛戴的王后，可惜啊，我們不是一個層次的人。」

「根據我所看到的，她確實與陛下不是一個層次的，」福爾摩斯冷冷地說，「對不起，我沒能把陛下交給的差事辦得更妥當些。」

「恰恰相反，親愛的先生，」國王說，「我想，再也沒有一個結局比這更完美的了。我知道，她是個說話算話的女人。現在，那張照片就跟燒掉一樣，我也就放心了。」

「非常高興能聽陛下這麼說。」

「我對你真是感激不盡。請告訴我，怎樣獎勵你才好呢？這枚戒指……」他從手指上摘下一隻蛇形的綠寶石戒指，放在手掌上遞給他。

「在我看來，陛下有一件比這戒指更貴重的東西。」福爾摩斯說。

「你儘管說。」

「就是這張照片！」

國王驚訝地望著他。

「愛琳的照片！」他大聲說，「當然可以，如果你想要的話。」

「謝謝陛下。那麼此事就算了結了吧。我恭祝你早安。」他鞠了一躬，轉身便離開了，沒看一眼國王向他伸出的手掌，與我一起回到了他的住處。

這就是波希米亞王國受到一樁巨大醜聞的威脅，以及福爾摩斯的完美計畫被一個女人的智慧所挫敗的經過。他過去總是嘲笑女人的智商，但近來很少聽到他這樣說了。每次他提到愛琳・阿德勒或她那張照片時，他總是對那位女士充滿敬意。

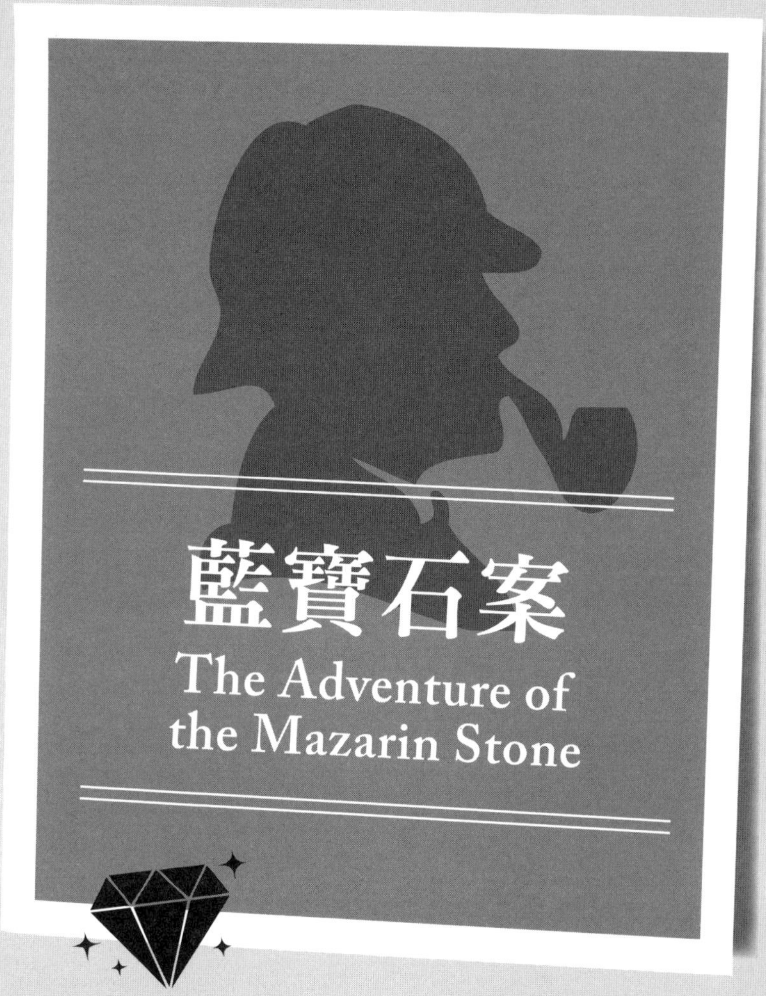

藍寶石案

The Adventure of the Mazarin Stone

耶誕節後的第二天上午，我前去拜訪了我的朋友夏洛克・福爾摩斯，向他致以新年的問候。他身穿一件紫色的晨衣，懶洋洋地躺在沙發上，右手邊放著煙斗架，身旁是一堆皺巴巴的晨報，顯然剛才已仔細讀過了。沙發旁放著一把木椅，靠背的角上掛著一頂破破爛爛、髒兮兮、硬梆梆的帽子，好幾個地方都開了口子，根本就沒法戴了。椅子上放著一個放大鏡和一把鑷子。我看出來了，正是為了便於觀察，他才把那頂帽子這樣掛在椅子上的。

「你忙著呢，」我說，「我可能打擾你了吧。」

「沒有的事，有個朋友來和我談談我的發現，可高興啊。這對我來說是件不足一提的小事。」——他的大拇指朝那頂帽子晃了晃——「但是，它牽涉的一些東西，也並非完全不值一提，甚至可以說很有啟發意義。」

我找了張椅子坐下，雙手放於劈啪作響的爐火前取暖。外面已經下了霜凍，窗戶上結了厚厚的一層冰凌。「我猜，」我開口說，「這頂帽子儘管很平常，但一定牽涉某樁性命攸關的案件吧。它應該是引導你解開某個疑團的線索，罪犯必然會因它而受到應有的懲罰。」

「不，不，沒有什麼罪案，」夏洛克・福爾摩斯笑著說，「不過是一件有點古怪的小事情罷了。在這塊只有幾平方英里的地方，四百多萬人每天摩肩接踵，難免會有這種事情發生。在如此密集的人群中，你來我往的，什麼樣的事情都可能發生。許多小問題如果沒有罪案摻雜其間，倒是顯得不同尋常，甚至有些怪異了。對這種事情，我們有過經歷的。」

「一點不錯，」我說，「我把上次的六椿案件都已經記入筆記本中去了，其中的三樁完全沒有涉及司法犯罪。」

「的確如此，你可以想想，愛琳・阿德勒的照片尋蹤案，瑪麗・薩瑟蘭小姐的奇案，還有歪嘴乞丐謎案。我可以肯定，這件小事也屬於同一類無罪犯的案子。你認識門衛彼得森嗎？」

「認識。」

「這就是他的戰利品。」

「這是他的帽子？」

「不，不是。是他撿到的，不知道是誰的。請不要只是把它當作一頂破禮帽來看，你把它看成一個考驗智慧的問題。首先是這頂帽子的來歷。它是耶誕節的早上送過來的，當時還有隻大肥鵝。我毫不懷疑，現在那隻鵝正在彼得森的爐前烤著呢。

「事情是這樣的：耶誕節凌晨大約四點的時候，你知道，彼得森是個老實的傢伙。他和朋友一起歡聚後，走在回家的路上，途經托特納姆法院路。借著煤氣燈，他看到前面有個高個男子，步履蹣跚地走著，肩上掛著一隻白鵝。當彼得森走到古治街拐角處時，這個陌生男子和幾個無賴發生了一場爭執。一個無賴把他的帽子打落在地上，陌生男子拿起棍子自衛，高舉起棍子揮舞著，把背後商店的玻璃窗給砸碎了。彼得森衝上前去，想要護住他。但是，陌生男子因為打破了玻璃而驚慌不已，看到他身上穿著制服，以為是警官朝他衝了過來，便把手裡的鵝丟下，拔腿逃跑了，消失在托特納姆法院路後面迷宮似的小巷裡。那群無賴看見彼得森也馬上逃之夭夭了。這樣，原來的戰場上就只剩下彼得森了，還有兩件戰利品：一頂破禮帽和一隻上等的聖誕大肥鵝。」

「他肯定是想把那些東西物歸原主吧？」

「親愛的夥計，問題就在這裡。確實，那隻鵝的左腿上繫著一張寫有『給亨利・貝克夫人』的小卡片，而且這頂帽子的襯裡也的確清晰地寫有姓名縮寫『H.B.』。但是，在我們這座城市裡，姓貝克的人數以千計，而名叫亨利・貝克的人有數百個，所以要在這麼多人中間找到失主，把東西還給他，不是件容易的事。」

「那彼得森是怎麼辦的呢？」

「他知道，哪怕是再小不過的問題都會引起我的興趣，所以耶誕節早晨他就帶著帽子和鵝到我這裡來了。一直到今天早上，那隻鵝都放在我們這裡。儘管天氣不是很冷，但鵝眼看就不行了，不能再留著了，最好還是把牠吃了。因此，那個撿到鵝的人把牠帶走了，去履行一隻鵝最終的命運，那位不知名的先生把一頓聖誕大餐給丟了。不過，他的帽子我留了下來。」

「他沒登尋物啟事嗎？」

「沒有。」

「那麼，關於那個人的身分你有什麼線索嗎？」

「我們就只能去推測了。」

「根據帽子？」

「完全正確。」

「你真是開玩笑。從這頂又破又舊的禮帽上，你能推測出什麼？」

「拿著我的放大鏡。你知道我的方法。你看看，戴這頂帽子的那個人是什麼樣的個性？」

我把破帽子拿在手中，無奈地把它翻過來看了看。這是一頂非常普通的圓形黑色禮帽，硬梆梆的，沒法再戴了。原本紅色的絲綢襯裡已經完全褪了色。沒有生產商的名稱，但正如福爾摩斯所說，帽子的一側草草地寫有姓名縮寫字母「H.B.」。帽簷上穿有孔洞，原本裝上了鬆緊帶，起固定作用的，但鬆緊帶卻已經不見了。帽子的其他各處都已開裂，滿是灰塵，汙跡斑斑的。主人似乎為了掩飾帽子上幾塊褪色的補丁，用墨水把上面都塗黑了。

「我看不出什麼。」我說著，把帽子還給我朋友。

「恰恰相反，華生，你什麼都看出來了。但是，你沒有用所看到的東西去做推論。你是太過謹慎，才無法做出推斷的。」

「那麼，請告訴我你從這頂帽子中能得出什麼推斷呢？」

他拿起帽子，仔細端詳著，臉上又浮現出他那一貫個性鮮明、若有所思的神情。「也許我的推斷並不全面，」他說，「不過，有幾點推斷是明擺著的，還有幾點需要有很強的推理能力才能推斷出。從這頂帽子的外觀一眼就能看出，此人很有學識，在過去三年裡，生活很富裕，只不過現在落魄了。他原本是個很有遠見的人，但現在遠不如從前了，隨著他的經濟狀況惡化，他的人品也在墮落，似乎染上了一些惡習，很可能是酗酒。這也就能解釋一個明顯的事實，他的夫人不再愛他了。」

「親愛的福爾摩斯！」

「不過，他還是維護著自己的些許尊嚴，」他接著說，對於我的不滿情緒不管不顧，「他離群索居，很少外出，從不鍛煉身體。他已到中年，頭髮灰白，幾天前剛剛理過，還抹了髮膏。這些推斷都是基於他的帽子做出的，再明顯不過了。還有就是，他家裡根本不可能裝有煤氣燈。」

「你肯定是在開玩笑吧，福爾摩斯。」

「一點都不開玩笑，現在我把結果都告訴你了，難道你還看不出是怎麼推斷出來的嗎？」

「我確實是很笨，但我還是得承認，我不懂你說的話。比如說，你怎麼知道此人有學識呢？」

聽我這樣問，福爾摩斯把帽子扣在了自己頭上。帽子一下子蓋過前額，罩到鼻樑上了。

「這裡有個腦容量的問題，」他說，「這麼大一個腦袋的人，裡面一定有點貨色吧！」

「那又怎麼看得出他落魄了呢？」

「這頂帽子用了三年。那時這種平簷、卷邊的帽子很時興。帽子的做工非常好。看看這條有紋路的絲帶兒和做工細緻的襯裡。要是此人三年前能買得起這麼貴的帽子，但後來一直沒買新帽子，那他一定是日子越過越慘了。」

「對，當然，這一點很清楚。但你怎麼知道他有遠見，又說他墮落了呢？」

夏洛克・福爾摩斯笑了。「這就是他的遠見，」他說，手指著固定帽子用的小圓片和搭環，「市面上賣的帽子上沒這玩意。如果此人訂做了一頂這樣的帽子，那就說明他有些遠見，因為他想出這個辦法，是要防止風把帽子刮跑。可是，我們又看到他把鬆緊帶弄壞了，又懶得換一根。顯然，他現在遠不如從前想得長遠了。這是他本性消沉的一個明顯證明。另一方面，他用墨水掩飾帽子上的污痕。這表明他還沒完全喪失自尊心。」

「你的推論的確是貌似有理。」

「另外的那幾點，諸如此人已屆中年，頭髮灰白，最近剛理過髮，頭上抹過髮膏，都是仔細檢查帽子裡襯邊緣後推斷出來的。通過放大鏡可以看到許多斷髮，是理髮師用剪刀齊整地剪下來的，一縷一縷的，明顯可以聞到髮膏的氣味。你也看得到，帽子上的灰塵不是街道上那種夾雜細粒的灰色塵埃，而是房間裡那種棕色的絨狀塵埃。這說明帽子大部分時間是掛在房間裡的。另一方面，襯裡的汗漬清楚地表明戴帽子的人汗腺發達，因此不可能經常鍛煉。」

「可你怎麼說，他夫人不再愛他了？」

「帽子好多個禮拜都沒洗刷過。親愛的華生，要是看見你的帽子積了個把禮拜的灰塵，而你夫人就讓你這樣出門，我擔心，你也非常不幸地失去了夫人的愛了。」

「但他也許是個單身漢呢。」

「不會的，那天他正要把鵝帶回家去討好妻子呢。你可別忘了鵝腿上繫著的那張卡片。」

「不管怎麼問，你都有說辭。可你究竟是如何推斷出他家裡沒裝煤氣燈呢？」

「要是只有一滴甚至是兩滴燭油，那可能是不小心滴上的，但我發現帽子上至少有五滴燭油，我想，此人無疑經常接觸到燃燒著的燭油。很可能晚上上樓時，一手拿著帽子，一手拿著蠟燭，燭油一滴滴地往下淌。總之，他不可能從煤氣燈上沾到燭油。這樣的解釋你滿意嗎？」

「啊，真是獨具匠心啊，」我笑著說，「不過，你剛才說，這其中沒有犯罪行為，也沒有造成什麼傷害，只不過是丟了隻鵝罷了。既然如此，那你分析這些東西，似乎是白費氣力。」

夏洛克・福爾摩斯剛要張嘴搭話，房門猛地被打開，門衛彼得森衝了進來，臉漲得通紅，一副驚呆了還未緩過來的模樣。

「鵝，福爾摩斯先生！鵝，先生！」他喘著氣說。

「鵝怎麼啦？牠活過來，拍著翅膀從廚房的窗戶飛走了嗎？」福爾摩斯在沙發上轉過身來，盯著來人那張激動的面孔說。

「先生，看這兒！你看我妻子從牠的嗉囊裡發現了什麼！」他伸出手，手掌心上放著一顆光彩奪目的藍寶石，體積上比黃豆小很多，但卻非常純淨，璀璨照人，在他的手心裡閃爍著，就像是黑洞裡的電光。

夏洛克・福爾摩斯打了一聲響哨，坐直了身子。「上帝啊，彼得森！」他說，「確實是件無價之寶。我想，你知道到手的是什麼吧？」

「先生，是鑽石嗎？一顆寶石。用它劃玻璃就像是切泥巴一樣。」

「這不是顆普通的寶石，而是那顆寶石。」

「不會是莫卡伯爵夫人的藍寶石吧？」我忍不住大聲說。

「一點都不錯！我最近每天都看《泰晤士報》，上面有尋找這顆寶石的啟事，知道它的大小和形狀。這顆寶石絕對是獨一無二的。雖然不清楚它的價值，但光懸賞就是一千英鎊。這個價格肯定不到它市場價的二十分之一。」

「一千英鎊！仁慈的主啊！」門衛撲通一下，跌坐在椅子上，眼睛在我和福爾摩斯身上掃來掃去。

「那只是賞錢。我聽說，它背後還牽扯到私人的感情因素，所以要是能幫她找回這顆寶石，伯爵夫人哪怕拿出一半財產也願意。」

「如果沒記錯的話，這顆寶石是在『四海酒店』丟的。」我說。

「確實如此，十二月二十二日，也就是五天前，有位名叫約翰・霍納的管子工，被指控從伯爵夫人的首飾盒裡偷了這顆寶石。由於他犯罪證據確鑿，該案已提交給巡迴審判庭了。我記得，這裡還有一點關於此事的記錄。」他在一疊報紙裡翻著，眼睛掃過上面的日期，最後抽出一張，對折後念出了以下內容：

四海酒店寶石被劫。約翰・霍納，二十六歲，管子工，於本月二十二日從莫卡伯爵夫人首飾盒中盜取一顆貴重的藍寶石，因而被提起訴訟。酒店侍者領班詹姆士・賴德出具證詞如下：案發當日，他曾帶約翰・霍納到莫卡伯爵夫人的化妝間，因壁爐的第二根柵條鬆動，需要焊接。他和霍納在房間裡逗留片刻後，便被人叫走。回來後，發現霍納已離開，而梳粧檯被人撬開，裡面的摩洛哥小首飾盒放在梳粧檯上，裡面空空如也。後來才得知，伯爵夫人一般把寶石放在該盒內。賴德立即報案，霍納於當晚被捕。但在霍納身上及其家中均未找到寶石。伯爵夫人的女僕凱薩琳・丘薩克宣誓作證說，聽見賴德發現被盜寶石時發出的驚叫聲，說她衝進房間時所看到的情景與前一證人所述相符。B區佈雷茲特里特巡官作證說，霍納被捕時曾瘋狂反抗，拚命辯解說自己無辜。有證據表明他有過偷盜前科，地方法官不願草率從事，故將此案提交巡迴審判庭。霍納在審訊過程中情緒過於激動，聽到判決竟昏倒過去，隨即被抬出法庭。

「哼！警察局和法庭就是這樣子，」福爾摩斯把報紙往邊上一扔，若有所思地說，「我們現在要解決的問題是，理順一下事情的經過：從首飾匣被盜開始，到從托特納姆法院路撿到的那隻鵝的嗉囊中發現寶石為止。你看看，華生，我們剛才隨便做的小推論突然有了重要的價值，不再是與罪案無關的推理了。這就是那顆寶石，可它卻到那隻鵝的嗉囊裡了，而那隻鵝又是亨利・貝克先生的。我已經向你分析了那位先生的破帽子，還有他所有其他的特徵。因此，我們現在必須認真地去尋找到那位先生，弄清他在這個小小的神秘事件中扮演了什麼角色。要做到這一點，最簡單的方法，無疑就是在所有的晚報上刊登招領啟事。我們就先從這裡入手。要是不奏效，我再用其他的方法。」

「啟事上說什麼呢？」

「給我一支鉛筆和一張紙。對，那就這樣說：

　　茲於古治街角拾到鵝一隻，黑色禮帽一頂。敬請亨利・貝克先生於今晚六時三十分至貝克大街二百二十一號B座，領回原物。

「這樣就清楚明瞭了。」

「非常清楚明瞭，但他會看到這則啟事嗎？」

「啊，他肯定會關注報紙的。因為，對一個窮人來說，這個損失是很大的。他顯然是因為打破玻璃闖了禍，又看到彼得森向他衝過來，嚇得要命，一心只顧得逃跑了。不過，事後他一定會非常後悔，恨自己一時衝動把鵝給丟下了。而且，上面提及了他的名字，每個認識他的人都會要他去看報的，他肯定會看到的。拿著這個，彼得森，跑趟廣告公司，把這個刊登在今天的晚報上。」

「登在哪家報紙上，先生？」

「噢，《環球報》、《星報》、《蓓爾美爾報》、《聖詹姆斯宮報》、《新聞晚報》、《回聲報》，還有其他任何您知道的報紙都行。」

「好的，先生，那顆寶石呢？」

「啊，對，我先拿著。謝謝您，還有，我說啊，彼得森，回來的路上幫我買隻鵝過來。你們家現在吃的那隻鵝是那位先生的，我得有隻鵝給他。」

門衛走後，福爾摩斯舉起寶石對著光線把玩起來。「多美啊，」他說，「你看它是多麼光彩奪目啊！當然，它也是罪案的焦點和核心。所有美麗的寶石都是如此。它們是魔鬼摯愛的誘餌。在更大的和更古老的寶石上，每個切面都沾滿了血跡。這顆寶石問世還不到二十年，是在中國南方的廈門河岸上發現的。它非常奇特，擁有紅寶石所有的特點，但把它放在陰涼處，卻是藍色。雖然傳世時間不長，但已經有一段災難史了。為了這顆四十格令[43]重的結晶碳，發生過兩起謀殺案，一次硝酸毀容案，一次自殺，此外還有幾起搶劫案。誰能想到這麼漂亮的玩意竟會把人領上絞刑架，帶進監獄呢？我現在要把它鎖進保險櫃，然後寫封信給伯爵夫人，說我們找到了這顆寶石。」

「你認為霍納是無辜的嗎？」

「我無法肯定。」

「好，那你認為亨利・貝克那個人與此事有關嗎？」

「我想亨利・貝克很可能對此事一無所知。他絕對想不到，手裡的鵝遠比一隻金子鑄成的鵝值錢得多。不過，如果有人看到啟事來找我們，我還要做個非常簡單的測試，才能確定。」

43英美制最小重量單位，一格令等於〇・〇六四八克。

「那你現在什麼事也沒有嗎？」

「沒有。」

「既然如此，我就去看看我的病人。不過，我今晚會在你說的那個時間回來，我想看看這麼複雜的問題是如何解決的。」

「你能來，我會很高興。我七點吃晚飯，我想，晚餐應該是隻山鷸。不過，鑒於最近發生的這些事，也許我應該請赫德森太太檢查一下那隻山鷸的嗉囊。」

我因為要給一個患者看病，耽誤了一點時間。等我回到貝克大街時，已經過了六點半。當我走近寓所時，看見一個高個男子，頭戴蘇格蘭無邊呢帽，身上外套的鈕扣一直扣到下巴處，他站在屋子外面，明亮的燈光從一扇氣窗射出，正好照在他的身上。我剛好走到門口，門就開了，我們兩個人一起被領進了福爾摩斯的房間。

「我相信，您就是亨利・貝克先生吧，」他說著，從扶手椅上站起身來，擺出一副平易近人的神態，與客人打招呼，「請坐到壁爐邊的這把椅子上，貝克先生。今天晚上很冷，我看得出，您的血氣循環夏天比冬天強。啊，華生，您來得正是時候。這是您的帽子嗎，貝克先生？」

「是的，先生，這確實是我的帽子。」

他塊頭很大，膀大腰圓，腦袋碩大，臉龐上寬下窄，透出幾分睿智，棕色的絡腮鬍子已有些泛白了。鼻子和臉頰上有些紅潤，手伸出時微微顫抖，我不禁想起福爾摩斯對其生活習慣的推測。他身上那件褪色的黑色禮服前面全都繫得好好的，連領子都立了起來，袖子下露出細長的手腕，看不到袖口，也不知裡面有沒有穿襯衣。他說起話來，慢吞吞的，時斷時續，斟酌著措辭。他給人總體的印象是：這位男子雖然是個很有學識的文人，可惜時運不佳。

「這兩樣東西放在我們這兒好多天了，」福爾摩斯說，「我們一直希望能從您的尋物啟事上瞭解到您的住址。我不明白您為什麼不登尋物啟事呢？」

來人尷尬地笑了笑。「現在不比從前了，我實在是囊中羞澀了，」他說，「我還以為，襲擊我的那群無賴把我的帽子和鵝帶走了。既然沒有希望拿回來，我也就不想花這個冤枉錢了！」

「說得不錯。順便說一句，那隻鵝，我們不得已把牠吃了。」

「吃了！」來人激動得差點從椅子上站起身來。

「是的，要是我們不這樣做的話，等壞了就只有把牠扔掉了。不過，餐櫃上那隻鵝的重量和你的那隻差不多，而且很新鮮。我想，你同樣能用得上的。」

「噢，那當然，當然。」貝克先生舒了一口氣說。

「當然，您那隻鵝的羽毛、腿、嗉囊等，我們都還留著了。所以，要是你希望——」

對方突然哈哈大笑起來。「這兩樣東西也許還有些用，是我此次經歷的紀念品，」他說，「但是，除此之外，我實在看不出我那隻鵝身上的零碎對我有什麼用。不用了，先生，我想，既然您已應允，我只關心那隻美妙的鵝，我眼裡只有餐櫃上的那隻鵝。」

夏洛克・福爾摩斯快速瞥了我一眼，輕輕聳了聳肩膀。

「好的，這是您的帽子，這是您的鵝，」他說，「順便問一聲，能否麻煩您告訴我們，您那隻鵝是在哪裡買的？我對家禽有些興趣，還從未見過長得那麼好的鵝。」

「當然可以，先生，」他說著，站起身來，把失而復得的財物夾在了腋下，「我們有些朋友經常出入博物館附近的阿爾法酒店。您知道，我們白天都在博物館裡。今年，那位名叫溫蒂蓋特的好店主創辦了一個鵝俱樂部。只要每個禮拜向俱樂部繳納幾個便士，我們每個人在耶誕節就都能得到一隻鵝。我按時繳了費，後面的事您都知道的。非常感謝您，先生，我現在戴的這頂蘇格蘭帽不適合我這個年紀的人戴，顯得不夠穩重。」他向我倆鄭重地鞠了一躬，一臉的自負，顯得非常滑稽可笑。隨即，他就大步走了。

「亨利・貝克先生的事情就到此為止了，」福爾摩斯說著，隨手把門關上，「非常明顯，他對藍寶石的事情一無所知，華生，你餓了嗎？」

「不是很餓。」

「那麼，我建議，再晚點兒吃晚餐。我們應該趁熱打鐵，追查這個線索。」

「可以啊。」

這是一個寒風刺骨的夜晚，我們都穿上了長大衣，脖子上圍了圍巾。屋外，夜空中萬里無雲，星光閃爍，泛著寒意。路上行人呼出的氣，立刻凝成冷霧，像是許多手槍噴出的煙霧一般。我們大步穿過了醫師區、溫波爾街、哈利街，隨後又穿過了威格摩爾街到了牛津街，腳踩在路上，發出清脆響亮的聲音。不到一刻鐘，我們來到了博物館區的阿爾法酒店。這是一家小酒店，位於一條通往霍爾本的街道拐角處。福爾摩斯推開這家私人酒吧的大門，向那位滿面紅光、繫著白圍裙的老闆要了兩杯啤酒。

「要是您的酒和您的鵝一樣好的話，那一定會非常棒。」他說。

「我的鵝！」男子似乎很吃驚的樣子。

「是啊，半小時前，我跟你們鵝俱樂部的成員亨利・貝克先生聊過。」

「啊，這樣啊，我知道了。但是，先生，那不是我們的鵝。」

「可不是嘛！那是誰的呢？」

「呃，我從科文特加登[44]的一位推銷員那兒買了二十四隻。」

「真的嗎？我認識那裡的幾個人，是哪個呢？」

44倫敦的一個廣場，曾為倫敦主要水果、花卉和蔬菜市場。

「他名叫布萊肯里奇。」

「啊，我不認得他，好吧，老闆，祝您身體健康，生意興隆。再見。」

「現在去找布萊肯里奇，」我們走出酒店，外面寒氣逼人，福爾摩斯一邊把外套扣好，一邊繼續說，「記著，華生，我們抓在手上的鏈條這端，只有一隻鵝，是很平常的東西，但在鏈條的另一端，卻是一位肯定要服七年勞役之刑的罪犯，除非我們發現的證據表明他是無辜的，但不管怎麼說，我們有了調查的線索，而員警卻忽視了，把機會放到了我們的手上。我們就沿著這條線索追查到底。接下去，轉向南面，快速前進！」

我們穿過霍爾本街，折入恩德爾街，七彎八拐地穿過了貧民窟，來到了科文特加登市場。其中有一家最大的門面上掛著一個招牌，上面寫著布萊肯里奇的名字。店主是個五大三粗的男子，臉上稜角分明，留著整齊的絡腮鬍。他正在幫著一個小夥計上店門板。

「晚上好，今晚真是冷啊。」福爾摩斯說。

店主人點了點頭，一臉疑惑地看了我同伴一眼。

「我看，鵝都賣完了。」福爾摩斯說，手指著空空的大理石櫃檯。

「明天早上您要多少都有。」

「那可不行。」

「對啦，亮著煤氣燈的那家攤子上還有幾隻。」

「啊，可我是人家介紹來的。」

「誰呀？」

「阿爾法酒店的老闆。」

「噢，是的。我給他送去了二十四隻。」

「那些鵝真是好啊。不過，您是從哪兒進的貨呢？」

讓我感到吃驚的是，這個問題竟惹得店主勃然大怒。

「呃，那麼，先生，」他揚起頭，雙手叉腰說，「您是什麼意思？有話就直說。」

「我已經說得夠直接的了，我想知道，您供給阿爾法酒店的鵝，是誰賣給您的？」

「啊，這事，我不能告訴你。不必再囉唆了！」

「噢，這又不是什麼大不了的事。我就不明白，你幹嘛為這種小事情大動肝火呢？」

「大動肝火！如果您也像我一樣被人糾纏不放的話，也許您也會大動肝火的。我是真金實銀買好貨，交易結束了，可有人總纏著問，『鵝在哪兒？』『您把鵝賣給誰了？』和『要多少錢您才能把這些鵝賣給我？』聽到有人因為這些鵝在這裡大驚小怪的，人們還以為世界上就只剩這幾隻鵝了呢。」

「啊，我跟那些來這裡打聽情況的人不是一夥的，」福爾摩斯隨意地說，「要是您不想告訴我們，那這個賭就沒法打了，僅此而已。不過，我還是堅持我對這些鵝的看法。我押了五英鎊的賭注，賭我吃的鵝是鄉下養的。」

「呃，這樣的話，您就輸了五英鎊，牠是城裡養的。」老闆說。

「這不可能。」

「我說，就是這樣的。」

「我不信。」

「您以為您就會比我更懂得家禽嗎？我從小就跟牠們打交道。我跟您說，所有送去阿爾法酒店的鵝，都是在城裡養的。」

「我根本不信您說的話。」

「那您敢跟我打賭嗎？」

「那您只不過是送錢給我罷了，我知道我是對的。但我還是要拿出一英鎊的金幣跟您打賭，只是想讓您知道做人不要太固執了。」

店主一陣冷笑。「把帳本拿給我，比爾。」他說。

小夥計拿來一本薄薄的小本子和一本滿是油污的大本子，在吊燈下把它們攤開來了。

「嘿，自負的先生，」店主說，「我想，鵝是賣光了，不過您要是來得早些的話，可能還會有隻鵝剩。您看到這個小本子了嗎？」

「這是什麼？」

「是進貨商的名單，您明白嗎？呃！看，這一頁是鄉下供應商的名單，名字後面的數字是他們在總帳上的頁碼。啊，這裡！您看到這一頁紅墨水寫的名單了嗎？嗯，這是城裡供應商的名單。對啦，看看那邊第三個名字。您念念。」

「奧克肖特太太，布里克斯頓大街一百一十七號——二百四十九頁。」福爾摩斯念著。

「不錯。現在查看一下總帳！」

福爾摩斯翻到上面那個頁碼：「看這裡，『奧克肖特太太，布里克斯頓大街一百一十七號，雞蛋和家禽供應商』。」

「呃，那麼，這最後一筆賬是什麼？」

「十二月二十二日，二十四隻鵝，進價每隻七先令六便士。」

「是這樣的，看到了，還有下面的呢？」

「『賣給阿爾法酒店溫蒂蓋特，每隻十二先令。』」

「您現在還有什麼話可說？」

夏洛克・福爾摩斯臉上掛著懊惱的神情。他從口袋裡掏出一個英鎊的金幣，扔在大理石櫃檯上，轉身就走。看他那副樣子，就像是個內心惱火得無以言表的人一樣。走出一段距離後，他在一個燈柱子下面站住，會心地笑了，不過卻聽不見半點笑聲，也只有他才會這樣。

「要是你遇到這種絡腮鬍子整齊、脾氣倔強的傢伙，如果他死不開口的話，你就可以用打賭的方式，讓他吐出實情來，」他說，「我敢說，即使我剛才放一百英鎊在他面前，他也不會像剛才那樣一五一十地講給我們聽的，除非用這個下注的辦法。行啊，華生，我想，我們追查的案子快要接近尾聲了。現在只需確定，我們是今晚到那位奧克肖特太太那裡去，還是等明天再去。按照那個乖戾的傢伙所說的，除了我們之外，顯然還有人也急於瞭解此事。所以，我應該——」

忽然，一陣喧鬧聲打斷了他的話，我們剛離開的那家店鋪裡有人在吵架。回頭一看，只見一個尖嘴猴腮的小個子站在門口吊燈的黃色光暈下。店主布萊肯里奇站在店鋪門口，朝著眼前一臉媚態的傢伙惡狠狠地揮舞著拳頭。

「我真是受夠了！」他喊著，「讓你和你的鵝全都見鬼去！要是你再用那種蠢話來煩我的話，我就放狗咬你。你帶奧克肖特太太過來，我會回答她的。這跟你有什麼關係？我是從你這兒買的鵝嗎？」

「不是。但是，儘管如此，其中有隻鵝是我的呀！」小個子哀訴著。

「好，那你去找奧克肖特太太要。」

「她讓我來找你。」

「啊，那你去問鬼要吧，與我無關。我受夠了，滾出去！」他氣勢洶洶地衝上前去，那個問話的人馬上就消失在黑暗中了。

「哈！這下省得我們到布里克斯頓大街去了，」福爾摩斯輕聲說，「跟我來，去看看那傢伙身上到底有什麼秘密。」亮著燈的店鋪旁邊，漫步走著三三兩兩的顧客。我們邁著大步穿過了人群，我同伴一下子就趕上了那個小個子，拍了拍他的肩膀。那人忽地一轉身，在汽燈下我清楚地發現，他驚得臉色蠟白蠟白的。

「呃，您是誰？您要幹什麼？」他聲音顫抖地問。

「打攪了，」福爾摩斯和藹地說，「我剛才無意中聽見，您在向那個店主打聽情況。我想我能幫得上您。」

「您是，您是誰呀？您怎麼知道這件事的？」

「我的名字叫夏洛克・福爾摩斯。我的工作就是，瞭解別人不知道的事情。」

「但您不可能會知道這件事。」

「不巧的是，這件事我全清楚。您在想辦法找隻鵝。布里克斯頓大街的奧克肖特太太把那隻鵝賣給了名叫布萊肯里奇的銷售商，而他又轉手將其賣給了阿爾法酒店的溫蒂蓋特先生。其後，他又賣給了他的俱樂部成員，亨利・貝克先生。」

「噢，先生，您就是我要找的人啊，」小個子伸出雙手大聲說，手指顫抖著，「我真不知道該怎麼說才好，這件事對我來說太重要了。」

夏洛克・福爾摩斯叫了一輛路過的四輪馬車。「既然如此，我們最好找個舒服的房間談談，這個集市風太大，」他說，「不過，請先告訴我您的尊姓大名，我要知道自己有幸效勞的人是誰。」

那人猶豫了片刻。「我名叫約翰・魯濱遜。」他回答說，向身邊掃了一眼。

「不，不，真名是什麼？」福爾摩斯和顏悅色地說，「用化名打交道可不是明智之舉。」

陌生人白皙的臉頓時漲得通紅。「呃，那麼，」他說，「我的真名是詹姆斯・賴德。」

「這就對了，四海酒店的領班，請上車。等一下我會把您想要知道的一切都告訴您。」

小個子站在那裡，眼睛在我倆的身上掃來掃去，眼神裡摻雜著恐慌和希望，猶豫不決的樣子，不知道等待他的是和風細雨還是狂風暴雨。接著，他上了馬車，半小時後我們回到了貝克大街的客廳裡。一路上，我們都默默無語，只聽見我們的新夥伴急促、微弱的呼吸聲。他兩手時而緊握，時而鬆開，可見他心裡非常緊張。

「到家了！」我們魚貫走進房間時，福爾摩斯歡快地說，「這種天氣有盆爐火烤烤，真是非常愜意啊。您好像很冷，賴德先生。請您坐到這把籐椅上。等我先換上拖鞋，再來解決您這點小事。現在好了！您想知道那些鵝怎樣了吧？」

「是的，先生。」

「我想，更確切地說，您是想知道那隻鵝的情況。我猜，您感興趣的是，一隻白色的、尾巴上有道黑條紋的鵝。」

賴德激動得全身微顫。「對，先生！」他大聲說，「您能告訴我那隻鵝的下落嗎？」

「在我這裡。」

「這裡？」

「是的，確實是一隻非同凡響的鵝。您對牠這麼感興趣，我一點都不奇怪。那隻鵝死後下了一個蛋，從未見過那麼漂亮、那麼光彩奪目的藍色小蛋。我把它收藏在這裡。」

來客顫顫巍巍地站了起來，右手緊緊地抓著壁爐台。福爾摩斯打開了保險箱，拿起那藍色的紅寶石。這顆寶石像是璀璨的星星，幽冷的光芒四射，耀眼奪目。賴德呆呆地站著，拉長著臉，直勾勾地盯著寶石，不知是認領下來好，還是否認與自己有關係好。

「遊戲結束了，賴德，」福爾摩斯平靜地說，「站穩些，賴德，別跌到火裡面去了。搭把手，華生，把他扶到椅子上去。他沒有足夠的膽氣面對自己犯下的罪行。給他喝些白蘭地。好了，他現在看上去有些人樣了。無疑，他就是個軟腳蝦。」

他踉踉蹌蹌走了幾步，差點跌倒。但是，白蘭地讓他臉頰有了一絲血色。他坐了下來，雙眼滿是恐懼地盯著福爾摩斯。

「我差不多掌握你們犯罪的每個環節，所有的證據也都到手了。所以，我也沒什麼需要問你的了。不過，要徹底結案的話，還是把些小事弄清楚的好。賴德，你以前聽說過莫卡伯爵夫人的藍寶石嗎？」

「是凱薩琳・丘薩克告訴我的。」他結結巴巴地說。

「我知道，是伯爵夫人的侍女。嗯，這麼大一筆唾手可得的橫財，對你有太大的誘惑。在此之前，比你強的人都沒有抵擋得住它的誘惑，但是，你的手法也太不夠高明吧。我還以為，賴德，你身上有非常狡詐的一面。你以前知道霍納那個人，也就是那個管子工，曾經有過類似的犯罪記錄，人們很容易懷疑到他身上去。於是，你幹了什麼？你們，你和你的同夥丘薩克，在伯爵夫人的房裡做了些手腳。你們想辦法把他找了過來。然後，在他走後，你從首飾盒裡偷走了寶石，又去報警，讓員警把那個倒楣鬼給抓了。然後你——」

賴德撲通一聲跪在了地毯上，抱住我朋友的雙膝，大聲說：「看在上帝的份上，饒了我吧！想想我父親！想想我母親！他們會傷心死的。我以前從來沒幹過壞事！以後再也不敢了，我發誓。我可以對上帝起誓。哦，別把我送上法庭！看在耶穌基督的份上，放過我吧！」

「坐回到你的椅子上去！」福爾摩斯厲聲說，「你現在知道下跪求饒了，可你有沒有想過可憐的霍納。他毫不知情，卻要背負罪名，去坐牢。」

「我會走得遠遠的，福爾摩斯先生。我會離開這個國家的，先生。那樣的話，對他的指控就會撤銷。」

「嗯！這個等會兒再談。現在，你老老實實把後面的情節講給我們聽。這顆寶石是怎麼到鵝的肚子裡去的？鵝又是怎麼被賣出去的？老實交代，這是你的唯一出路。」

賴德用舌頭舔了舔他乾裂的嘴唇。「我會把事情的經過原原本本地告訴您，先生，」他說，「霍納被捕後，我以為，我最好是馬上帶著寶石逃跑，因為不知道員警什麼時候會查到我頭上，來搜查我的房間。旅館裡沒有一個地方是安全的。我假裝有事出了旅館，去了我姐姐家。她嫁的那個男人，名叫奧克肖特。他們住在布里克斯頓大街，家裡養了些鵝賣。一路上每碰到一個人，我都覺得是員警或偵探。儘管那天晚上非常冷，但在去布里克斯頓的路上，我臉上的汗一直往外湧。姐姐問我怎麼回事，問我為什麼臉色這麼蒼白。可是，我告訴她說，是因為酒店裡的珠寶被盜，所以心煩意亂。後來，我走到後院，抽了斗煙，心裡盤算著萬全之策。

「我從前有個朋友叫莫茲利，不學好，剛在培恩頓威爾服完刑。有一天他碰到我，跟我聊到盜竊的門道，告訴我他們是怎麼銷贓的。我知道，他不會出賣我，因為我知道他的一些事，所以我決定去他在基爾伯恩的住處，把事情講給他聽。他能教我如何把寶石換成現錢。可怎樣才能安全到達他的住處呢？我想起了從旅館來的一路上所經受的折磨。隨時都可能會有人盤查我，而寶石就在我馬甲的口袋裡。當時我靠牆站著，看見一群鵝在我腳邊搖搖擺擺地走著，突然計上心頭，我想出了一個辦法，即使最優秀的偵探也沒轍。

「幾個禮拜前，姐姐告訴我，從她那裡挑隻鵝做耶誕節禮物。我知道，姐姐說的是真心話。不如我現在就把鵝拿走，把寶石藏進鵝的肚子裡，帶到基爾伯恩去。院子裡有個小棚，我便從棚子後面趕了隻鵝出來，一隻大白鵝，尾巴上有道黑紋。我抓住那隻鵝，撬開牠的嘴，用手指使勁把寶石塞入牠的喉嚨深處。這隻鵝把寶石咽了下去，我摸到寶石順著食道進了牠的嗉囊。可是，那隻鵝拍打著翅膀，拚命掙扎，姐姐聞聲出來，看看是怎麼回事。我轉身跟她講話時，那隻鵝從我手裡掙脫了，拍著翅膀逃到鵝群裡去了。

「『你抓那隻鵝幹什麼，傑姆？』她問。

「『啊，』我說，『你不是說送給我隻鵝做聖誕禮物嗎？我在找哪隻鵝最肥！』」

「『噢，』她說，『我們已經抓了隻鵝留給你了。我們說，牠是傑姆的鵝，就是那邊的那隻大白鵝。總共二十六隻鵝，一隻留給你，一隻自己留著吃，剩下二十四隻到集市上去賣。』

「『謝謝了，麥琪，』我說，『反正都是一回事，我就要剛剛抓住的那隻。』

「『我們留給你的那隻，要比這隻整整重三磅，』她說，『我們特意幫你養得胖胖的。』

「『沒關係，我就要這隻，我現在就把牠拿走。』我說。

「『噢！隨你便了，』她有些生氣地說，『你要的是哪隻呢？』

「『那隻尾巴上有道黑紋的白鵝，就在這群鵝裡頭。』

「『噢，行吧，把牠殺了，拿走吧。』

「於是，我照姐姐說的做了，福爾摩斯先生。我一路上抱著那隻鵝，到了基爾伯恩。我把自己的所作所為告訴了我朋友，這種事跟他說根本就不用遮著掩著。他聽了笑得喘不過氣來。我們找了把刀把鵝開了膛。一下子，我的心沉了下來，因為嗉囊裡根本沒有藍寶石的影子。我知道，是我搞錯了。我丟下那隻鵝，衝回我姐姐家，三步並作兩步走進了後院。但是，那裡一隻鵝都沒有了。」

「『麥琪，那些鵝都到哪兒去了？』我大聲喊著。

「『都賣了，傑姆。』

「『賣給誰了？』

「『科文特加登市場的布萊肯里奇。』

「『是否還有一隻鵝的尾巴上有黑紋？』我問，『和我挑的那隻一樣。』

「『有啊，傑姆，一共有兩隻鵝的尾巴上有黑紋，連我都分不清牠們。』

「啊，那麼，我總算弄明白是怎麼回事了。於是，我拚命跑到布萊肯里奇那裡。可他轉手就把所有的鵝都給賣掉了，死活不肯告訴我這些鵝的去向。您今晚也親耳聽到了。啊，他每次都是這樣回應我。我姐姐以為我要瘋了。有時候，我也覺得自己瘋了。現在——現在我背上了竊賊的罪名，出賣了自己的人格，但這筆財富卻根本就沒到手。上帝啊，饒恕我吧！

饒恕我吧！」他雙手掩面，泣不成聲。

好一陣子，屋裡沒一個人開口說話。只聽見他斷斷續續的抽泣聲，以及夏洛克・福爾摩斯的手指有節奏地敲擊桌沿的聲響。突然，我的朋友站起身來，猛地推開門。

「滾出去！」他說。

「什麼啊，先生。噢，上帝保佑您！」

「別廢話，滾出去！」

聽見這話，他慌忙衝出房間，啪嗒啪嗒地跑下樓梯「呼」的一聲帶上了門。接著，街道上傳來清脆的跑步聲。

「華生，」福爾摩斯說著，伸手拿起那只陶質煙斗，「畢竟，警方又沒請我幫忙。要是霍納有危險，那就另當別論了，但是，這個傢伙不會出庭指控他，這個案子也就不成立了。我想，雖然我放過了一個重案犯，但卻有可能挽救了一個靈魂。此人不會再做壞事了，他已經嚇壞了。現在要是把他送進監獄，他一輩子就別想出來了。更何況，現在正值大赦之年。我們只不過是碰巧遇上了這件稀奇古怪的事情，事情解決了就好，沒必要多事。請你幫忙按一下鈴，醫生，我們要來研究另一樣事情，家禽也是其中的主角哦。」

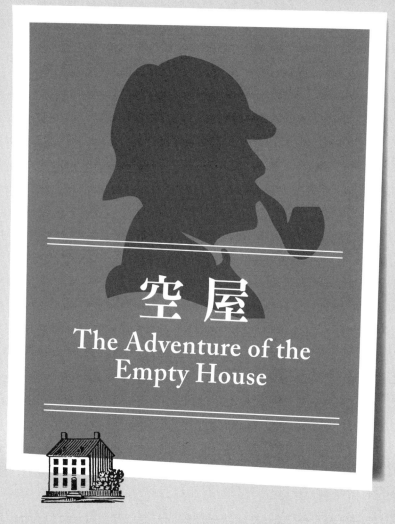

空屋

The Adventure of the Empty House

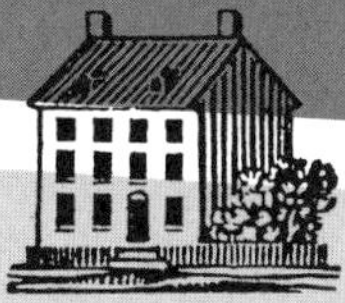

一八九四年春天，羅奈爾得・阿德爾閣下遇害了，案件非同尋常，簡直莫名其妙。這事引起了整個倫敦社會的關注，而上流社會更是驚愕不已。警方公佈了對案件調查的結果，所以公眾對已經公開的細節全都知道了。但是，當時有大量情節沒有公佈出來，由於起訴的理由非常充足，沒有必要公開全部事實。時至今日，案件過去差不多有十年了，我這才被允許披露那些隱去的情節，以便公眾瞭解整個案情始末。案件本身很值得關注。

但是，對我而言，比起後續發生的那件難以想像的事情來，它實在算不了什麼。我生平也算有過豐富的冒險經歷，但沒有哪一次更加令我如此震驚和詫異。即便到了現在，經歷了漫長時日之後，每當我想起它來，還會激動不已，心裡會再一次充滿了欣喜、驚詫和遲疑。

關於一位非凡人物的思想和行動，我曾時不時地向外披露過一鱗半爪，公眾已經表露出了興趣。但我要向他們聲明一下，如果說我沒有把自己掌握的情況全部透露給他們，請不要責備我，因為如果不是那位非凡人物本人明令禁止我這樣做，我是會把這件事當作自己的首要任務來完成的。不過，直到上個月三日，他才解除了禁令。

可以想得到，由於我同夏洛克・福爾摩斯關係密切，情誼深厚，所以，我對刑事案件也產生了濃厚的興趣。即便在他離開人世之後，對於呈現在公眾面前的各種形形色色的疑案，我仍然會仔細認真地加以研究，從不放棄。為了滿足自己的興趣，我甚至不止一次試圖用他的方法破解那些案件，不過收效甚微。然而，所有案件中，最激發我興趣的，還是羅奈爾得・阿德爾的悲慘遇害案。我在翻閱審訊證詞並力圖尋找某人或某些人蓄意謀殺的證據時，比以往任何時候都更加清楚地意識到，夏洛克・福爾摩斯的離世給社會公眾帶來的巨大損失。我相信，換作是他一定會對這樁不可思議的案件中的一些情況感興趣，而且，如果本案有他那樣一位歐洲一流的刑事偵探參與，憑著他訓練有素的觀察力和機敏警覺的頭腦，很可能會給警方助上一臂之力，甚至更有可能令警方自慚形穢。我整天驅車四處巡診，心裡面卻一直在琢磨著案件的事，但就是找不到令自己滿意的解釋。雖說有陳腔濫調之嫌，但我還是要把本案結案之後公眾已經知曉的事實複述一下。

羅奈爾得・阿德爾閣下是梅努斯伯爵的次子，伯爵在澳大利亞的某個殖民地任總督。伯爵夫人從澳大利亞回到倫敦，準備做白內障手術。她和兒子羅奈爾得、女兒希爾達共同住在公園路四百二十七號。年輕人同上流社會的人交往——就公眾所知，他沒有同任何人結仇，也沒有什麼不良嗜好。他曾與卡斯塔爾的伊蒂絲・伍德利小姐訂了婚，但是，幾個月之前，經雙方同意，婚約解除了。不過，看不出有什麼深厚的感情糾葛。在隨後的日子裡，年輕人生活在一個狹小而又傳統的圈子裡，因為他平素少言寡語，性情沉穩。然而，令人感到不可思議而又始料不及的是，一八九四年三月三十日晚十時至十一時二十分之間，這樣一位性情隨和的貴族青年卻遭遇了殺身之禍。

羅奈爾得・阿德爾喜歡玩牌——一直不停地玩著，但從來不會下那種傷害自己的賭注。

他是鮑德溫、卡文迪什和巴加泰勒諸家紙牌俱樂部的會員。有人證實，遇害當天的晚飯後，他在巴加泰勒紙牌俱樂部玩了一局惠斯特牌[45]，下午也在那兒玩來著。同他一道玩牌的人——默里先生，約翰・哈代爵士，還有莫蘭上校——證明，他們玩的是惠斯特牌，而且勝負差距不大。阿德爾可能輸了五英鎊，但不會更多。他擁有可觀的財產，輸這麼一點錢對他不會有絲毫影響。他幾乎每天都會在幾家俱樂部的某一家玩牌，但他玩牌時謹小慎微，而且往往在散場時都是贏錢的。有人證實，幾個禮拜前，他同莫蘭上校搭檔時，從戈弗雷・米爾納和巴爾莫拉爾閣下那裡，連著贏了四百二十英鎊。以上就是結案所提供的有關他近期的情況。

案發當天晚上，他十點整從俱樂部回家。母親和妹妹傍晚到親戚家去了。僕人證明說，她聽見他進了三樓前面的房間，那裡通常用作他的起居室。她已經在房間裡生了火，由於生火有煙，她便打開了窗戶。梅努斯夫人和女兒在十一時二十分回家之前，她沒有聽見那房間裡有什麼動靜。夫人想要去兒子的房間道晚安，但房門從裡面鎖上了，她們叫喊和敲門都沒有反應。於是請了人來幫忙，把門強行打開了，結果發現不幸的年輕人躺在桌子旁邊，頭部

45惠斯特牌戲（whist）是包括惠斯特橋牌、競叫橋牌和定約橋牌在內的紙牌遊戲的統稱。這三種橋牌都是從最初的惠斯特牌相繼發展而成的。惠斯特紙牌遊戲的主要特點是，通常四人分成兩組，互相對抗；將一副五十二張的紙牌發出，每人十三張牌，每人每次出一張牌，以贏墩為目的。開局前可把一種花色定為王牌。任何一張王牌都可贏過其他花色的任何一張牌，以最後發出的一張牌的花色為王牌花色。惠斯特牌戲於十七世紀起源於英國。起初是民間的一種娛樂形式，到了十八世紀初，有閑階層開始在倫敦的咖啡館裡把它作為消愁解悶的手段之一。

被手槍子彈打開了花，慘不忍睹。但是，室內沒有發現任何武器。桌上放著兩張十英鎊鈔票，還有一堆金幣和銀幣，硬幣共十七鎊十先令。錢堆成了幾堆，數目不一。旁邊還有一張紙，上面寫著幾個數字，每個數字後面寫了俱樂部牌友的名字。由此可以推斷，他遇害前可能正在統計玩牌的輸贏情況。

對現場情況進行了一番縝密查看之後，案件顯得更加錯綜複雜了。首先，年輕人為何從裡面把門鎖起來，無法解釋。這也有可能是兇手幹的，然後越窗逃跑了。然而，窗戶離地面至少有二十英尺，地面的花壇開滿了藏紅花，花叢和地面上都沒有踩踏過的痕跡，住房和大路之間狹窄的草地上也沒有什麼痕跡。因此，很顯然，房門是年輕人自己鎖上的。

但是，他又是怎麼遇害的呢？誰也不可能爬進窗戶而又不留下任何痕跡。如果有人從窗戶外面開槍，那他的槍法簡直就是不可思議，用手槍能夠這樣使人致命。其次，公園路上通常人來人往，離住房的百碼處就有出租馬車。沒有人聽到過槍聲，但卻死了人，而且是手槍子彈打死的。子彈呈蘑菇狀射出。鉛頭子彈就是這樣的，一旦擊中便會立刻斃命。以上就是公園路謎案的情況。但是，正如我已經說過的，人們都知道，年輕的阿德爾並沒有同任何人結過仇，而且室內的錢幣或者值錢的財物也不曾有動過的跡象，所以，作案動機完全不明，這樣一來，案件就越發顯得撲朔迷離了。

我整天滿腦子都在琢磨著這些情況，想要設法找到某種解釋得通的說法，找到那條最少阻礙的途徑，也就是我故去的朋友所聲稱的每一次調查的突破口。我承認，自己沒有取得什麼進展。

傍晚時分，我漫步走過公園，大概六點的樣子，不覺來到了公園路盡頭的牛津大街口。人行道上集聚著一群沒事看熱鬧的人，他們全都抬頭盯著一處特定的窗戶看，我順著看了過去，正是我特意要看的那所房子。有個個高體瘦的男子，戴著墨鏡，我強烈懷疑他是個便衣偵探。他在發表自己的看法，其餘人則圍著聽他說。

我盡可能靠近他，但我覺得，他的看法很荒唐，所以，我不屑一顧地又退出來了。就在這個當口兒，我碰到了一位上了年紀的殘疾人，因為他站在我身後，結果他捧著的幾本書被撞得掉落了。我記得，在我把書撿起來時，注意到其中一本書的書名叫作《樹木崇拜的起源》。我突然想到，此人一定是個窮困潦倒的藏書家，專門收藏一些名不見經傳的書籍，或是為了交易，或是出於愛好。我為自己的不小心連聲道歉，但是，很顯然，我不小心碰著掉落的書籍在其主人的眼中是價值連城之寶。他輕蔑地哼了一聲，轉身離開了。我看到，他那彎曲的背影和灰白的絡腮鬍子消失在人群中。

我對公園路四百二十七號進行了多次觀察，但對於那些我感興趣的問題還是沒有弄明白。房子與街道只隔著一道矮牆，連同上面的柵欄，總共不超過五英尺高。因此，任何人要進入花園都很容易，但是，進入窗戶則完全不可能，因為牆上沒有水管，也沒有其他什麼東西，再輕巧的人也無能為力，根本爬不上去。我比先前更加覺得迷惑不解了，於是便返回肯辛頓去。我回到書房還不到五分鐘，女僕便進來通報說，有人想要見我。令我驚訝不已的是，來者不是別人，正是那個古怪的老書籍收藏家。他一頭蓬鬆的白髮，瘦削乾枯的面容，瞅著我，那些寶貝的書籍夾在右臂下，至少有十多本。

「您見到我很吃驚吧，先生？」他說，說話的聲音怪異、沙啞。

我承認自己很吃驚。

「是啊，我過意不去，先生，我一瘸一拐地跟在您的後面，碰巧看見您進入這座寓所，這時，我想到，自己得進來，看一看那位好心的紳士，要對他說一聲，如果自己的態度有所簡慢，那也並不懷有什麼惡意，而且，他幫助我撿起了書籍，我十分感激他。」

「小事一樁，您言重了，」我說，「我能否問一聲，您怎麼知道我是誰呢？」

「是啊，先生，恕我冒昧，我還是您的鄰居呢，因為您會發現教堂大街拐角處就是我的那個小書店。毫無疑問，我見到您很高興啊。您本人或許也是搞收藏的，先生，您這兒有《英國鳥類》、《克圖拉斯傳》[46]、《聖戰》——每一本都是便宜貨色。再放上五本書，您書

46克圖拉斯（Catullus，約西元前八四—前五四年），羅馬抒情詩人，以寫給情人的愛情詩聞名，對抒情詩的發展有很大的影響。

櫥第二層上的那個缺口就可以補上了，這樣看上去不整齊，對不對，先生？」

我轉過頭看了看自己身後的書櫥。等我再回過頭來時，夏洛克・福爾摩斯站在我書桌的對面，正對著我微笑。我站起身來，盯著他看了幾秒，驚詫不已。然後，好像是生平第一次，也是最後一次，我暈過去了。可以肯定，當時有一團灰色的霧靄在我眼前繚繞著。霧靄散去之後，我發現自己的領口被解開了，嘴上還有點白蘭地的味道。福爾摩斯俯身對著我坐著的椅子，手裡拿著酒瓶子。

「親愛的華生，」熟悉的聲音說，「萬分抱歉。我根本沒有想到對你的影響會有這麼大。」

我一把抓住他的雙臂。

「福爾摩斯！」我大聲喊著，「真的是你嗎？你還活著，這是真的嗎？你成功地從那個可怕的深淵中爬上來，這可能嗎？」

「等一等，」他說，「你確定自己適合於談論事情嗎？我多此一舉，冷不防地這麼現身了，把你給嚇得這麼厲害。」

「我沒事了。但說真格的，福爾摩斯，我簡直不敢相信自己的眼睛。天哪，沒想到是你——世界上的人多了去了——你竟然會站在我的書房裡！」我又拽著他的袖子，摸了摸裡面那隻精瘦而有力的胳膊，「行啊，不管怎麼說，反正你不是鬼魂，」我說著，「親愛的夥計，我見到你太高興啦。坐下吧，對我說說你是怎麼從那恐怖的深谷裡逃出來的。」

他坐在我正對面，同先前一樣，若無其事地點了一支煙，身上除了穿著書商平常穿的破舊長外套之外，先前那個人身上的白髮，還有舊書，堆成一堆放在桌上。福爾摩斯看上去比先前更加瘦削，更加機警，但他那張長著一個鷹鉤鼻的臉略顯蒼白。這說明，他目前過的不是正常生活。

「我很高興能夠伸展一下自己的身子了，華生，」他說，「一個高個子的人要連續弓腰屈背，讓自己的身子矮上一大截，這可不是什麼鬧著玩的事情。對啦，親愛的夥計啊，要想知道這事情的緣由，如果我可以請求協助的話，我們有一個晚上艱苦而又危險的工作要幹。等到工作完成了之後，我再向你解釋事情的原委，那樣會更好一些。」

「我充滿了好奇，很想現在就聽聽啊。」

「你今晚陪同我去嗎？」

「無論何時何地，我都樂意。」

「確實還同昔日一樣啊。我們出發之前應該還有時間吃口晚飯的。行啊，那就說說深谷裡面的事情吧。我並沒有費多少周折就從深谷裡爬了上來，原因很簡單，我壓根兒就沒掉下去。」

「你壓根兒就沒掉下去？」

「對啊，華生，我壓根兒沒有掉下去。我給你留的字條確實真真切切的。我看見已故莫里亞蒂教授那凶狠的身軀站立在那條通向安全地帶的小徑上，這時候，我確信，自己的職業生涯已經到頭了。我從他灰色的眼睛裡看出，他已經不顧一切了。因此，我同他交談了幾句，最後他挺有風度地答應我的請求，同意我寫個字條，就是你後來拿到的那張。我把字條同煙盒和手杖放在一處，然後順著小徑走，莫里亞蒂仍然跟在我身後。到達小徑盡頭時，我無路可走了。他沒有動用傢伙，而是朝著我衝了過來，伸出兩條長長的胳膊抱住我。他知道，他自己的遊戲也玩完了，只是迫不及待地想要搭上自己對我進行報復。我們在瀑布邊扭打成一團。不過，我懂一點日本柔道或摔跤術什麼的，這個本事不止一次幫了我忙。我從他的控制下掙脫了出來，他氣急敗壞地大喊大叫，瘋狂地亂踢了一通，雙手在空中亂抓亂撓。但是，他由於用力過猛，身子失去了平衡，掉下去了。我站在瀑布邊，看見他摔出去了很遠，撞到岩石上，又彈了出去，最後掉進了水裡。」

福爾摩斯一邊講解一邊吞雲吐霧地吸著煙，我傾聽著他的述說，驚詫不已。

「但那些腳印是怎麼回事啊！」我大聲問，「我親眼看到，有兩行腳印朝著小徑下面走的，但沒有返回。」

「那是這麼回事，教授消失的那一瞬間，我突然意識到，這真是命運之神賦予我的一個絕佳機會。我知道，莫里亞蒂並不是唯一想要置我於死地的人。他作為領頭人，現在死了，只會令另外三個人更加想要報復我。他們可都全是危險的人物啊。其中的某一個一定會抓住我的。從另一方面來說，如果世人都堅信我死了，那幾個人很快就會肆無忌憚，會拋頭露面，那樣的話，我遲早要收拾他們。然後，我會在適當的時候宣告，自己仍然活在人世。我的大腦快速地運轉著，我相信，還沒等莫里亞蒂沉到萊辛巴赫瀑布的水底，自己就已經想好了招數了。」

「我站起身，仔細查看了身後的岩壁。幾個月後[47]，我興趣盎然地看到了你對事件繪聲繪色的描述，你說那岩壁是懸崖絕壁，不完全正確，那兒其實有幾處狹窄的立足點，彷彿是攀岩用的壁架。那懸崖很高，想爬上去顯然是不可能的。想在潮濕的小徑上行走而不留下腳印，也同樣不可能。確實，我可以像往常那樣，碰到類似的情況時便倒穿鞋子走。但是，在當時的情況下，看到三組朝向同一方向的腳印，人們必定想得到其中有詐。那麼，總體說來，我最好還是冒險爬上去。這可不是件輕鬆愜意的事啊，華生。萊辛巴赫瀑布在我的下方咆哮著呢。我不是個充滿幻想的人，但我實話告訴你，我似乎聽見莫里亞蒂在深淵裡朝外對著我大喊大叫呢。稍有閃失那可就是致命的。有好幾回，我手沒有抓牢草叢，或者腳在潮濕

47 原文如此，這裡應該是「最後一案」中華生的描述，按照其中交代，華生是過了兩年多之後才向外披露那些內容的。所以，「幾個月後」這個時間不符合邏輯。

的岩石凹口處打滑了，我覺得這下完了。但是，自己還是掙扎著向上爬，最後爬上了一塊幾英尺寬的壁岩，那上面長滿了細細的青苔，可以舒舒服服地躺在上面，誰也看不到。於是，我伸直手腳躺在那兒。就在那時，親愛的華生，你和隨同你的人在那兒現場查看，想要知道我的死因，大家懷著莫大的同情，但毫無結果。」

「最後，你們得出了一個必然的卻又是完全錯誤的結論，然後便離開現場回旅館去了，剩我一個人在那兒。我本來以為，自己的冒險生涯就這麼結束了，但是，發生了一件意想不到的事情，這令我覺得自己的命中還有奇蹟發生。一塊巨石轟隆隆地從我頭頂飛過，砸在路上，彈了起來，落入深谷。最初，我還以為是意外，沒多久，我抬頭往上看，發現烏黑的天空下站著一個人。又一塊巨石朝我躺著的岩壁砸下來，落在離我的頭不到一英尺的地方。莫里亞蒂不是一個人來的，他有同夥。他襲擊我時，他的同夥一直在打掩護。我一眼就看出他的同夥有多麼危險。他在遠處看見自己的朋友死了而我得以脫身，但我那時沒看見他。他伺機報復，於是就設法到達了懸崖頂端。他在其同夥失敗的地方成功了。」

「我沒有費很長時間去想這件事，華生，因為我再一次看見，懸崖上呈現著那張猙獰的面孔。我知道，這是另外一塊巨石又要滾下來的預兆。我便向下爬，打算爬到小徑上去，我心裡清楚，這個事情並不是想做就做得到的，這可比向上爬難上百倍。但是，我沒有時間考慮是否有危險，因為正當我的手抓住岩壁邊沿時，另一塊巨石從我身邊轟隆隆地滾下了。爬到一半時，我的腳踩空了。感謝上帝，我掉落在了小徑上，受傷流血了。我趕緊逃跑，黑暗中走了十多英里山路。一個禮拜之後，我到了佛羅倫斯[48]。心裡很有把握，世界上再沒有任何人知道我的情況了。」

「知道我的情況的人只有一位——我兄長邁克羅夫特。我得再三對你表示歉意，親愛的華生，但至關重要的是，我必須得讓世人以為我已不在人世了。毫無疑問，如果你自己不認為事情千真萬確的話，你也不可能會把我悲慘的結局描述得那麼令人信服。過去的三年當中，我有幾次都拿起筆想要給你寫信，又擔心你對我滿懷著牽掛，弄不好你會無意中露出口風，暴露了我的秘密。正是因為這個，今晚你碰掉了我的書籍時，我才從你身邊離開了。因為我當時處境危險，你顯露出半點驚訝和激動，都有可能會引起別人注意我的身分，那樣的話，後果不堪設想。至於邁克羅夫特，我得跟他實話實說，因為我需要錢。在倫敦，事情的進展不像我希望的那樣順利。莫里亞蒂團夥受到審判時，其中有兩個窮凶極惡的成員依舊逍遙法外。他們可是我不共戴天的敵人啊。因此，我赴西藏旅行了兩年，遊覽了拉薩，同大喇嘛待了些時日，讓自己放鬆了心情。你可能看過一個名叫西格森的挪威人寫的一篇精彩的考

48佛羅倫斯（Florence，舊譯翡冷翠）是義大利中部的一座城市，托斯卡納區首府，位於亞平寧山脈中段西麓盆地中。十五世紀至十六世紀時，佛羅倫斯是歐洲最著名的藝術中心，是歐洲文藝復興運動的發祥地，舉世聞名的文化旅遊勝地。一八六五至一八七一年曾為義大利王國統一後的臨時首都。

察報告。但我相信，你肯定沒想過，自己在閱讀那篇報告時，其實是在瞭解你朋友的下落。後來，我去了波斯[49]，遊覽了聖地麥加[50]。在喀土穆[51]拜訪了哈里發[52]，時間不長，但很有意思。我把和哈里發的交流寫成了報告，遞交給了外交部。我返回到法國之後，在南部蒙彼利埃的一個實驗室裡，花了幾個月時間，專門研究煤焦炭的衍生物。我圓滿地做完了實驗，並且得知，我現在在倫敦只有一個死對頭了，這時候，我便打算著回國。但得知了公園路的謎案之後，就更加歸心似箭了。案件很有意思，而且我還覺得，這似乎也給了我個人特別的機會。我立刻回到了倫敦，以我原本的身分回到了貝克大街，但卻把赫德森太太嚇得歇斯底里地大叫了起來。我發現，邁克羅夫特把我的房間和文件料理得和原先一模一樣。所以說，親愛的華生，今天兩點，我坐在自己昔日那把扶手椅上時，心裡只有一個願望，那就是能夠看見老朋友華生也坐在他喜歡的另一把椅子上。」

這就是我在那個四月的晚上聽到的精彩敘述——如果不是親眼看到那個修長瘦削的身軀

49 波斯（Persia）是伊朗在歐洲的古希臘語和拉丁語的舊稱譯音，是伊朗歷史的一部分。
50 麥加（Mecca）是沙烏地阿拉伯西部城市，紅海地區漢志省的綠洲城，位於吉達市的東面，伊斯蘭教信徒心目中最神聖的城市。
51 喀土穆（Khartoum）是蘇丹首都，位於青尼羅河和白尼羅河的匯合處。
52 哈里發（Khalifa）是伊斯蘭教中穆罕默德的繼承人，中世紀政教合一的阿拉伯國家和奧斯曼帝國國家元首的稱號。阿拉伯語音譯，原意為「代理人」或「繼位人」。

和那張機敏熱情的臉龐，我壓根兒沒想到自己還能見到他，我絕對不相信這是真的。他已經通過一定的方式知道了，我正處在喪親之痛中，但他是在態度上而不是在言辭上對我表示同情的。「工作是消除悲傷的最佳良藥啊，親愛的華生，」他說，「我手上有一件事情，需要我們今晚共同去做，如果我們能夠圓滿完成，那便可以證明一個人活在這個星球上是值得的。」我懇請他說詳細點，但白費了口舌。「天亮前，你會聽得和看得夠仔細的，」他回答說，「過去三年了，夠我們說的，九點半之前，就只能說這麼多了，到時，我們便開始到那幢空屋裡歷險了。」

確實同往常一樣，到了那個時刻，我和他並肩坐在一輛雙人馬車上，衣服口袋裡放著手槍，心裡充滿了冒險前的激動。福爾摩斯神情冷漠，態度嚴肅，一聲不吭。街燈閃爍著，映照在他那張嚴肅的臉上。我看到，他緊鎖眉頭，陷入了沉思，雙唇緊閉著。我不知道，在倫敦罪犯藏身的黑暗叢林中，我們今晚要狩獵的是什麼樣的猛獸。但是，根據眼前這個技藝高超的獵手的表情，我可以肯定，此次歷險非同尋常——而他時不時地會露出滿懷譏諷的微笑，一改那種陰鬱嚴肅的表情，這樣看來，今晚要獵取的目標是厄運難逃了。

我本來以為，我們是要去貝克大街的，但是，到達卡文迪什廣場拐角處時，福爾摩斯便吩咐車夫停車。我注意到，他下車時左右打量了一番。後來每到一處街道的拐角處時，他都會謹小慎微，確認我們沒有被人跟蹤。我們行進的路線很特別。福爾摩斯對倫敦的大街小巷的熟悉程度非同一般。這一回，他步伐匆匆，準確地穿過縱橫交錯的小巷和馬廄，這樣的去處我先前根本就不知道。最後，我們到達了一條小街，兩邊全是陰暗破舊的住房。順著這條街，我們到達了曼徹斯特大街，然後又到了布蘭德福特大街。他從布蘭德福特大街迅速拐進了一條狹窄的小巷，經過一扇木門進入了一座廢棄的院落，拿出鑰匙打開房子的後門。我們一同進去，他隨即關上了門。

此地漆黑一團，但是，我很清楚，這是一幢空屋。地板上沒鋪地毯，我們踩上後吱嘎作響。我伸出手摸了摸牆壁，牆紙一片片懸著。福爾摩斯冰涼纖細的手指緊緊捏住我的手腕子，拽著我順著一條長長的門廊向前走，最後隱約看見門的上方有一扇昏暗的扇形窗。福爾摩斯在此突然向右轉，我們進入了一個寬敞的四方形空房間。房間的四角很陰暗，但由於有街上的亮光，中間微微有點亮。附近沒有燈，加上窗戶上滿是灰塵，我們站在裡面只能看到彼此的身影。我同伴把手搭在我肩膀上，嘴唇湊近我的耳朵。

「你知道我們這是在哪兒嗎？」他低聲說。

「當然是在貝克大街啦。」我說著，一邊透過灰濛濛的窗戶往外看。

「一點不錯，我們這是在卡姆登宅邸，正對著我們先前住過的地方呢。」

「但我們幹嗎到這兒來呢？」

「因為這裡能清楚地看到那堆美麗如畫的東西。勞駕你，親愛的華生，靠窗戶近一點兒，千萬當心，別讓人看見了你，然後抬頭看看我們先前住過的房間——那可是你那眾多神奇故事的策源地啊，行不行？我倒是想要看看，自己三年不在，是不是就不能給你帶來驚訝了。」

我躡手躡腳地向前移動，看著街道對面的那扇熟悉的窗戶。當我的目光落到那窗戶上時，我倒抽了一口氣，驚叫了一聲。百葉窗已經放下了，房間裡面燈光通亮。椅子上坐著一個人，在明亮的窗戶上投射出清晰的影子。頭部的姿勢，寬闊的肩膀，鮮明的五官，看得清清楚楚。人影半側著臉，整體看來，就是一幅我們祖先經常創作的黑色側影圖。這簡直就是福爾摩斯的翻版。我驚詫不已，於是伸手去摸了摸，確認此人正站立在我身旁。他忍住沒有笑出聲來，渾身顫抖著。

「呃？」他說。

「天哪！」我大聲說，「真是神奇啊。」

「我相信，我的花樣層出不窮，歲月無法使之枯竭，習慣也無法使之陳腐啊。」[53]他說著，我從這位藝術家的語氣中聽出了，他對自己的傑作充滿了欣喜和自豪，「那確實很像

53此語典出自莎士比亞的戲劇《安東尼與克莉奧佩特拉》第二幕第二場中形容克莉奧佩特拉的語句：「歲月不能減損她的美貌，習慣也不能讓她層出不窮的伎倆變得陳腐。」（朱生豪譯）

我，對吧？」

「我發誓，那簡直就是你啊。」

「這一切都得歸功於格勒諾布爾[54]的奧斯卡・默尼耶先生，他用了幾天時間製作模型。是一座半身蠟像。其餘的東西是我今天下午到貝克大街時安排佈置的。」

「但是，為了什麼呢？」

「因為，親愛的華生，我有充分的理由指望著，某人會認為，我會在那兒，而實際上我在別處呢。」

「你認為有人在監視那些房間嗎？」

「我確實知道有人在監視。」

「誰呀？」

「我的宿敵啊，華生。就是神通廣大的那幫人，他們的頭領已經葬身萊辛巴赫瀑布水底啦。你一定記得，他們知道，而且只有他們知道，我依舊活著。他們認定，我遲早會回自己的家裡的。他們連續不斷地在監視我家，而今天上午，他們看見我回來了。」

「你是怎麼知道的？」

54格勒諾布爾（Grenoble）是法國東南部重要的工業城市。

「我朝窗外看了一眼，認出了他們派來打探消息的。那倒是個沒有什麼大礙的傢伙，名叫派克爾，幹著殺人越貨的營生，單簧口琴[55]吹得很出色。我並不在乎他，但我很在乎在他背後的那個更加窮凶極惡得多的人物，也就是莫里亞蒂的心腹，把巨石往懸崖下推的那位，那可是倫敦最狡猾最危險的罪犯啊。今晚跟蹤我的就是此人，華生，但同樣是此人，卻不知道，我們正在跟蹤他呢。」

我朋友的計畫慢慢地顯現了。在這樣一個位置便利的隱蔽處，監視者被監視著，跟蹤者被跟蹤著。對面那個稜角分明的影子是誘餌，我們則是獵手。我們一聲不吭地站立在黑暗中，注視著前方行色匆匆的過往身影。福爾摩斯沉默不語，紋絲不動。但是，我看得出，他異常警覺，牢牢地盯著過往的人流。

這是個陰鬱寒冷、雜訊不斷的夜晚，漫長的街道上狂風呼嘯，人來人往。人們用外套和圍巾把自己裹得嚴嚴實實。有一兩次，我感覺到，自己看到了前方的同一個人，而且還特別注意到，街上不遠處的一幢住房的門道口，有兩個人似乎在避風。我試圖提醒我的同伴注意他們，但他只是不耐煩地小聲應了一下，便又繼續盯著街上看。他不止一次焦躁地跺著腳，

55 單簧口琴（Jew's harp）是一種樂器，是將一個薄木製或金屬製的簧片的一端固定在一個兩分叉的框架底部而製成。演奏者把框架的一端放到嘴裡（形成一個共鳴腔），並撥動樂器的簧片進行發音。

手指急速地敲著牆壁。我很清楚，他顯得焦躁不安了，而且他的計畫不如自己先前希望的那樣有效。最後，到了半夜時分，街上慢慢冷清了起來，他無法控制住自己的情緒，在房間裡來回踱著步。我正要對他說點什麼，突然，抬頭看了看那燈火通明的窗子，又一次像先前一樣大吃了一驚。我抓住福爾摩斯的胳膊，向上指著。

「那影子動了。」我大聲說。

實際上不是側影，而是背影了，正朝著我們。

三年了，福爾摩斯一點沒變，還是那樣性情粗暴，對於反應不如他靈敏的人，還是那麼不耐煩。

「當然，移動過了，」他說，「你還以為我是個十足的笨蛋吧，華生，竟然會指望著靠擺一個明顯的假人來引誘一個全歐洲最聰明的傢伙上當受騙嗎？我們在這個房間裡待了兩小時了，赫德森太太已經把那尊蠟像移動過八次了，每過一刻鐘移動一次。她是從蠟像的正面進行移動的，這樣別人才看不到她的影子。啊！」他吸了一口氣，激動地尖叫了一聲。借著昏暗的光線，我看見他把頭往前探，神情嚴肅，目光專注。街上異常冷清了，那兩個人可能還蹲在那門道裡，但我再也沒看見他們了。

四周一片寂靜，一團漆黑，只有那窗戶還透著亮光，黃色的窗簾中間映現出一個黑影。萬籟寂靜之中，我又聽到了細微的聲音，要那種極度激動卻極力壓抑的人才會發出聲音。福爾摩斯立刻把我拉到房間最暗的角落，我感覺他用手碰了碰我的嘴巴，示意我不要說話。他的手在哆嗦，我從未見他如此激動過。漆黑的街上依然冷冷清清，沒有任何動靜。

但是，突然間，我意識到了，他那更加敏銳的洞察力已經覺察到了異常情況。一個低沉詭秘的聲音傳到我的耳畔，聲音不是來自貝克大街的方向，而是來自我們藏身的這幢房子的後部。有扇門打開又關上了。

片刻之後，過道裡傳來輕輕的腳步聲——那腳步是刻意不讓發出聲響來的，但還是在空空蕩蕩的室內發出了刺耳的回聲。福爾摩斯靠牆蹲著，我也跟著他蹲了下來，手牢牢地握著槍。透過昏暗的光線看了看，我看見了一個人的模糊黑影，比門外的黑夜還要黑。黑影站了一會兒，緊接著便貓著身子往前走，氣勢凶狠地進入了房間。惡人的身影距離我們不到三碼，我已經做好準備，以防他會撲過來，但沒想到，他並沒有發現我們。

他從我們身邊擦肩而過，走到了窗戶邊，動作輕柔、悄無聲息地把窗戶推開半英尺。他彎下身子對著推開的窗戶，這時候，窗戶由於沒有了佈滿灰塵的窗玻璃擋著，街上的燈光完全映照在他的臉上。此人似乎興奮過頭，有點控制不住自己了，只見他眼睛像星星似的一閃一閃，渾身抽搐似的不停地抖動。他是個上了年紀的人，鷹鉤鼻，高額頭，禿著頂，蓄著灰白的絡腮鬍。夜禮帽推到了腦後，外衣敞開著，露出了晚禮服的前襟。面部消瘦，膚色黝黑，皺紋密佈，一副凶相。手裡拿著一根手杖一樣的東西，但當他放到地板上時，發出了金屬的撞擊聲。他接著又從外衣口袋裡拿出一個笨重的東西，忙碌著擺弄了一番，最後發出了響亮尖銳的咔嚓聲，好像是彈簧或者槍栓歸位的聲音。他仍然雙膝跪地，身子前傾著，整個人的重量和力量全都壓在一根類似杠杆的東西上，然後傳來一陣漫長的旋轉聲和摩擦聲，最後又是一聲咔嚓聲。他這時挺直了身子。

我看見，他手上握著的是一把短槍，槍柄的形狀很怪異。他打開槍膛，往裡面裝東西，很快又關上了。然後蹲了下來，把槍管擱在開著的窗台上。我看見，他在瞄準目標時，鬍子散落在槍托上，眼睛閃閃發亮。他把槍托貼近肩膀，看見了自己覬覦已久的目標，即黃色的背景中的那個黑影，清晰地立在自己的瞄準範圍內。這時候，我聽見他滿意地低聲舒了一口氣。一時間，他態度嚴肅，一動不動，然後，手指牢牢地扣住扳機。槍響起了怪異響亮的颼颼聲，接著是長時間清脆的玻璃打碎的聲音。

說時遲那時快，福爾摩斯猛虎般躥了起來，撲向開槍的傢伙，把他按得臉朝著地。那傢伙瞬間又爬起來了，而且使勁地掐住了福爾摩斯的喉嚨，而我則趕緊用自己的槍把猛擊他的腦袋，結果他又倒到地板上了。我立馬撲到他身上，就在我制伏他的當下，我的同伴打了一聲響哨。人行道上響起來連續奔跑的腳步聲，兩個身穿著制服的員警，還有一個便衣偵探，衝進了前門，進入了房間。

「是您嗎，萊斯特雷德？」福爾摩斯說。

「是啊，福爾摩斯先生，這事我親自負責，看見您又回到了倫敦，真是太好啦，先生。」

「我看您需要一點兒來自非官方的幫助，一年之內有三樁命案沒有破獲這可不成啊，萊斯特雷德。不過吧，您偵破莫爾西謎案，比平時更加迅速——也就是說，您偵辨得很漂亮。」

我們全都站立了起來，犯人氣喘吁吁，呼吸急促，兩邊各有一個高大的員警押著。街上開始有人了。福爾摩斯走過去把窗戶關上，放下窗簾。萊斯特雷德已經點亮了兩支蠟燭，兩個員警打開提燈。我終於可以仔細看看犯人了。

正對著我們的是一張粗獷而又凶狠的面孔，腦門子像哲學家的，下巴卻又像是聲色之徒的。此人稟賦非凡，向善為惡都會是不同凡響。但是，人們一旦看到他那雙凶惡的藍眼睛，眼瞼低垂，憤世嫉俗，或者那凶相畢露、充滿挑釁的鼻子和那咄咄逼人、滿是皺紋的前額，就一定看得出，造物主明白無誤地賦予了他凶狠惡毒的標誌。他毫不理會我們在場的任何人，但眼睛死死地盯著福爾摩斯的臉，表情中充滿了仇恨和驚愕。「你這個魔鬼，」他不停地喃喃說著，「你這個精明、精明的魔鬼。」

「啊，上校！」福爾摩斯說著，一面理了理自己被弄亂了的衣領子，「『戀人相遇之日，便是旅途結束之時啊。』昔日的劇本台詞就是這麼說來著[56]。上次在萊辛巴赫瀑布，我躺在瀑布上方的崖壁上，承蒙您關照了我，但隨後我想就沒有再見過您啦。」

上校神情恍惚地依舊盯著我的朋友看。「你是個狡猾、狡猾的魔鬼。」他所能夠開口說的就是這句話。

「我還沒有介紹您呢，」福爾摩斯說，「這位，先生們，就是塞巴斯蒂安·莫蘭上校，曾在女王陛下駐印度的軍隊裡服役，是我們駐東方帝國軍隊裡培養出來的最佳猛獸射手。如果我說，您射殺了大量老虎，其數量仍然無人超越，我想不會有錯吧？」

凶狠的老傢伙無言以對，但仍然怒視著我的同伴，目光凶殘，鬍子翹起，他本人活脫脫就像是一隻老虎。

「我就納悶了，怎麼我略施小計就把您這麼一位老獵手給騙了呢，」福爾摩斯說，「您對這一套一定很熟悉啊。您曾經在樹下拴一隻羊，自己拿著槍爬到樹上，等著老虎的到來，難道不是這樣的嗎？這間空房子就是我的樹，而您就是我要等待的那隻老虎。為了對付有可能出現幾隻老虎，或者退一萬步說，您沒瞄準，您可能還有備用的槍。這些」——他指了指

56此話出自莎士比亞的劇作《第十二夜》第二幕第三場中小丑唱的歌，「不要再走了，美貌的親親，戀人的相遇終結了行程，每個聰明人全都知道。」（朱生豪譯）

四周，「就是我備用的槍。我這個比喻很貼切。」

莫蘭上校發出一聲怒吼，身子向前一躍，但員警把他給拽住了。他怒不可遏，樣子慘不忍睹。

「我承認，您讓我感到有點意外，」福爾摩斯說，「我還真沒想到，您自己也會利用這間空房和這個便利的前窗。我還以為您會在街上行動呢，我的朋友萊斯特雷德和他的手下在那兒恭候著您呢。除此之外，一切全在我意料之中。」

莫蘭上校轉身對著官方派來的警探。

「不管你們有沒有正當的原因逮捕我，」上校說，「但是，至少不存在任何理由，我必須得蒙受此人的羞辱。如果我冒犯了法律，那就按照法律的程序列事吧！」

「是啊，說得合情合理，」萊斯特雷德說，「我們要走了，您沒什麼更多的話要說嗎，福爾摩斯先生？」

福爾摩斯從地上撿起了一把殺傷力很強的氣槍，仔細查看其構造。

「一件精巧而又獨特的武器啊，」他說，「不會發出聲響，而且殺傷力巨大。我認識馮・赫德爾，是位雙目失明的德國機械師。他按照已故的莫里亞蒂教授的要求製作了這把槍。多年以來，我就知道有這麼一把槍，不過先前不可能有機會擺弄它罷了。我鄭重其事地把它交給您保管，還有與之配套的子彈。」

「您儘管放心，我們一定會保管好的，福爾摩斯先生，」所有人走向門口時，萊斯特雷德說，「還有什麼事情要交代的嗎？」

「我只想問問你們打算以什麼罪名起訴他？」

「什麼罪名呢，先生？啊，當然，是企圖謀殺夏洛克・福爾摩斯先生啦。[57]」

「可別這樣，萊斯特雷德。我可不想同這樁案件沾邊。這次出色的逮捕，完全歸功於您，就只是您的功勞。是啊，萊斯特雷德，恭喜您啊！憑著您通常具備的智慧和勇敢的素質，您擒住他啦！」

「擒住了他？擒住了誰啊，福爾摩斯先生？」

「這就是出動了全部警力都沒有尋找到的人——塞巴斯蒂安・莫蘭上校。上月三十日，通過公園路四百二十七號三樓的前窗，他用氣槍的開花子彈把羅奈爾得・阿德爾閣下擊斃了。這就是罪名，萊斯特雷德。現在吧，華生，如果你能忍受從破窗戶吹進來的凜冽寒風，我覺得，到我的書房去，抽支雪茄，坐上半小時，你會覺得很愜意的。」

由於有了邁克羅夫特・福爾摩斯的監管和赫德森太太的悉心照料，我們昔日的住處保持了原樣不變。我進門後便看到，確確實實，室內一派未曾有過的整潔場面，但昔日的擺設依

57依照英國當時的法律，莫蘭上校當晚的行為並不構成犯罪，因為他槍擊的是蠟像而非福爾摩斯本人。

舊在原位上。那個專門用來做化學實驗的角落，那張被硫酸燒壞的松木桌子，還有書架，上面是一排大大的剪輯冊和參考資料，我們的很多同胞說不定巴不得將其付之一炬呢。各種圖表，裝小提琴的匣子，擱煙斗的架子——甚至裝著煙絲的波斯拖鞋——當我環顧四周時，全都映入我的眼簾。室內有兩個居民——一個是赫德森太太，見我們進來，便笑臉相迎——另一個是那尊不可思議的假人，在今晚的歷險中起了至關重要的作用。那是我朋友的蠟像，上了顏色，維妙維肖，簡直可以以假亂真。假人立在支架上，披著福爾摩斯過去的晨衣[58]，從街上看去，就是福爾摩斯的翻版。

「但願你採取了所有的防範措施了吧，赫德森太太？」福爾摩斯問。

「按您的吩咐，移動假人的時候，我都是跪著的。」

「好極了。你幹得很漂亮。你注意到子彈落在哪兒了嗎？」

「注意到了，先生。恐怕把您漂亮的半身像給毀了啊，因為子彈正好從頭部穿過，碰到牆上扁掉了。我從地毯上撿到了，這就是。」

福爾摩斯把子彈給我看。「你看到，這是軟的手槍子彈，華生。真是天才啊，誰會想到

58晨衣（dressing-gown）是梳妝、休息等時候罩在睡衣外面的衣服，別的譯本幾乎清一色地譯為「睡衣」。其實，「晨衣」和「睡衣」（pajamas，sleepcoat，nightgown，nighty，bathrobe，jams，nightclothes，nightdress）並不是同一個東西。

用氣槍把這玩意兒射出來呢?行啊,赫德森太太,非常感謝你的幫助,對啦,華生,讓我再來看看你過去的那把椅子,因為我有幾個問題想要同你探討一下。」

他脫下了破舊的外套,穿上了從蠟像身上脫下的灰褐色晨衣,這才是真正的福爾摩斯呢。

「那位老獵手仍然勇氣十足,沉穩鎮定,眼睛仍然敏銳。」福爾摩斯一邊檢查擊破的蠟像頭部,一邊笑著說。

「正好對著後腦勺的中間,穿過大腦。他曾是在印度的最佳射擊手。我看在倫敦沒有多少人可以超過他的。你聽說過這個名字沒有?」

「沒有,沒有聽說過。」

「是啊,是啊,大名鼎鼎的一個人!但是,對啦,如果我沒有記錯的話,你也沒聽說過詹姆士・莫里亞蒂教授那個名字,那可是本世紀了不起的人物之一啊。請把書架上那本人物傳記索引遞給我好嗎?」

他懶洋洋地翻著書頁,身子靠在椅子背上,吞雲吐霧地吸著雪茄。

「我收集到的字母M開頭的部分,內容很豐富,」他說,「莫里亞蒂本人的情況放在那個字母裡面都是會很精彩的,這是投毒犯摩根,這是臭名遠揚的梅里杜,還有馬修斯,此人在查令十字街旅館的休息室裡,把我的左邊的犬牙給敲掉了,最後,這是我們今晚遇到的朋友。」

他把書遞給我，我看到上面的文字：

塞巴斯蒂安・莫蘭上校，無業，曾服役於班加羅爾工兵一團。一八四〇年生於倫敦。英國駐波斯公使奧古斯特・莫蘭爵士之子。曾就讀於伊頓公學和牛津大學。參加過僑瓦基戰役和阿富汗戰役，曾服役於查拉希阿布（特遣）、舍普爾和卡布林等地。著有《喜馬拉雅西部大獵物》（一八八一年），《在叢林中的三個月》（一八八四年）。家庭住址：管道街。所屬俱樂部：英印俱樂部，坦克維爾俱樂部，巴加泰勒紙牌俱樂部。

旁邊是福爾摩斯的筆跡：

倫敦二號危險人物。

「真是令人震驚啊，」我說著，一邊把書遞還給福爾摩斯，「此人居然還是個受人尊敬的職業軍人呢。」

「確實，」福爾摩斯回答說，「從某種意義上說，他幹得很不錯，一直就是個大無畏的人物，堅定勇敢，在印度，至今還流傳著他當年爬下水道去追逐一隻受傷的吃人老虎的事蹟呢。有的樹木，華生，長到一定的高度時，會突然變得形狀古怪，很難看的。你會注意到，人往往也是這樣。我有一種看法，個人在成長中會表現出其祖先的發展歷程，這種突然向好的或者壞的方向轉變代表了其家族的強烈影響。可以說，個人變成了整個家族歷史的縮影。」

「這無疑是一種富有想像力的觀點啊。」

「行啊，我也不固執己見了。無論是何種原因，莫蘭上校開始變壞了。雖然沒有什麼公開的醜聞，他到底還是在印度待不下去了。於是，退役回到了倫敦，結果還是弄得聲名狼藉。就是在那個時候，他被莫里亞蒂教授看中了，一度成了其團夥的骨幹。莫里亞蒂大把大把地給他錢，只是在一兩次高難度的行動中才起用他，那種事情普通罪犯拿不下來。你可能還記得，一八八七年洛德的斯圖爾特夫人遇害案吧。不記得啦？是啊，我確信，那是莫蘭幹的，但是，毫無證據。上校十分巧妙地掩飾起來了，所以，即便莫里亞蒂團夥被搗毀之後，我們也沒有辦法對他提起訴訟。你記得嗎？我那天上你家去，如何把百葉窗關起來，就是擔心受到氣槍的襲擊。毫無疑問，你認為我想入非非，但我確切地知道，自己在幹什麼，因為我知道有這種槍的存在。我還知道，世界上最佳的神槍手正握著它呢。我們當時在瑞士時，他便隨同莫里亞蒂跟蹤我們。毫無疑問，正是他讓我在萊辛巴赫瀑布的懸崖上經受了恐怖的五分鐘。」

「你可以想得到，我在法國逗留期間，會注意看報紙，就是在尋找時機，把他送進監獄。只要他在倫敦逍遙法外，我活著就真的沒有什麼價值。那個陰影會夜以繼日地籠罩在我的心頭，他遲早會有機會的。我該怎麼辦呢？我總不能一看到他露面就擊斃他吧，否則，我自己就得蹲監獄。求助於治安官也無濟於事。他們不能因為一種毫無根據的胡猜亂想就出面干預。所以，我一籌莫展。但是，我關注著刑事犯罪方面的新聞，我心裡明白，遲早有一天，我能夠逮住他。

「後來，出現了那位羅奈爾得•阿德爾遇害的案件。我的機會終於來了。根據我的判斷，除了莫蘭上校，別人誰還會幹出這種事情呢？他同那個年輕人一道玩牌，從俱樂部一直跟蹤他到家，再從窗外開槍把他打死。毫無疑問，單憑那幾顆子彈就可以把他送上絞刑架。我立刻就過來了，結果我被那個出來打探消息的看到了。我知道，此人會把我的行蹤告訴上校的。上校必定會把我突然回國同他所犯的罪行聯繫起來，於是會格外警覺。我可以肯定，他會試圖把我立刻除掉，為了達到目的，他會使用上他那件極具殺傷力的武器。

「我在窗戶口給他擺放了一具極佳的靶子，同時通知警方，可能需要他們出面——順便說一聲，華生，你準確地發現了他們蹲在門道裡——我選擇了一個絕佳的觀察點，但沒有料想到，他也會選擇這麼個地方下手。對啦，親愛的華生，我還有什麼沒解釋清楚的嗎？」

「有，」我說，「你還沒說明莫蘭上校謀殺羅奈爾得‧阿德爾閣下的動機是什麼呢？」

「啊，親愛的華生，我們現在要進入推理階段了，很多精於邏輯推理的人都可能會失算，因為大家都會在現有證據的基礎上做出各自不同的假設，和我一樣，你的假設可能是對的。」

「這麼說，你已經有結論了？」

「我認為，要解釋這些事實並不難。警方出具的證詞表明，莫蘭上校和年輕的阿德爾兩人曾經搭檔，贏過一筆錢，而且數目可觀。毋庸置疑，莫蘭弄虛作假了——對此，我早就知道了。我認為，案發當天，阿德爾發現莫蘭作了假。他很可能私下裡對上校說了，並且威脅說，除非他自動退出俱樂部，並且答應從此以後再不打牌，否則，就把他的事情抖出去。

「事實上，像阿德爾那樣的年輕人，不可能會立馬揭發一個這麼有名望、歲數又比自己大這麼多的人，從而製造駭人聽聞的醜聞。他很可能真是像我說的那麼做了。被逐出俱樂部對莫蘭而言，意味著前程被毀，因為他就是靠打牌，撈取不義之財過日子的。於是他殺害了阿德爾，當時阿德爾在統計要退還給別人多少錢，因為他不想通過自己的搭檔弄虛作假而謀利。阿德爾把房門鎖了起來，以免母親和妹妹進來，追問他關於紙上的名字和錢幣的事。我這麼說解釋得通嗎？」

「我毫不懷疑，你說到點子上了。」

「正確與否，法院一審訊就能見分曉了。不管怎樣，莫蘭上校不會再來煩擾我們了。這把著名的馮・赫爾德氣槍可以讓蘇格蘭場罪案博物館增色不少了。夏洛克・福爾摩斯先生又可以全力以赴，自由自在地偵破倫敦錯綜複雜的生活中出現的各種小案件了。」

海軍協定案

The Adventure of the Naval Treaty

我婚後不久那個七月，令人難忘，因為發生了三樁很有意思的案件。其間，我有幸陪同夏洛克・福爾摩斯辦案，研究他的破案方法。我把三樁案件都記錄在案，並加了標題，分別為《第二塊血跡案》、《海軍協定案》和《疲倦的船長案》。不過，第一樁案件事關重大，牽扯英國的許多名門望族，所以只有等到多年之後才有可能將其公之於眾。然而，在福爾摩斯偵破的所有案件中，沒有一樁能像該案那樣，清晰地展示出其探案方法的價值，也沒有一樁能像該案那樣，給參與其中的人留下刻骨銘心的記憶。

巴黎警署杜布克先生和瓚澤格的著名專家弗里茨・馮沃爾鮑為了偵破此案花費了大量的精力，結果卻不著要領，而福爾摩斯則揭開了案件的真相。我把他們當時談話的內容一字不漏地記錄了下來，並保留至今。然而，該案在本世紀是不可能披露的。我提到的第二樁案件當時也同樣關係重大，其中的一些事件彰顯了案件的獨特性。

我在中學期間，和一個名叫珀西・菲爾普斯的少年關係親密。他和我年齡相當，卻比我高兩個年級。他是個出類拔萃的學生，贏走了學校所有的獎項，因為成績突出，畢業時獲得了獎學金，進入劍橋大學讀書。我記得，他家庭背景很硬。我們還很小就在一塊兒，當時就知道，他舅舅霍爾德赫斯特勳爵，是位著名的保守黨人。不過顯赫的家庭背景並沒有替他在學校裡帶來多少好處。恰恰相反，我們在操場上總是捉弄他，用鐵環敲他的小腿骨，並以此為樂。但是，他走上社會後，情形就完全不同了。我隱約聽說，他憑藉自己的才華和社會關係，在外交部謀得了一份美差。後來，我完全把他忘了，但下面這封來信又使我想起了他。

親愛的華生：

我肯定你還能記得起「蝌蚪」菲爾普斯吧？你三年級時，他上五年級。你甚至可能聽說過了，我通過舅舅的關係，在外交部謀得了一個很理想的職位。我處在信任與榮耀的境況中，最後卻禍從天降，徹底毀掉了我的前程。

信中沒有必要詳述那一可怕的事件，如果你答應我的要求，我當把具體情況告知於你。我罹患腦炎，達九個禮拜之久，才剛剛恢復，人還很虛弱。你看能不能把你朋友福爾摩斯先生帶來見見我？我想就這個案件聽聽他的意見，儘管當局向我保證說沒有什麼辦法了也罷。萬望叫他前來，越快越好。我處在這種可怕的情境之中，心裡懸著，度日如年。請向他說明，如果說我沒有早些時候請求他的幫助的話，那不是因為不欣賞他的才智，而是因為我蒙受打擊之後，頭腦就不清醒了。現在，我恢復了神志，但害怕舊病復發，不敢多想此事。我身體依然虛弱，不得以口述此信，懇請原諒。務必請他過來。

你老同學

珀西・菲爾普斯

於沃金的布里爾佈雷

看完此信，我內心很不平靜。他在信中一再懇求我帶福爾摩斯前往，我感到於心不忍。我被深深打動了，無論此事有多難，也要盡力而為。況且，我當然非常清楚，福爾摩斯熱愛偵探事業，只要委託人有需要，他隨時都願意提供幫助。我夫人也同意我這樣做。於是，我不敢耽擱片刻，立刻前去找他商談此事。早餐後不久，我就回到了貝克大街的昔日住處。

福爾摩斯身穿晨服，坐在靠牆的桌子邊，做化學實驗。一個大蒸餾瓶放在酒精燈上，下面是藍色火苗。蒸餾瓶裡的液體燒沸騰了，蒸餾出來的液體滴落在一個量杯裡。我進門時，我這個朋友連頭都沒抬。我看出來了，研究一定很重要，所以，我自己找了把扶手椅坐了下來，在一旁靜靜等待。他用玻璃吸管從每個瓶子裡吸出幾滴液體，一會兒往這個瓶子裡滴一滴，一會兒往那個瓶子裡滴一滴。最後，他拿出一個裝有溶液的試管放在桌上。右手拿起一張試紙。

「你來得正是時候啊，華生，」福爾摩斯說，「如果試紙依然呈藍色，那就表示一切正常。如果變成紅色，那就說明它可以把人毒死。」他把紙浸入試管，試紙馬上變成了暗紅色，「哼！我的想法也是這樣的！」他大聲說，「華生，你再稍等片刻，我馬上就好了。你可以在波斯拖鞋裡找到煙葉。」他轉身伏在桌上，潦潦草草地擬了幾封電文，交給了跑腿的男僕。然後在我對面的椅子上坐下，屈起雙膝，十指相交抱住瘦長的小腿。

「一件普普通通的兇殺案而已，」他說，「我想，你帶來的案件應該會更有趣。你無事不登門，一定有案件，是什麼案件？」

我把信遞給他，他全神貫注地看了起來。

「信上沒有提供什麼情況，對不對？」福爾摩斯說著，把信交還給我。

「沒有說什麼呢。」

「不過筆跡倒是很有意思。」

「但不是他本人的筆跡。」

「一點沒錯，是個女人的筆跡。」

「肯定是男人的。」我大聲說。

「不，是女人的，而且是個性格非同尋常的女人。你看，調查還沒開始，我們就知道，你的委託人與某個人有密切關係。那個人，不管好歹，性格與眾不同。該案引起了我的興趣。如果你已準備好了的話，我們立刻動身前往沃金，去看看那位捲入罪案中的外交官，以及按其口述記錄這封信的那個女人。」

我們剛到滑鐵盧車站，就幸運地趕上了早班火車。沒過一小時，我們便到達了沃金，身處冷杉和石楠樹叢中。原來，布里爾佈雷是一座大宅邸，孤零零地座落在一處開闊地上，離火車站只有幾分鐘的行程。遞上名片後，我們被領進一間雅致的客廳。幾分鐘後，一個胖子殷勤地接待了我們。他年齡可能快有四十歲了，但面頰紅潤，眼中流露出歡快的神情，感覺像個胖乎乎的頑皮小男孩。

「歡迎二位光臨，」他說著，熱情洋溢地同我們握手，「珀西早上一直在問你們是否來了。啊，我那可憐的老朋友，他不願放過任何一根救命稻草啊！他父母要我來迎接你們，他們一提到這件事就感到非常痛苦。」

「我們現在還不瞭解情況呢，」福爾摩斯說，看了看對方，「我看，您本人不是這個家庭的成員吧。」

我們剛認識的人臉上露出驚訝的神色。他低頭看了看，便大笑起來。

「當然，您是看見我項鍊墜上的姓名首字母組成的花押字J・H・了，」他說，「我剛才一時間還以為您有什麼過人的本領呢。我叫約瑟夫・哈里森，我妹妹安妮就要嫁給珀西了，所以我至少是他的姻親吧。我妹妹在他的房間裡，兩個月來都是她無微不至地照顧他的。我們最好還是即刻去吧，因為我知道，他著急得很。」

他領著我們進去的那個房間與會客室在同一層樓上。從房間的佈置看，既當起居室用，也當臥室用。房間的每個角落都擺放著鮮花，顯得非常優雅。一位面色蒼白的年輕人，有氣無力地躺在長沙發上。沙發旁邊的窗戶開著，夏季的和風把外面花園裡濃郁的芬芳吹進了屋內。一個女子坐在年輕人的身邊。見我們進屋，她趕緊站起身來。

「珀西，我要迴避一下嗎？」她問。

他抓住她的手，讓她留下。「你好嗎，華生？」他說著，態度很友好，「你蓄起鬍子來了，我都一時間認不出來了。我敢說，你也認不出我了吧。我猜，這就是你那位大名鼎鼎的朋友夏洛克‧福爾摩斯先生吧？」

我三言兩語介紹了他之後，我們兩個人都坐下來了。那個肥胖的年輕人離開了，但他妹妹仍然待著沒有走，手還握著病人的手。她是個引人注目的女子，個頭不高，身材顯胖，身高和身材不夠勻稱，但有著美麗的橄欖色膚色，一雙烏黑的義大利人的大眼睛，一頭烏黑發亮的秀髮。與她嬌美的容貌相比，她伴侶那蒼白的面孔顯得更加虛弱和憔悴。

「我不浪費你們的時間，」珀西說著，從沙發上坐起身，「我就直截了當講述事情的經過吧。我是個幸福快樂、事業有成的人，福爾摩斯先生，我馬上就要結婚娶妻了，可誰知突如其來的厄運毀了我的前程。

「華生可能告訴您了，我在外交部當差，通過我舅舅霍爾德赫斯特勳爵的關係，很快就擢升至要職了。我舅舅出任了本屆政府的外交大臣，他交給我許多重要任務，我每次都做得很出色，他最終對我的才能和智慧深信不疑。

「大概就在十個禮拜前——準確地說是在五月廿三日——他把我叫到他的私人辦公室，

對我出色的工作進行了表揚，他告訴我，有一件新任務要我去完成。

「『這個，』他說，一邊從辦公桌上拿起一卷灰色的紙，『是英國和義大利簽署的秘密協定原件。很遺憾，公眾媒體對此已有傳聞了。最重要的是，不能再有任何消息洩露出去。法國和俄國大使館正不惜一切代價打探這些文件的內容。如果不是絕對需要一份抄本，我是不會把它拿出來的。你辦公室裡有保險櫃吧？』

「『有，閣下。』

「『那就把協定拿去鎖在你的保險櫃裡。聽著，等別人下班後，你留下來慢慢抄，這樣就不用擔心會被人偷看到。抄完後，你再把原件和副本鎖進保險櫃裡，明天早上親手交給我。』

「我拿了那份文件，然後……」

「對不起，等一等，」福爾摩斯說，「你們說話時沒有別人在場吧？」

「絕對沒有。」

「是在一個大房間裡面嗎？」

「長寬各三十英尺。」

「你們交談是在房間中間進行的嗎？」

「是，大體上在中間位置。」

「說話聲音很低嗎？」

「我舅舅說話的聲音一直都很低的，我幾乎沒怎麼說話。」

「謝謝，」福爾摩斯說，他閉著眼睛，「請繼續吧。」

「我完完全全按照舅舅吩咐的做，一直等待，等到另外那個職員離開。和我同一辦公室的同事只剩下查理斯·戈羅特，因為他手頭上還有些工作沒完成，於是，我就出去吃晚飯了。等我返回時，他已經走了。我心急火燎，趕緊做我的事，因為我知道，約瑟夫——就是你們現在看到的哈里森先生——到倫敦了，他會乘坐十一點的火車去沃金，我也想盡可能趕那一趟火車。

「我仔細看過那份協定後，立刻發現，舅舅的話一點也不言過其實，它確實極其重要。內容具體細節就不說了，我只能說那份協定表明了大不列顛王國對三國同盟的態度。從中可以看出，一旦法國海軍在地中海地區與義大利海軍相比佔據絕對優勢，該國將採取的措施。協定涉及的問題僅與海軍有關。協定最後是由雙方高級官員簽署的。我大致看過後，就坐下來動手抄寫。

「文件很長，是用法文起草的，共有二十六個條款。我以最快的速度抄寫，可到九點才不過抄了九條，看樣子不大可能趕得上十一點的火車了。當時我覺得有些睏，頭昏沉沉的，一方面是因為晚飯沒吃好，另一方面也是因為忙了一整天。也許喝杯咖啡，能讓腦子清醒一點。下面樓梯口有個小房間，門房住在裡面守夜，常常用酒精燈為加班的官員煮咖啡。所

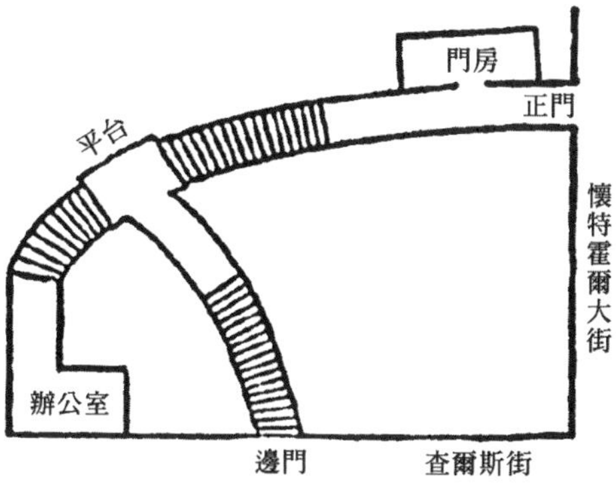

以，我就拉鈴召喚他。

「令我感到詫異的是，應我的是個女人，只見她塊頭很大，面容粗糙，上了年紀，身上繫著圍裙。她解釋說自己是門房的妻子，打雜來著。於是我叫她幫著煮點咖啡。

「我又抄了兩條後，感到越發昏昏沉沉，於是，我起身在屋內來回走了幾步，伸展了一下雙腿。可是咖啡還沒送上來。我不知道到底是怎麼回事，於是我打開門，順著走廊過去看個究竟。從我上班的辦公室出來就是一條筆直的走廊，光線昏暗，是離開辦公室的唯一出口。走廊盡頭有一個弧形的樓梯，門房室就在樓梯下面的過道旁。樓梯中間有個小平台，平台的右手邊還有一條走廊，走廊過去是一段小樓梯，一直通向邊門，供傭人進出。從查理斯街過來的職員也可由此抄近路上班。那個地方簡單地說就是這樣的佈局。」

「謝謝，我想，我明白您的意思了。」夏洛克・福爾摩斯說。

「請您聽好了，我要講到其中最關鍵的地方了。我走下樓梯，進入大廳，發現門房正在門房室酣睡，酒精燈上的咖啡壺燒開了。見咖啡都溢出來了，我便拿下咖啡壺，吹滅酒精燈。接著，我伸手正要搖醒那個仍在酣睡的人，突然間他頭頂上鈴聲大作，他一下子驚醒了過來。

「『菲爾普斯先生！』他睡眼矇矓地看著我說。

「『我下來看看咖啡煮好了沒有。』

「『我煮著煮著，就睡著了，先生。』他看了我一眼，又抬頭看著仍在顫動不已的門鈴，臉上的神色愈來愈驚訝。

「『您人都在這兒，先生，那是誰在拉鈴呢？』他問。

「『鈴！』我大聲說，『鈴怎麼啦？』

「『是您辦公室的鈴呢。』

「好像有一隻冰涼的手觸到了我的心。那就是說，有人進入了我的辦公室，而那份機密協定就放在桌上。我發瘋似的衝上樓梯，穿過走廊。走廊上沒有任何人啊，福爾摩斯先生，房間裡也沒有人。一切都和我離開房間前一樣，只是交給我保管的那份文件，被別人從我的桌子上拿走了。副本還在，而原件卻不見了。」

福爾摩斯在椅子上坐直了身子，搓著雙手。可以看出，案件正對他的心思。「請問您當時幹了什麼呢？」他低聲問。

「我立刻就斷定，盜賊一定是從邊門上樓的。要是他從正門上樓，那我肯定會碰上他的。」

「您就沒想過他可能一直藏在室內或走廊上嗎？您說過，走廊的燈光很昏暗啊？」

「這絕不可能。無論是室內，還是走廊，連隻耗子都藏不住，根本就沒有藏身之處。」

「謝謝，請接著講。」

「門房見我面色蒼白，料定一定是發生了可怕的事，於是跟我上了樓。這時候，我們兩個順著走廊跑，跑下通往查理斯街的陡峭的樓梯。樓梯底下的門關著，但沒上鎖。我們猛地推開門，衝了出去。我清清楚楚記得，當時自己聽到附近的鐘敲了三下，正是九點三刻。」

「這一點很重要。」福爾摩斯說著，把這個情況記錄在自己的襯衫袖口上。

「那天，夜很黑，天上下著細雨。查理斯街上沒有一個行人，但街道盡頭的懷特霍爾大街上卻像平常一樣，人來車往，絡繹不絕。我們衣冠不整地衝到人行道上，看見一個員警站在遠處街道的一角。

「『有盜賊，』我氣喘吁吁地說，『外交部有份極其重要的文件被盜走了。有人從這邊過去嗎？』

「『我在那兒站了一刻鐘，先生，』員警說，『其間，只有一個人路過。是個高個子老婦人，披著一條佩茲利披巾。』

「『啊，那是我妻子，』門房大聲說，『沒有別人從這裡路過嗎？』

「『沒有。』

「『那麼，盜賊一定是從另一個方向跑了。』對方大聲說，一邊扯著我的袖子。

「但我根本聽不進他的話。看他想把我引開，我於是更加懷疑起來了。

「『那個女人往哪邊走了？』

「『我不清楚，先生。我看到她走過去，但我也犯不著總盯著她看啊。她好像很急的樣子。』

「『這個情況多久了？』

「『噢，沒有過幾分鐘。』

「『就五分鐘的光景吧？』

「『是啊，不會超過五分鐘。』

「『您這是在浪費時間，先生，每分鐘都至關重要啊，』門房大聲說，『請相信我好啦，我家妻子跟這事一點兒關係也沒有，到街道的那一端去吧。得啦，如果您不去，我去。』說完，他就跑向街道的另一端。

「但是，我立刻就追上了他，扯住他的袖子。

「『你住在哪裡？』我問。

「『布里克斯頓區的艾維巷十六號，』他回答說，『但是，不要被假像迷惑了，菲爾普斯先生。到街道的那一端去吧，看能不能打聽到什麼消息。』

「反正聽聽他的建議也沒有什麼壞處，於是我們兩個和員警一同匆忙趕過去，只見懷特霍爾大街上車水馬龍，人們來去匆匆。在那樣一個陰雨綿綿的夜晚，人們都忙著奔向自己心靈的港灣。沒人可以告訴我們，誰曾打此地經過了。

「於是，我們回到了外交部，巡查樓梯和走廊，卻沒有任何結果。通往辦公室的走廊上鋪著一種米色漆布，上面的痕跡很容易看出來。我們仔細查看後，卻沒在上面發現任何的足跡。」

「那天整個傍晚都在下雨嗎？」

「大概從七點開始下。」

「既然如此，那個女人九點左右走進房間，靴子上帶著泥，怎麼會沒留下腳印呢？」

「您提到這一點，我很高興。我當時就是這麼想的。做事的女僕往往會在門房室裡脫掉靴子，換上布拖鞋的。」

「很顯然，那就是說，儘管當晚有雨，但地上卻沒發現腳印，對嗎？這一點確實很有意思。你們接下去又做了什麼？」

「我們也仔細查看了辦公室，裡面沒有暗門，窗戶離地面足足有三十英尺高。兩扇窗都從裡面閂死了。地板上鋪了地毯，也不可能有地道入口。天花板是普通白灰刷的。我敢拿生命擔保，偷走文件的那個盜賊只能從門口進來。」

「不會是從壁爐進去的嗎？」

「裡面沒有壁爐，只有一個火爐子。我寫字台右邊掛著一根鈴繩。要拉鈴的話，就必須走到書桌的右邊去。但是，為什麼罪犯要去拉鈴呢？這是我不解之謎啊。」

「確實，這件事不同尋常。你們接下來幹什麼了呢？我估計是要看一看，闖入者是否留下了什麼蛛絲馬跡——比如煙頭，或者落下的手套，或者髮夾，或者其他什麼小玩意兒，對吧？」

「那些東西都沒有。」

「氣味也沒有嗎？」

「呃，這一點我們倒是沒有想過。」

「啊，煙草味對我們調查此案會很有價值的。」

「我本人不抽煙，所以，我想，室內若是有煙味，我應該能聞出來的。絕對一點煙味都沒有。唯一確鑿的事實就是門房的妻子——她名叫坦蓋太太——匆匆忙忙離開那個地方。門房對此也無話可說，他只是說他妻子一般都是那個時間回家的。我和那個員警都認為，如果是那個女人拿走了文件，最好搶在她把文件交出去之前，把她抓起來。」

「這時，蘇格蘭場已接到了報警，偵探福布斯先生立即趕過來了，全身心地投入了此案的調查工作。我們租了一輛雙輪馬車，半小時內趕到了門房告訴我們的地點。有個年輕女人開了門，她是坦蓋太太的長女。她母親還沒回來，她把我們領進前廳等候。

「大概十分鐘過後，有人敲門。當時，我們犯了一個嚴重的錯誤，對此我很自責。因為我們沒有親自去開門，而是讓那個女孩去開的。我們聽見她說：『媽媽，家裡有兩個人等著見您。』緊接著，我們就聽到一陣急促的腳步聲，從過道跑過。福布斯猛然推開門，我們兩個跑進後面的房間，即廚房，可是那女人搶先進入。她盯著我們看，目光中懷著傲氣，這時候，她突然認出了我，臉上的表情極度驚訝。

「『啊，這不是外交部的菲爾普斯先生嗎？』她大聲說。

「『是啊，是啊，你跑開時以為我們是誰啊？』我的同伴問。

「『我以為你們是仲介商呢，』她說，『我們和一個商人有些糾紛。』

「『這理由不是很充足，』福布斯回答說，『我們有理由認為，你從外交部拿走了一份重要文件，然後跑到這裡來處理它。你必須跟我們一同到蘇格蘭場去接受調查。』

「她爭辯和反抗都毫無作用。我們叫來了一輛四輪馬車，三個人都坐了進去。離開之前，我們先檢查了廚房，尤其是廚房的爐火，看她是否一個人在廚房時把文件扔進火裡處理了。然而，我們沒看到一點灰燼。我們一到蘇格蘭場，就立即把她交給女搜查員。我等待著，心裡很焦急。最後，女檢查員回來報告說，沒有發現文件。

「當時，我才開始完全意識到自己的處境有多麼可怕。到那時為止，我一直是在採取行動，行動讓我顧不上思考。我一直充滿了自信，以為馬上就可以找回那份協定，所以，還不敢想，如果找不回來，那會是怎麼樣的一種後果。但這時候已經無計可施了，我有了工夫來思索自己的處境。簡直就是可怕啊。

「華生可能已告訴您，我在學校時，是一個膽怯而又敏感的孩子，我的性格就是這樣。我想到舅舅和他的內閣同僚，想到我給他，給我自己，給每一個同我有關聯的人帶來的恥辱，我自己成了這離奇的事件的受害者，算得了什麼呢？外交利益事關重大，絕不允許出半點事故。我已經毀了，蒙羞受辱、毫無希望地毀了。我都不知道自己幹了什麼，想必一定是當時大吵大鬧了一場，我迷迷糊糊地記得，有一群同事圍著我，想方設法安慰我。其中有一個陪同我乘坐馬車到滑鐵盧車站，看著我上了開往沃金的火車。我相信，如果不是我的鄰居費里爾醫生也乘同一列火車回家，那位同事一定會一直把我送到家的。醫生熱情友好，悉心照顧我，多虧有他照顧，因為我在車站就已昏厥過一次，到家之前，我幾乎成了一個語無倫次的瘋子。

「您可以想像得到，醫生按響門鈴之後，家裡人從睡夢中醒來，看到我的那副模樣，那會是怎麼樣的一種情形。可憐的安妮，還有我母親肝腸寸斷。費里爾醫生把剛才在車站聽偵探敘述過的事情的由來向我家人講了一遍。他們非常清楚，我的病是不能馬上痊癒的，所以約瑟夫被迫搬出了他喜歡的這間臥室，現在成了我的病房。

「福爾摩斯先生，在這裡我已待了九個多禮拜，腦子一片空白，如果沒有哈里森小姐和醫生的悉心照顧，我現在恐怕連話都不能和您說啊。您是知道的，我一旦神經病發作，任何事都做得出來，所以白天由安妮小姐照顧我，晚上雇傭了位護理照顧。慢慢地，我的神志清醒了，直到最近三天，我才恢復了記憶。

「我有時候甚至希望記憶永遠不要恢復，好把那些煩心事全部忘掉。我曾發過一封電報，給辦理本案的福布斯先生。他過來了，向我保證說，他用盡了所有辦法，但沒有發現半點線索。門房和他妻子也通過每一種方式接受了詢問，但一無所獲。後來，警方也懷疑年輕的戈羅特，您可能還記得，他那天傍晚下了班還待在辦公室裡。他在辦公室滯留，還有他的法國姓氏，這實際上是引起懷疑的兩點。但是，事實上，我是在他離開之後才開始抄寫協定的。他的家族擁有胡格諾派[59]教徒血統，但感情和習俗上，同我們英國人是一樣的。不管怎樣

59指十六世紀至十七世紀法國基督教新教徒，多數屬於加爾文宗。

說，沒有任何確鑿證據顯示他與此事相關，因此，案件就這樣擱置下來了。我來找您，福爾摩斯先生，您毫無疑問是我最後的希望。如果您也讓我失望的話，那我的地位和榮譽就永遠被毀了。」

病人由於長時間敘述，感到疲勞了，於是背靠在坐墊上，而此時照顧他的人則倒了一杯提神的藥劑給他。福爾摩斯坐著，沉默不語，頭朝後仰著，雙目緊閉，樣子在陌生人看來，顯得無精打采。但我清楚，他是在全神貫注思索問題。

「您的敘述很具體，」他最後開口說，「我實際上沒有多少問題要問的。不過，還是有至關重要的一點。您是不是對什麼人說過，您承擔了這樣一件特殊的使命？」

「沒對任何人說過。」

「比如，對哈里森小姐也沒有說過嗎？」

「沒有。接受使命和執行使命之間，我沒有回沃金。」

「家裡人也沒有碰巧去看過您嗎？」

「沒有。」

「他們中有熟悉辦公室周圍的路的嗎？」

「噢，有，我領著他們到過那兒。」

「還有，當然，如果您沒有對任何人講過關於協定的事，那這些問題就沒有什麼關聯了。」

「我隻字未提。」

「您瞭解那個門房嗎？」

「只知道他是個老兵。」

「哪個團的？」

「噢，我聽說——是冷水溪近衛團的。」

「謝謝，我肯定可以從福布斯那兒瞭解到具體情況的。當局對收集資料的事情做得很到位，儘管沒有一直好好利用。玫瑰是一種多可愛的花啊！」

他繞過長沙發，走到敞開著的窗戶邊，伸手扶起一根低垂著的玫瑰花枝，觀賞著鮮紅豔綠的花團。這在我看來，是他性格中新的一面，因為我先前從未發現他表露過對自然物品的喜愛之情。

「沒有什麼事情比宗教中的事情更需要推理的了，」他說，他背斜靠著百葉窗，「推理者可以把它建構起一門精確的科學。在我看來，我們對上帝仁慈的絕對信仰似乎是寄託在鮮花中的。其他所有一切，包括我們的能力，我們的願望，我們的食物，都首先是為了生存而需要的。但是，這種玫瑰是個例外。其香味和色澤都是對生命的點綴，不是其必要條件。只有仁慈才會產生非同一般的品格，因此，我再說一遍，我們的希望寄託在鮮花上。」

這一段解釋期間，珀西・菲爾普斯和他的護理看著福爾摩斯，臉上寫著驚訝和失望的神情。福爾摩斯手指撫弄著玫瑰花枝，陷入了沉思。持續了幾分鐘，年輕女子這才打破了沉靜。

「您發現解開疑案的希望了嗎，福爾摩斯先生？」她問了一聲，語氣中透著譏諷。

「噢，疑案！」福爾摩斯說，他怔了一下，回到了現實中，「是啊，如果否定本案不是椿詭秘莫測、錯綜複雜的案件，那簡直就是荒唐，但是，我可以向你們承諾，我將調查本案，並且把我瞭解到的情況告知你們。」

「您發現什麼線索了嗎？」

「您已經給我提供了七個線索，但是我當然必須驗證一下，然後才能判斷其價值。」

「您懷疑上什麼人了嗎？」

「我懷疑我自己。」

「什麼？」

「懷疑做出的結論過於草率。」

「那就回倫敦去驗證你的結論吧。」

「您的提議太好啦，哈里森小姐，」福爾摩斯站起身來說，「我想啊，華生，我們做得再好不過了。請不要沉浸在虛假的希望當中，菲爾普斯先生。這是一樁錯綜複雜的案件啊。」

「不再見到您，我會心急火燎的。」外交官大聲說。

「行啊，我明天乘同一班火車過來，不過，我未必會帶來什麼好的結果。」

「您答應過來，願上帝保佑您啊，」我們的委託人大聲說，「知道您在採取措施，我對生活有了新的希望。順便告訴您一聲，我收到了霍爾德赫斯特勳爵的一封信。」

「哈！他說什麼啦？」

「他言辭冷淡，但並不嚴厲，我覺得是因為我的病情，他才不那樣做的。他反覆說，事情關係重大。最後還補充說，我的前程已無可挽回了——他當然是指對我革職的事——等到我身體痊癒了之後，我還有機會做出彌補。」

「是啊，這也合情合理，想得周到，」福爾摩斯說，「走吧，華生，我們還要到城裡去忙一整天呢。」

約瑟夫．哈里森先生駕車送我們到火車站，我們很快便登上了去樸資茅斯的火車。福爾摩斯陷入了沉思，幾乎沒有開口說話，直到我們過了克拉彭樞紐站。

「通過這條線路進入倫敦，速度又快，能夠像這樣俯視房舍，這是一件賞心悅目的事情啊。」

我認為他這是在開玩笑，因為那景致夠淒涼蕭瑟的，但他很快做出了解釋。

「看看那一大片與世隔絕的建築，矗立在青石之上，彷彿是鉛灰色海洋中的磚瓦之島。」

「是寄宿學校吧？」

「是燈塔房，夥計啊！是未來的燈塔！千百顆光輝奪目的小種子裝在每一座燈塔裡，要從那兒誕生出一個更加明智更加美好的英國啊！我猜，菲爾普斯不會喝酒吧？」

「我看不會。」

「我也認為不會，但是我們必須考慮到每一種可能性。可憐的人已經陷到深水中了，我們能否把他拖上岸，那是個問題。你認為哈里森小姐怎麼樣？」

「性格很剛強的一個女子。」

「是啊，但是屬於很好的那種，除非我看錯了。她和她的哥哥是諾森伯蘭附近一個鐵器製造商僅有的兩個孩子。去年冬天旅行期間，菲爾普斯同她訂了婚，她哥哥陪同她來和菲爾普斯的家人見面。然後，就出現了這個變故，她便留下來照顧未婚夫，她哥哥約瑟夫・哈里森發覺這裡相當舒適，便也留下來了。你看，我已經單獨進行了一些調查。但是，今天得進行一天的調查了。」

「我診所的……」我開口說。

「噢，如果你覺得你自己的那些事情比我的更加有意思……」福爾摩斯說，語氣中透著譏諷。

「我本來要說的是，診所裡的事情擱置一兩天沒事的，因為現在是一年中業務最清淡的時期。」

「太棒了，」他說，心情又好了起來，「那我們就一道調查案件吧。我認為，我們先要去見見福布斯，他或許可以告訴我們想要的具體情況，直到我們弄清了朝哪個方向著手。」

「你是說，你已經有線索了？」

「是啊，我們掌握了幾條線索，但是，我們只有經過進一步的調查，才能驗證其價值如何。最難以破解的犯罪案件就是毫無目的的那種。眼下的案件並不是毫無目的的。拿到了那份東西，誰可以受益呢？有法國大使，有俄國大使，還有可能把它出賣給上述人員的任何人，甚至還有霍爾德赫斯特勳爵。」

「霍爾德赫斯特勳爵！」

「對呀，可以想像得到，一個政治家處於對自己的處境的考慮，可能不惜讓一份這樣的文件意外銷毀。」

「難道霍爾德赫斯特勳爵不是個有著榮耀歷史的內閣大臣嗎？」

「這是一種可能，我們可不能忽略這一點啊。我們今天要去見見那位尊貴的大臣，看看他能夠對我們說點什麼情況。同時，我已經開始展開調查了。」

「已經開始了？」

「是啊，我已在沃金向倫敦的每一家晚報發了電報。每一家報上都會出現這則告示。」

福爾摩斯把從日記本上撕下來的一張紙遞給我，上面用鉛筆潦草地寫著：

五月廿三日晚九點三刻，在查理斯街的外交部大樓的門口或者附近，馬車上下來一位乘客，有知情者請將馬車號碼告知貝克大街二百二十一號B座。賞金十英鎊。

「你有把握盜賊是從馬車上下來的嗎？」

「即便不是，那也沒有關係。但是，如果菲爾普斯先生陳述得正確，即室內和走廊都沒有可藏匿的地方。那麼那人一定就是從外面進來的。如果在當時下雨潮濕的晚上，他從外面進入，而在漆布上又沒有留下濕印子，因為事後幾分鐘之內就進行了詳細查看，那麼，極有可能，他是從馬車上下來的。是啊，我認為，我們可以保險地推斷是一輛馬車。」

「聽起來有道理啊！」

「這是我所說的線索之一。它可以引導我們得出某種結論。還有，當然，就是那鈴聲——那是本案最獨特的一點。鈴為什麼會響起來？是盜賊虛張聲勢那樣做嗎？還是有人同盜賊一道進入，拉響鈴，以便阻止盜竊？或者是無意中拉響鈴了？或者……」他再次全神貫注地思忖起來，但是，我覺得，由於我習慣了他這種心境，他一定是突然想到某種新的可能性了。

我們到達目的地時，已經是三點二十分了。我們在小飯館裡匆匆吃過午餐後，立刻趕到蘇格蘭場。由於福爾摩斯已經同福布斯聯繫過了，所以他在等著我們——此人身材矮小，赤褐色眼睛，反應敏捷，但很不友好。尤其是他聽說了我們此行的目的之後，對我們的態度更是生硬尖刻。

「我先前已經聽說過您破案的情況了，福爾摩斯先生，」他說著，態度冷漠，「您就是樂意利用警方向您提供的所有情況，然後企圖自己去破解案件，以此讓警方丟臉。」

「恰恰相反，」福爾摩斯說，「在我先前偵破的五十三樁案件中，我的名字只在四樁案件中出現過，警方在四十九樁中建立了聲譽。您不知道這個情況，我並不責怪您，因為您還年輕，沒有經驗，但是，如果您希望自己在履行職責時有所進步，您就會同我合作，而不是同我作對。」

「得到點撥，我很高興，」警探說，他態度上有了變化，「迄今為止，我確實沒有從該案中樹立什麼聲譽呢。」

「您採取過哪些措施呢？」

「門房坦蓋一直被盯著呢，但他離開近衛團時，品行很好，沒有發生任何可以指責他的情況。不過他妻子不是個好東西。我認為，她看上去知道更多情況。」

「您跟蹤過她嗎？」

「我們派了個女偵探跟蹤她。坦蓋太太喜歡喝酒，女偵探就趁她高興的時候陪她喝過兩次酒，但是沒有從她身上得到什麼情況。」

「我知道了，他們家裡有中間商，對吧？」

「是啊，但已經付清了他們的錢了。」

「錢從哪兒來的呢？」

「這沒有問題，他領到年金了。但他們手頭並不像有很多錢。」

「當時，菲爾普斯先生拉鈴叫咖啡，她上去伺候，對此她是怎麼解釋的？」

「她說，丈夫很疲勞，她願意替他。」

「是啊，從他在椅子上睡過頭了這個情況看，這一點說得通。那就是說，那個女的除了品行有點問題，別的是無懈可擊啦。您問過她，為何當晚要急匆匆離開嗎？她匆匆忙忙的行為可是引起了警方的注意啊！」

「她比平常待的時間更晚，所以著急要回去。」

「您和菲爾普斯先生至少比她晚動身了二十分鐘，但你們卻比她先到她家，這一點您向她指出過嗎？」

「她解釋說，差別在於公共馬車和輕便馬車。」

「她解釋清楚了為何到家後跑到後面的廚房裡去嗎？」

「因為她把錢放在那兒，要支付給中間商。」

「她至少對每一件事情都給出了答案。她離開時是否遇上了什麼人，或者看到什麼人徘徊在查理斯大街，這一點您問過她了嗎？」

「她說除了看到那個員警，沒有看見任何人。」

「行啊，您看起來對她詢問得很徹底了。您還做了什麼呢？」

「九個禮拜以來，我們一直在監視那個職員戈羅特，但毫無結果。我們沒有發現他有什麼不對勁的地方。」

「還有什麼情況嗎？」

「呃，我們沒有掌握什麼別的情況——沒有任何證據。」

「有關那個鈴響的情況，您有什麼說法嗎？」

「呃，我得承認，這一點令我困惑，不管他是誰，到了還要那樣發出警報，夠冷靜大膽的。」

「是啊，這樣做不可思議啊。謝謝您把一切告訴了我。如果我可以叫您抓那個盜賊，我會通知您的。走吧，華生。」

「我們現在去哪兒？」我們離開辦公室時，我問了一聲。

「我們去見霍爾德赫斯特勳爵，就是那位內閣大臣和英國未來的首相。」

還好，我們到達唐寧街時，霍爾德赫斯特勳爵還在辦公室。福爾摩斯遞進名片，我們立即被召見了。內閣大臣按舊式禮節接待了我們，這一點他是出了名的。他讓我們坐在壁爐兩旁豪華的安樂椅上。他站在我們中間的地毯上，只見他身高修長，身材瘦削，五官分明，面容親切，一頭捲曲的頭髮過早地變成了灰白色，他看上去氣質非凡，彰顯出真正的貴族氣派。

「久聞您的大名，福爾摩斯先生，」他面帶笑容說，「當然，我不能假裝說不知道您的來意，這裡能夠引起您注意的只有一件事情。我可否問一句，您是受了誰的委託行事的？」

「受珀西・菲爾普斯先生的委託。」福爾摩斯回答說。

「啊，我那不幸的外甥！您可想而知，由於我們有親屬關係，我就更加不能對他有絲毫包庇。恐怕這件事情對他的前程不利啊！」

「但是，如果找回了那份文件呢？」

「啊，那當然就另當別論了。」

「我有一兩個問題想要問問您，霍爾德赫斯特勳爵。」

「我會盡全力向您提供情況的。」

「您吩咐要抄寫一遍那份文件時，就在這個房間嗎？」

「是。」

「那就是不大可能被別人聽到啦？」

「不可能。」

「您打算叫人把協定抄寫一遍，這事您向哪個人提起過嗎？」

「從未提過。」

「您確定嗎？」

「絕對確定。」

「行啊，既然您從未提過，菲爾普斯先生也沒有對人提起過，沒有任何別人知道這件事情，那麼，盜賊進入房間純屬偶然。他看到機會來了，也就把文件拿走了。」

大臣微笑著。「您讓我超出自己的範圍了。」他說。

福爾摩斯思忖了片刻。「還有一點十分重要的，我想同您討論一下，」他說，「我知道，您很擔心，協定的具體內容如果被人知道了，會導致非常嚴重的後果。」

大臣表情豐富的臉上掠過一絲陰影：「確實非常嚴重的後果。」

「導致了嚴重後果了嗎？」

「還沒有。」

「我們不妨說，如果協定落到了法國或者俄國外交部的手上，您認為會得到消息嗎？」

「會得到的。」霍爾德赫斯特動爵說，臉上表情不悅。

「既然已經過去將近十個禮拜了，而什麼消息都沒有得到，那麼，不妨認為，由於某種原因，協定沒有落到他們手上。」

霍爾德赫斯特動爵聳了聳肩膀。

「我們總不能認為，福爾摩斯先生，盜賊拿到了協定，目的是要用框子裱起來，然後掛著吧。」

「他說不定在等待更好的價格呢。」

「如果他再等下去，那就沒有什麼價格可言啦。幾個月之後，協定就不再是秘密了。」

「這一點很重要，」福爾摩斯說，「當然，還可以假定，盜賊突然生病了……」

「比方說患上腦炎什麼的？」內閣大臣問，快速瞟了他一眼。

「我可沒這麼說啊，」福爾摩斯說，他態度冷靜，「這樣吧，霍爾德赫斯特動爵，我們已經耽擱了您很多時間，我們這就告辭。」

「不管罪犯是誰，祝您的調查取得成功。」大臣接話說，一邊點頭示意，把我們送到門口。

「他是位優秀人士，」我們出來走進懷特霍爾街時，福爾摩斯說，「但是，他在進行著一場鬥爭，以便保住自己的地位。他不是很富有，但是開銷很大。你當然注意到了，他的靴子已經換過底了。行啊，華生，我不再多耽擱你的正常工作了。除非我那份尋找馬車的廣告有了回信，否則我今天就無事可做了。不過，如果你明天能和我一起乘昨天那班火車到沃金去，我會對你感激不盡的。」

翌日早晨，我如期同他見面，然後我們一同前往沃金。他說，他登出的告示沒有收到回應，所以案件偵破工作沒有新的進展。他這樣說著時，面部表情像個紅臉印第安人似的，繃得緊緊的，完全不動聲色，所以我根本無法從他的面部表情得知，他是否滿意案情的現狀。我記得，他說到了有關貝蒂榮人身測定法[60]的情況，表達了對那位法國學者由衷的敬佩之情。

我們的委託人依然由他那位忠心不二的護理人照顧著，但看上去比先前好多了。我們進入房間後，他毫不費力地從長沙發上站起身來迎接我們。

「有什麼消息嗎？」他問，一副迫不及待的樣子。

60 法國刑事偵查學家貝蒂榮（Alphonse Bertillon，一八五三至一九一四年）創立的一種根據年齡、骨骼，結合攝影及後來問世的指紋學等鑒別人身的方法。

「正如我預料的，沒有什麼好消息向您報告，」福爾摩斯說，「我見過福布斯了，還見了您舅舅，就一兩條線索進行了調查，據此可能會有些發現。」

「那就是說，您對破案並沒有喪失信心，對吧？」

「當然沒有。」

「上帝保佑您，您這樣說真好！」哈里森小姐大聲說，「如果我們鼓足勇氣，耐心等待，一定會查出真相。」

「和您告訴我們的情況相比，我們可有更多情況告訴您啊。」菲爾普斯說，重新坐到了沙發上。

「我料到您有情況要說。」

「沒錯，我們夜間遇到了一件驚險的事情，可能證明會是件很嚴重的事。」他說話時表情變得很嚴肅起來，眼睛裡流露出近乎恐懼的神色，「您知道嗎？」他說，「我開始相信，自己無意中捲入某個可怕的陰謀當中了，針對的既包括我的名譽，也包括我的生命。」

「啊！」福爾摩斯大聲說。

「聽起來不可思議啊，因為就我所知，自己在這個世界並沒有樹敵。然而，從昨晚經歷的事情來看，我又不可能有別的結論。」

「請您說給我聽聽。」

「您知道的，昨晚是頭一回我一個人睡覺，沒有人在我房間裡護理，因為我感覺好多了，所以不需要人陪伴。不過，整夜都是亮著燈的。啊，凌晨兩點左右，我睡得不是很沉，突然被一陣輕微的聲響驚醒。那聲音就像老鼠咬木板時發出的一樣。於是我躺著靜聽了一陣，以為那就是老鼠在咬木板。後來聲音越來越大，突然從窗上傳來一陣刺耳的金屬摩擦聲。我詫異地坐起來，確定無疑地明白了這是怎麼回事。剛開始一陣的聲音是有人從兩扇窗戶縫隙間插進工具撬窗戶的聲音，然後一陣是拉開窗閂的聲音。

「然後聲音停止了大約有十分鐘，彷彿那人在等著看聲音是否吵醒了我。然後，我又聽見輕微的吱嘎聲，同時窗戶緩慢地打開了。我再也忍受不了了，因為我的神經不像是先前的狀態了。我跳下床，猛然拉開百葉窗，有個人蜷縮著身子躲在窗戶邊。我沒怎麼看清楚他，因為他一閃身子就跑了。他身上裹了披風一樣的東西，臉的下半部分給遮住了。只有一個情況我是肯定的，那就是，他的一隻手上握著一件兇器，我看像是一把長刀。他轉身跑開時，我看清楚了，刀晃了一下。」

「這一點關係重大，」福爾摩斯說，「請問您後來幹了什麼？」

「如果我身體強壯一些，我就會從敞開的窗口出去追他。但實際情況是，我按響了鈴，把家裡的人驚醒了。這花費了一點點時間，因為鈴在廚房裡面響，而僕人們全都睡在樓上。然而，我又高聲叫了起來，約瑟夫聽到叫聲下樓了，他再叫醒其他人。約瑟夫和馬夫在窗戶外面的草坪上發現了腳印，但最近天氣乾燥，他們跟蹤到草坪就再也跟蹤不下去了。不過，路邊的木柵欄有一處地方有痕跡，他們說，好像有人跨過去了，跨越柵欄時，把欄杆尖給弄斷了。我還沒有對當地的員警吭聲，因為我最後還是想聽聽您的看法。」

我們的委託人講述的情況似乎在夏洛克・福爾摩斯身上產生了奇異的效果。他從坐著的椅子上站起身，在房間裡走來走去，控制不住激動的情緒。

「簡直禍不單行啊。」菲爾普斯說，臉上露著微笑，不過明顯看出，他的歷險使他受到驚嚇了。

「您確實遇上不好的事情了，」福爾摩斯說，「您能去外面到宅邸周圍走一走嗎？」

「啊，可以，我想要曬曬太陽。約瑟夫也去吧！」

「我也去。」哈里森小姐說。

「恐怕不行，」福爾摩斯說，他搖了搖頭，「我認為，我必須要請您坐在原處不動。」

小姐坐在椅子上，顯得不高興的樣子。不過，她哥哥加入我們的行列。我們四個人一道出發了。我們繞過草坪到了年輕外交官家的窗戶外面。正如他說，草坪上有腳印，但已經糊不清，無法辨認。福爾摩斯弓著身子看了片刻，然後直起身，聳了聳肩膀。

「我認為，誰也不能從這個探尋出多少線索，」他說，「我們到住宅周圍看看吧，看看為何選擇到這個特定的地方入室。我倒是覺得，客廳和餐室的那些窗戶更大，應該對他更加有吸引力的。」

「從路上更加容易看到那些窗戶。」約瑟夫·哈里森先生提醒說。

「啊，對，當然。這裡有道門，他本來可以嘗試一下的。這道門是幹什麼用的？」

「這是供商販出入的側門，夜間當然是鎖上的。」

「以前遇到過這種事情嗎？」

「從來沒有。」我們的委託人說。

「您室內是否存有什麼金銀器具，或者其他吸引盜賊的東西呢？」

「沒有什麼值錢的東西啊！」

福爾摩斯將雙手插在衣服口袋裡，繞著宅邸轉，一副漫不經心的態度，平常很少見。

「對啦，」他對約瑟夫·哈里森說，「我聽說，您發現了一處地方，那個傢伙翻越了柵欄。我們去看看吧。」

胖墩墩的年輕人領著我們去看被人撞斷尖頭的木柵欄，一塊小木片向下懸著。福爾摩斯把它扯了下來，仔細察看。

「您認為這是昨晚碰斷的嗎？看起來痕跡是舊的，是吧？」

「呃，可能吧。」

「並沒有看到有人從另一側跳過去的痕跡。沒有，我看，我們在此沒有什麼作用，還是回到臥室去吧，談談這件事情。」

珀西・菲爾普斯倚靠在未來大舅子的手臂上，緩慢行走。福爾摩斯匆忙橫過草坪，我們到達了臥室敞開著的窗戶邊好一陣子，其他人才到達。

「哈里森小姐，」福爾摩斯說，說話時的態度十分嚴肅，「您一定得一整天都待在這兒不動啊，出現什麼情況都不要離開。這一點至關重要。」

「那是當然的，如果您希望這樣做的話，福爾摩斯先生。」女子說，說話的語氣顯得很驚訝。

「您去睡覺時，把這個房間的門從外面鎖上，保管好鑰匙，請答應照這麼辦。」

「但珀西呢？」

「他要同我們一道去倫敦。」

「我一定要待在這兒嗎？」

「這是為了他好，您可以幫助他，快點！答應吧！」

就在另外兩個人到達之前，她急忙點頭贊同。

「你為什麼坐在這兒悶悶不樂呢，安妮？」她哥哥大聲說，「到外面的太陽裡去吧！」

「不，謝謝，約瑟夫。我頭有點痛，房間裡涼快舒服。」

「您現在打算怎麼辦，福爾摩斯先生？」我們的委託人問。

「是啊，我們不能因為調查這麼一個小細節而忽略了主要要調查的情況啊。如果您能夠同我們一道去一趟倫敦，對我們會很有幫助的。」

「立刻就走嗎？」

「對，如果您方便的話，越快越好，一小時之後怎麼樣？」

「我感覺身體夠強壯了，如果我真的能夠幫上忙的話。」

「可能性極大。」

「您或許要我今晚待在倫敦吧？」

「我正要這樣提議來著。」

「那麼，如果我的那位朋友夜間再來光顧我的話，他會發現鳥兒飛了。我們全聽您的，福爾摩斯先生，您要我們怎麼做，儘管告訴我們。您或許想要讓約瑟夫陪同我們一道前往吧，他好照顧我呢。」

「啊，不，我朋友華生是個醫生，這您是知道的，他會照顧好您的。如果您允許，我們在此吃午飯，然後我們三個人一同進城。」

一切都按照福爾摩斯的建議安排妥當了，不過哈里森小姐遵照他的建議，找了個藉口留在這間臥室裡。我朋友到底玩的是什麼花招，我真想不出來，難道是想要讓哈里森小姐離開菲爾普斯不成？而後者因為健康狀況好轉，能夠參加行動，高興著呢，而且同我們一道在餐室裡用午餐來著。不過，福爾摩斯還有更加令我們吃驚的事情，因為他陪同我們到了火車站，把我們送到了車廂裡，然後，平靜地宣佈說，他不打算離開沃金。

「我走之前有一兩件事情想要弄清楚，」他說，「您不在場，菲爾普斯先生，在一定程度上說，對我是有幫助的。華生，你們到達倫敦後，一定要幫我個忙，立刻乘坐馬車帶著我們這位朋友到貝克大街去，一直陪著他，直到我們再次見面。還好，你們是老同學，一定有很多話要說。菲爾普斯先生今晚可以睡在那間空著的臥室裡，我早餐時準時和你們會合，因為八點我可以乘火車到滑鐵盧站。」

「但是，我們在倫敦怎麼進行調查呢？」菲爾普斯問，神情沮喪。

「我們明天可以進行啊。我認為，眼下，我留在這兒更加要緊。」

「您可以告訴在布里爾佈雷的家裡人，說我明天晚上就回去。」我們乘坐的火車開始離開車站時，菲爾普斯大聲喊著。

「我不一定會回到布里爾佈雷去。」福爾摩斯回答說。我們迅速離開時，他朝我們揮著手，興致勃勃。

一路上，我和菲爾普斯聊著，但是，對於這個新出現的情況，我們誰也找不出一種滿意的解釋。

「我估計，關於昨晚那個盜賊的情況，如果真是什麼盜賊的話，他是想要尋找什麼線索。而在我看來，我認為，那可不是普通意義上的盜賊。」

「那你怎麼看的呢？」

「說老實話，你可能會認為我是不是神經衰弱了，但是，我相信，自己的周圍正在進行著異常秘密的政治陰謀，而且由於某種我不知情的原因，陰謀者想要我的命。這聽起來讓人覺得言過其實，荒誕不經，但是，想想實際情況吧！明明知道裡面偷不到什麼東西，為何盜賊設法打開一個臥室的窗戶？他為何要帶著一把長刀？」

「你肯定那不是一根撬門用的撬棍嗎？」

「噢，不是，是一把刀。我很清楚地看到了刀光閃爍。」

「但是，為何要懷著那麼深的仇恨來襲擊你呢？」

「啊，問題就在這裡啊！」

「行啊，如果福爾摩斯也這麼認為的話，這樣就可以解釋他的行動了，對不對？假設你的解釋是正確的，如果他抓住了昨晚威脅到你的那個人，那他離查清是誰盜走了海軍協定就又邁進了一大步。如果說你有兩個仇人，一個盜走了你的東西，而另外一個還要來威脅你的生命，這未免荒唐可笑啊！」

「但福爾摩斯說，他不去布里爾佈雷。」

「我認識他有時日了，」我說，「但我還從來不知道他做什麼事情沒有充足的理由的。」說到這兒，我們轉到了別的話題上。

但是，這一天把我弄得疲憊不堪。菲爾普斯久病後仍然很虛弱，不幸的事情弄得他脾氣暴躁，神經緊張。我設法講些在阿富汗、印度經歷的事情，講些社會問題，講任何能夠使他轉移注意力的事情，以便提起他的興致，但毫無效果。他談來談去又會回到丟失的協定上，好奇，猜測，思索，想要知道福爾摩斯到底在幹什麼，霍爾德赫斯特勳爵在採取什麼措施，明天早晨我們會聽到什麼消息。隨著夜幕降臨，他的情緒由激動變得痛苦起來。

「您絕對相信福爾摩斯嗎？」他問。

「我見證他破解了一些非同尋常的疑案。」

「噢，不對，我知道，比這線索更少的疑案，他都破解了。」

「但不是這麼關係重大的案件吧？」

「這我倒不是很清楚。但我確實知道，他曾為歐洲三個王室家庭破解過非常重大的案件。」

「但你很瞭解他，華生。他是個神秘莫測的人物，我永遠理解不了他。你認為他會成功嗎？你認為他對破解案件心裡有底嗎？」

「他什麼都沒說。」

「這就不是個好兆頭。」

「恰恰相反。我已注意到了，他失去了線索時，一般都會如實說。但是，他尋找到了蛛絲馬跡，但又不是很有把握時，他會表現得特別緘默不語。對啊，親愛的朋友，我們若總是焦慮不安也於事無補啊。所以，我請求你去睡覺，不管明天會有什麼結果，我們也好養足精神面對呀！」

我最終還是說服了同伴接受我的建議，不過，從他情緒激動的狀態來看，我知道，別指望他會睡得很踏實。確實，他的情緒對我也產生了影響，因為我自己大半夜的也是輾轉反側，滿腦子想著眼下這樁古怪離奇的案件，構思出了不知多少種解釋，但一個比一個更不成立。福爾摩斯為何要留在沃金？他為何要請哈里森小姐一整天待在病人的臥室裡？他為何要謹小慎微，不驚動布里爾佈雷的人，卻打算待在他們附近？我絞盡了腦汁，想要對所有這一切情況做出解釋，最後睡著了。

我醒來時，已經是七點了，於是我立刻到菲爾普斯的臥室去，結果看到他神色憔悴，過了個不眠之夜。他開口就問福爾摩斯是否到了。

「他會在他承諾的那個時間到的，」我說，「不會提前，也不會推遲。」

我的話一點沒有錯，因為八點剛過，一輛輕便馬車疾駛到了門口，我朋友從馬車上下來。我們站在窗戶裡面，看見他左手打著繃帶，表情嚴肅，臉色蒼白。他走進室內，但過了一會兒才上樓。

「他看上去筋疲力盡了。」菲爾普斯大聲說。

我不得不承認，他說得對。

「畢竟吧，」我說，「案件的線索可能還是在城裡面。」

菲爾普斯呻吟了一聲。

「我不知道這是怎麼回事，」他說，「但我對他回來，滿懷著期待。但是可以肯定，他的手昨天沒有像那樣打著繃帶的。那會是怎麼一回事呢？」

「你不會是受傷了吧，福爾摩斯？」我朋友走進室內時，我問了一聲。

「嘖嘖，都是因為我行動遲緩笨拙，擦破了點皮而已，」他回答說，一邊點頭向我們致意，「您的這樁案件，菲爾普斯先生，確實是我偵破的所有案件中最最撲朔迷離的。」

「我擔心，您會覺得力不從心吧？」

「這是一次非同尋常的經歷啊！」

「手上的繃帶說明你遇險了，」我說，「你不告訴我們發生了什麼事情嗎？」

「等吃過早餐再說吧，親愛的華生。記住，我今天早晨已經呼吸了三十英里薩里郡的新鮮空氣了。關於我登載的那則尋找乘馬車人的告示，我估計沒有回應吧。得了，得了，我們也別指望步步奏效啊。」

早餐的桌子已經收拾好了，就在我要按鈴的當下，赫德森太太端著茶和咖啡進來了。幾分鐘過後，她又送上三份早餐，我們一同坐下，福爾摩斯胃口十足地吃了起來。我感到莫名其妙，菲爾普斯則悶悶不樂，神情沮喪。

「赫德森太太很好地應付了這突如其來的情況，」福爾摩斯說，一邊打開一盤咖喱雞的蓋子，「她的烹飪技巧有限，但是她像蘇格蘭婦女似的，對早餐倒是很有創意。你那是什麼，華生？」

「火腿雞蛋。」我回答說。

「很好！您要吃點什麼，菲爾普斯先生——咖喱雞，還是火腿雞蛋。您自己選擇好嗎？」

「謝謝，我吃不下。」菲爾普斯說。

「噢，吃吧！嘗嘗您前面那一份。」

「謝謝，我真的吃不下。」

「那麼，行吧，」福爾摩斯說著，俏皮地眨了眨眼睛，「我想，您不至於拒絕幫助我一下吧？」

菲爾普斯揭開蓋子。他揭蓋時，尖叫了一聲，坐著瞪著眼睛，臉色煞白，就像一只盛食物的盤子。盤內放著一個藍灰色的小紙卷，他一把抓起，雙眼直勾勾地看著，然後把那紙卷按在胸前，高興得大聲喊叫，繞著房間瘋狂地手舞足蹈起來。然後，他坐回到了扶手椅上，由於情緒激動，他虛弱無力，精疲力竭，我們只好給他灌白蘭地酒，使他不至於昏厥過去。

「好了！好了！」福爾摩斯安慰著說，他輕輕地拍著菲爾普斯的肩膀，「這樣突然把它呈現在你面前，是太糟糕了點，但華生定會在這兒告訴您的，我總是會忍不住弄出點充滿戲劇性的動靜來的。」

菲爾普斯抓起他的手，親吻起來。

「上帝保佑您！」他大聲說，「您幫我挽回了聲譽。」

「是啊，我自己的聲譽也面臨著危機，這您是知道的，」福爾摩斯說，「我實話告訴您，我也害怕破不了案，弄得不好讓您覺得委託錯了人。」

菲爾普斯把珍貴的文件藏到了外套裡面的口袋裡。

「我不忍心再影響您用餐，但我還是很想知道，您是怎麼找到它的，在哪兒找到的。」

福爾摩斯一口氣喝完了一杯咖啡，接著又瞄準了火腿雞蛋。然後他站起身，點起煙斗，在椅子上坐了下來。

「我告訴你們我先幹了什麼，後來又採取了什麼措施，」他說，「我在火車站同你們告別之後，舒心愜意地走了一段，領略了薩里郡的秀美風光，到了一個叫作里普利的美麗小村莊。我在那兒的一家小餐館喝了茶。然後做了些準備，把水壺灌滿了水，把一塊三明治裝到衣服口袋裡，一直待到傍晚，這時我動身返回沃金去，正好在太陽落山之後，站在布里爾佈雷外面的大路上。」

「是啊，我一直等到路上沒有人了——我估計，路上任何時候都來往行人不多——然後我費盡力氣爬過柵欄，進入院落。」

「毫無疑問，大門是開著的。」菲爾普斯脫口而出。

「不錯，但我特別喜愛幹這類事情。我選擇了長著三棵冷杉樹的一處地方，在樹的掩映下，我可以看過去，但室內的人一點兒也不可能看到我。我蜷縮在旁邊的灌木叢中，從一處爬行到另一處——我的褲子膝蓋處磨得這樣不成樣子就是證據——最後爬到您臥室窗戶對面的那叢杜鵑花旁邊，在那兒蹲伏下來，等待情況發生。

「您臥室窗戶的百葉窗簾沒有放下，我可以看見哈里森小姐坐在桌邊看書。已經十點過十分了，我這時看見她合上了書，關好百葉窗，然後出去了。」

「我聽見她鎖上了門，而且確認她用鑰匙鎖了門。」

「鑰匙！」菲爾普斯突然說。

「沒錯，我先前叮囑了哈里森小姐，要她去睡覺時，把門從外面鎖起來，拿好鑰匙。她不折不扣地遵照我叮囑的去做了，毫無疑問，沒有她的配合，您外套口袋裡的文件不可能拿到手。她離開了，然後熄了燈，我還在杜鵑花叢中蹲伏著。

「夜間風清月明，但是蹲守起來還是很乏味的。當然，那種激動的心情，就像是釣魚的人守候在水渠邊，等待大魚上鉤時的感受是一樣的。不過，等待的時間很長——華生，我們當初在調查『帶斑點的緞帶』那樁小案件時，在那件可怕的房子裡面等待了很長時間，這次也幾乎差不多。沃金教堂裡時鐘每隔一刻鐘敲響一次。我不止一次覺得，是不是事情終止了啊。然而，最後，大概凌晨兩點的樣子，我突然聽見拉開門閂和鑰匙轉動的輕微聲音。片刻之後，供僕人出入的門開了，約瑟夫・哈里森先生出了門，進入了月色中。」

「約瑟夫！」菲爾普斯突然說。

「他沒有戴帽子，但肩膀上圍著一條黑色披風，這樣即便遇到緊急情況，他立刻就可以把自己的面部掩蓋起來。他在背光的牆根下躡手躡腳地走著。到達窗戶邊之後，便把一把長刃刀插入窗台，撥開窗閂。然後，他打開了窗戶，把刀插入百葉窗的縫隙，打開了百葉窗。

「從我蹲伏著的地方，我清楚地看清了室內的情況和他的每一個舉動。他點著了放在壁爐架上的兩支蠟燭，然後接著掀開門附近的地毯一角。他立刻彎下身子拿起來一塊方木板，那種東西通常是供管道修理工修理煤氣管道接口時使用的。實際上，那塊木板蓋住了通向廚房下面的管道的T字形接口。他從那樣一個藏匿之處取出了一小卷紙，放下木板，整理好地毯，吹滅了蠟燭，直接撞入我懷中，因為我正在窗戶外面等著他呢。

「啊，約瑟夫先生比我認為的可要凶狠多了。他向我揮動著刀，我不得不兩次抓住他，指關節處被刀給劃破了，最後才控制住了他。我們搏鬥結束之後，他只能用一隻眼睛看人，目光中冒著殺氣，但是，他聽從了勸告，交出了文件。我拿到了文件之後，便把他給放了。不過我早晨給福布斯發了封電報，告訴了他詳情。如果他迅速採取行動，便可以逮住鳥兒。但是，正如我明確預料到的那樣，如果他趕到那兒之前，便知道鳥巢已經空了。啊，政府還更加省事呢。我猜想，首先是霍爾德赫斯特勳爵，其次是珀西・菲爾普斯先生，兩個人都巴不得案件不移交到治安法庭去。」

「上帝啊！」我們的委託人歎息著說，「您是在告訴我，痛苦漫長的幾個禮拜當中，失竊的文件一直就和我在同一個房間裡嗎？」

「正是這樣。」

「而約瑟夫！約瑟夫是個惡棍和盜賊！」

「哼！恐怕約瑟夫不是像他外表看上去的那樣，他人品更加陰險惡毒，更加危險奸詐。根據我今天早晨從他口裡得知的，我猜測，因證券交易中虧損慘重，為了扭轉運氣，他什麼事情都幹得出來。由於他是個十足自私的人，看到一旦有機會，他全然不顧及妹妹的幸福和您的聲譽。」

珀西・菲爾普斯無力地坐在椅子上。「我感覺天旋地轉的，」他說，「您的話讓我眼花繚亂。」

「您的案件主要的困難，」福爾摩斯說，一副說教的腔調，「就是線索太多了。但是，至關重要的線索被無關緊要的給掩蓋掉了。我們面對掌握的種種情況，必須要挑選出我們認為是最重要的，然後按照順序把它們串聯起來，這樣才能建構起非同尋常的事件鏈條。那天晚上，您曾打算同約瑟夫一道回家，所以，由於他對外交部熟門熟路，很有可能，他途中會去找您，根據這個事實，我就開始懷疑上他了。我聽說有人迫不及待想要進入那間臥室，那兒除了約瑟夫，別人不可能會藏什麼東西——您在敘述中告訴了我們，您和醫生到達時，要約瑟夫從那兒搬出來——這時候，我的種種猜疑就變成確認了，尤其是護理不在的那第一個夜晚就有了那個企圖，說明闖入者對宅邸熟門熟路。」

「我真是瞎了眼睛啊！」

「根據我的調查，案情是這樣的：約瑟夫・哈里森從查理斯大街的那扇門進入辦公室，由於他熟悉路，您剛一離開辦公室，他就直接進去了。他發現那兒沒有人，便趕緊拉響了鈴，就在這個當兒，他突然看見了桌上的文件。粗略看了一下之後，他知道，這是個良機，可以拿到一份具有重大價值的政府文件，於是他立刻把文件塞進口袋後離開了。您還記得，過了幾分鐘，打盹的門房才提醒您注意鈴聲。而那個時間正好夠盜賊逃之夭夭的。

「他搭乘最早的一班火車回到了沃金。他查看了贓物，並且確認它確實價值重大，然後把它藏在他認為很安全的地方，打算一兩天之後再取出來，拿到法國大使館，或者任何可以賣到好價格的地方。結果，您突然返回了。他在沒有任何準備的情況下搬出了那個房間。從那以後，房間裡至少有你們兩個人在，他無法取出那件寶貝。在這樣一種情況下，他一定急得要發瘋了。但是，他最後瞄準機會了。他企圖溜進房間，但由於您沒有睡著，結果把事情給攪了。您可能還記得，您那天晚上沒有服用平常服用的那種藥。」

「記得。」

「我估計，他在藥裡面做了手腳，所以他相信您會失去意識。當然，我很清楚，他只要覺得安全了，還會再嘗試的。您要離開房間，這給了他求之不得的機會。我要哈里森小姐整天待在房間裡，就是要防止他趁我們不在時下手。後來，我們讓他覺得危險已經過去了，而我正如我講述的正在盯著他呢。我已經知道了，文件可能就藏匿在那個房間裡，但是，我不想掀開地板去尋找，便要讓他自己從藏匿處拿出來，所以省去了無盡的麻煩。還有什麼不清楚的嗎？」

「他第一次本可以從門口進去的，」我問，「為何要設法從窗口進去呢？」

「到達門口，他必須要經過七間臥室。而這樣的話，他可以輕而易舉到達外面的草坪。還有不清楚的嗎？」

「您認為，」菲爾普斯問，「他沒有殺人的意圖嗎，那把刀只是當作工具用的？」

「可能是這麼回事，」福爾摩斯回答說，他聳了聳肩膀，「我只能肯定地說，約瑟夫•哈里森那樣的紳士，我是絕對不願意寬恕的。」

新編福爾摩斯經典探案集

作者：〔英〕柯南・道爾
譯者：趙婷婷／史麗芳
發行人：陳曉林
出版所：風雲時代出版股份有限公司
地址：10576台北市民生東路五段178號7樓之3
電話：(02) 2756-0949
傳真：(02) 2765-3799
執行主編：劉宇青
美術設計：吳宗潔
行銷企劃：林安莉
業務總監：張瑋鳳

初版日期：2022年11月
版權授權：鄭紅峰
ISBN：978-626-7153-43-7

風雲書網：http://www.eastbooks.com.tw
官方部落格：http://eastbooks.pixnet.net/blog
Facebook：http://www.facebook.com/h7560949
E-mail：h7560949@ms15.hinet.net
劃撥帳號：12043291
戶名：風雲時代出版股份有限公司

風雲發行所：33373桃園市龜山區公西村2鄰復興街304巷96號
電話：(03) 318-1378
傳真：(03) 318-1378
法律顧問：永然法律事務所 李永然律師
北辰著作權事務所 蕭雄淋律師

行政院新聞局局版台業字第3595號 營利事業統一編號22759935

定價：320元

國家圖書館出版品預行編目資料

新編福爾摩斯經典探案集 / 柯南.道爾著；趙婷婷, 史麗芳譯. -- 臺北市：風雲時代出版股份有限公司, 2022.10　面；　公分
譯自：sherlock Holmes
ISBN 978-626-7153-43-7(平裝)

873.57　　111013620